文学书简

陈思和 著

上海文艺出版社
Shanghai Literature & Art Publishing House

目录

第一辑

谈人物传记

致陈军（谈蔡元培）...... 3

致钱理群（谈周作人）...... 16

致陈子善（谈周作人）...... 39

致汪应果（谈巴金）...... 45

致丁景唐（谈郁达夫）...... 64

致王观泉（谈瞿秋白）...... 70

致丁言昭（谈关露）...... 77

致史中兴（谈贺绿汀）...... 85

第二辑
谈小说

致徐兴业（谈《金瓯缺》）..................95

致吴亮（谈《金牧场》）..................102

致张炜（谈《古船》）..................112

致郜元宝（谈长篇小说结构模式）..................119

致郜元宝（谈王蒙小说的乌托邦语言）..................129

致高晓声（谈陈奂生系列）..................155

致沈乔生（谈沈乔生的一组小说）..................165

致沙子（谈《葬祖》）..................172

致叶兆言（谈叶兆言的小说）..................178

致沈善增（谈《正常人》）..................191

致陈幼石（谈竹林的小说）..................199

致卢新华（谈《米勒》》..................207

第三辑
谈散文

致穆涛（谈散文）..219

致吴秀坤（谈"中国潮"报告文学征文）...................223

致刘福泉、王新玲（谈《巴金散文创作艺术论》）...232

致周毅（谈《沿着无愁河到凤凰》）............................237

致毛时安（谈《结伴而行》）...244

致胡廷楣（谈《绿的雪》）...250

第四辑
谈戏剧影视

致邹平（谈戏剧）..259

致黄蜀芹（谈电视剧《围城》）.....................................265

致张振华（谈《第三丰碑》）..269

致彭小莲（谈剧本《巴金的故事》）............................273

致赵本夫（谈改编动画片《白驹》）..............................276

第五辑
避疫期间的书简选

致徐连源（谈《桐城故事》）..............................283
致黎奇（谈《绵绵诗魂》）..............................288
致王舒漫（谈《丁芒评传》）..............................291

第六辑
拾遗书简

致王观泉（关于《英雄》的批判）..............................299
致李安（谈《上海文学》与底层写作）.....................301
　　附李安来信..............................302
致陈惠芬（谈《上海文学》与女性主义）.....................304
　　附陈惠芬来信..............................305
致《文学报》编辑（关于巴金的旧居及名字）...........306

致萧金鉴(纠正巴金研究史料)..................309

致高凯(赞"甘肃八骏")..............................313

致张安庆(关于《中国新文学整体观》)....................314

致梁玉玲(关于"海上文谈")..............................321

致王光东(关于现代文学研究)................................325

编后记..335

第一辑

谈人物传记

致陈军①（谈蔡元培）

陈军兄：

年前倥偬，未能赴杭一聚，以失当面聆听指教之良机。然而春节期间于会友访亲之余，依然沉浸在拜读大作的快乐之中，恰似进行了一场很好的精神对话。自小年夜始，这场对话时在持续中，直至现时此刻。围绕了《北大之父蔡元培》，兄是用了对蔡先生的全部理解与爱来创作，而我也是用了我的全部理解与爱来阅读，也许我们心目中的蔡元培先生之形象并不全然吻合，但在世纪之交的时候，我们对20世纪的新文化发展轨迹追根溯源，返回到中国现代知识分子踏出士大夫传统的第一步，重温巨人脚印上的生命气息，借此来探寻、梳理和感悟继往开来的路，其拳拳之心是如出一辙的。

若从文化转型与现代知识分子的形成史来看，蔡先生一生中最有时代象征意义的事件，似应发生在1898年康梁变法失败以后，他与一些有识之士毅然放弃传统价值取向，开始在庙

---

① 陈军，当代作家，著有长篇小说《北大之父蔡元培》，由人民文学出版社于1999年出版。

堂以外另寻实践理想和价值的道路。这不是蔡先生一人的抉择，而是当时士人中的一种倾向性趋势。周谷城先生曾回忆当时士大夫们别取途径谋求中国现代化的情况，就举了长沙张百熙先生提倡教育、南通张季直先生着手实业、上海张元济先生从事出版等例，说当时有所谓"兵战不如商战，商战不如学战"之说。[①]以蔡先生兴办教育的伟业而言，正是"学战"的一种。但对蔡先生的人生道路而言，当时在"学战"以外还有一"战"，即实在的政治革命，于是有组建光复会，加入暗杀团，制造炸药等等传奇发生。蔡元培与上述三张不一样之处，在于他比一般士人更进一步，不仅在民间确立了现代知识分子的工作岗位，而且还尝试着以武装革命推翻清政府的暴力行动。这是蔡元培先生人格的复杂性，也是他个体生命与时代精神直接相通之处。他后来归纳出两句话：读书不忘救国，救国不忘读书。其实在多难的现实环境下，两者除了顾此失彼时偶尔做到"不忘"以外，并无兼顾的可能性；蔡先生一生屡次被迫出国，都是在两者发生激烈冲突之时为缓解苦恼所施的下策。但也正是靠了这双重的人格追求，才使他以革命家的姿态主政北大，掀起了新文化运动的滔天洪波，现代中国知识分子的广场意识和新文化传统也缘此而奠定根基。

---

① 周谷城：《商务印书馆与中国的现代化》，《商务印书馆九十年——我和商务印书馆（1897—1987）》，北京：商务印书馆，1987年，第414页。

记得读过恩格斯评价意大利诗人但丁的一句话，称他为中世纪的最后一位诗人，同时又是新时代的最初一位诗人，因为但丁是欧洲大陆旧时代与新纪元交替的标志。[①]这个比喻自然有些夸张，倘若将此喻移植到20世纪初的中国思想文化领域，蔡先生是当之无愧的新旧文化交替的标志。若要单说最后一个庙堂里的士大夫恐怕轮不到蔡元培，因为前有血溅菜市口的谭嗣同，后有一心保孔教的康有为；若单说最初一个现代知识分子运动的先驱者似乎也轮不到蔡先生，而应是创办《新青年》的陈独秀和提倡白话文的胡适；再说最初在民间确定知识分子的岗位并获得成功的，也有张元济、严又陵等人并驾齐驱。所以蔡先生之标志性的意义，不在于某一种价值取向，而是在于蔡先生身上激烈冲突的矛盾，集中体现出转型期的知识分子价值取向的冲突，或可以说，蔡先生是将现代知识分子的庙堂、广场与民间岗位等价值取向兼容并包于一身的标志。

对于清末知识分子而言，传统的庙堂意识是不可摆脱的。从传统的庙堂士大夫阶级向现代知识分子转换，是一个漫长的过程，至今也未然。但具体到某个历史人物，庙堂意识所表现的形态并不一样，似不可一概而论。时人常以"蔡张二元"并举，其实蔡元培与张元济对庙堂的态度并不一致。对张元济先

---

① 恩格斯：《〈共产党宣言〉1893年意大利文版序言》，《马克思恩格斯选集》第一卷，北京：人民出版社，1995年，第269页。

生来说，庙堂意识是根深蒂固地制约其一生事业的，张先生虽然弃官经商，以现代出版承传文化，但究其意识深处，无时不与在朝者保持默契配合。在权力更替频繁的现代中国，张先生的事业始终欣欣向荣，正是与这一自觉有关。当然与在朝者的合作有时也会迷惑眼睛，如辛亥年的教科书事件，张元济面对革命风云无动于衷，对清政府的垮台毫无准备，结果造就了陆费逵的跳槽和中华书局的诞生；又有一次是民国时期拒绝出版反对派领袖孙中山的代表著作《孙文学说》，其实也是他庙堂意识作梗之一例。[①]张元济的庙堂意识使他虽以在野之身从事民间出版，但骨子里仍然是一个士大夫。而蔡元培先生的庙堂意识是掺和了知识分子广场意识，倾向于用知识分子的特立独行的思想行为来反对在朝者，改革政治弊端。耿云志先生曾说蔡先生一生的活动都有个党派的背景：他以翰林身份从事激烈的反清活动，有光复会与同盟会的背景；与北洋军阀政府不合作，有国民党的背景；1930年代组织民权保障同盟，有国民党左派的背景。[②]此论甚是。但蔡先生的党派背景又有其自身特点：其一，他所依仗的背景往往处于非主流的地位，也就是

---

① 张树年主编《张元济年谱》记载：卢信恭将《孙文学说》送到商务印书馆商议出版事项，高梦旦以为"恐有不便"，张元济也主张"不如婉却"，"当往访信公，并交还原稿，告以政府横暴，言论出版太不自由，敝处难与抗，只可从缓。"（张树年主编：《张元济年谱》，北京：商务印书馆，1991年，第167页。）
② 耿云志：《蔡元培与胡适》，李又宁主编：《胡适与他的朋友》第二集，纽约：天外出版社，1991年，第134页。

说，蔡先生总是自觉地站在非主流甚至敌对的位置上与在朝者抗争；其二，蔡先生即使有某种党派背景，也决不把自己的自由意志与党派利益混同起来，换句话说，即使他被某种党派所利用，但绝不会自觉地充当党派的代言人，他与在朝的权势者的抗争中，始终有着独立的知识分子的人格光辉。如果说张元济先生以在野之身事事谋求与庙堂者合作，那蔡先生则相反，他是时时以在朝的身份与庙堂对抗；张元济先生以文化承传大业为重，不得不依靠庙堂的力量，而蔡先生本身就显示了现代性的文化力量，是在与庙堂的对抗性关系中体现出来的。如果细细地将蔡先生与现代统治者的关系描写出来，实在是很精彩：对清政府，他走了一条从统治集团中的改革者到义无反顾的叛逆道路；对北洋政府，他是个不合作的合作伙伴；对国民党蒋介石政府，他又是个独立、左倾的民国元老。这就是蔡先生的庙堂意识，这是现代中国知识分子中没有一个人能够达到的境界。

我之所以要饶舌地侈谈自己对蔡先生的一点认识，无非是希望兄理解我拜读大作后有所评论的前提。春节里我最大的乐趣就是抓紧分分秒秒读完大作，并且感到由衷地喜欢。今年是一个尴尬的年头，据说新千年已经到来，世纪末却没有过完，整整一年处于将明未明之际，同时并存着两种时间的观念。这很好，至少让人意识到，世纪的交替是不会像撞钟那样在一时刻突然敲响。而在其浑浑噩噩中，大约不免会回顾过去的岁月，那么，新春第一件事即遭遇蔡先生，自然是一件万分高兴的事情。蔡元培先生是一个极其复杂的文化象征，无论庙堂民间，不同立场的人们都可以从他身上找到自己的阐释空间，连争斗得你死我活的国共两党也能够同声赞美蔡先生，从中找出它们所需要的东西。兄毅然决然地写作蔡元培的传记故事，贯穿全书的旨意正是兄对蔡先生的全部理解。兄可能已经感觉到，我对蔡先生的理解与兄不尽全然相同，我偏重于庙堂的一维来阐释这位先驱者的伟大价值，兄则偏重于广场的一维，从弘扬现代知识分子的战斗传统来书写蔡先生，这也是一般人所认同的观点。着眼点不一样，对蔡先生传记的切入点也不一样。小说的书名冠以"北大之父"，蔡先生出任北大校长与发起"五四"运动成为全书中笔墨最酣的章节，现代知识分子价值取向的广场一维由此突出，其他两维则有所淡化。小说从1916年底蔡元培单身北上写起，大刀阔斧地砍去蔡元培从晚清翰林到革命先驱的人生阶段，使之简略留存于人物的对话记忆中；同时也简要概述蔡先生辞去北大校长以后的人生道路，几乎是一笔带过。你把主要的笔墨都留给蔡先生任北大校长期间的经历，如火如荼，令人神往。"主政北大"是蔡元培先生最辉煌的人生阶段。梁漱溟曾说过："蔡先生一生的成就不在学问，不在事功，而只在开出一种风气，酿成一大潮流，影响到全国，收果于后世。"[1]依此而论,主政北大无疑是蔡先生人生事业的辉煌顶点。沈尹默更直截了当地说过:"综观蔡先生一生,也只有在北大的那几年留下了一点成绩。"[2]此论甚酷,从事功上说也是事实,蔡先生一生苦斗于政坛和杏坛,总是败多胜少,若无北大与五四新文化运动,蔡先生一生努力的结果总是要黯淡些,只是作为民国元老中的一"皓"留名而已,与吴稚晖、李石曾相伯仲。是故,有了"五四",不但现代知识分子的新文化传统由此奠定,蔡先生也当之无愧地成为现代中国知识分子的精神领袖。

即使是围绕五四新文化的战斗传统布谋全局,兄对蔡元培的理解中也自觉把握了人物具有的独特庙堂意识,并将这种特征与知识分子的广场意识相调和,努力写出对历史的新阐释。这是这部小说最见功力之地。我特别注意到你对五四运动的推动者的描写。按照一般人的解说,要么突出知识分子启蒙与思想革命的作用,那么陈独秀与《新青年》则成为主要的推手;要么强调十月革命和马克思主义的作用,那么李大钊则成为主要的推手。或许这两者都是存在的,但在主流话语的掩盖之下,蔡元培的作用似乎淡化了。历史教科书上关于蔡元培先生

---

[1] 梁漱溟:《纪念蔡元培先生》,陈平原、郑勇编:《追忆蔡元培》,北京:中国广播电视出版社,1997年,第144页。
[2] 沈尹默:《我和北大》,同上,第139页。

对"五四"的作用，大约只剩下了"兼容并包"这一条，在知识分子的习惯性思维里，学生爱国运动理所当然是与统治集团相对立的，所以庙堂一方的作用自然被遗漏。而这部小说不仅别开生面地写出了五四运动的过程中，总统黎元洪与段祺瑞在"府院之争"中对文化统治的宽松，为新思想的传播提供了有利环境，也写了当时总统徐世昌提倡的"偃武修文"的治国策略，他起先没有对学生运动血腥镇压，还说出"按国际惯例，还没有一个国家的政权，枪杀手无寸铁的学生"的明智话，制定了对学生"可以抓但不可杀，可以捕但不可伤"的政策。从学生运动的历史来看，"五四"前后确是政治环境最为宽松的时代，以后似乎革命愈激烈，斗争愈残酷，国家政权愈强大，人民民主的权利却愈近于绝灭，这个现象，在20世纪的中国不能不最令人唏嘘不已。这部小说对"五四"的独特描写，还在于强调了蔡元培对运动的直接推动。一般历史教科书上说五四运动的起因源自巴黎和会上中国外交失败的消息，可是我第一次在你的小说里读到了以梁启超为首的民间外交在欧洲的生动展开，也第一次读到如此新鲜的细节：老外交家汪大燮如何将政府准备在和会上签字的消息私自通报蔡元培，蔡先生当晚召集学生开会，告之政府决定，走投无路的官僚们终于通过蔡元培亮出了青年学生这张最后的王牌，直接推动了五月四日的爱国学生运动。这项材料大约出自当时外交委员会的外交干事叶景莘的回忆,但极少被人引用,连周策纵先生关于五四运动的权威论著也未加采纳。就我所看到的,似乎只有陈平原、夏晓虹主编的图册《触摸历史》里引用过,而且指出叶景莘是当事人,其证词自有相当的可信度。[①] 这确是需要我们不带偏见、也不有意漠视旧官僚们的爱国心,才能看出历史的真相来。兄有意采纳此说来布局小说,无疑是为了把蔡元培先生推上运动主要发起者的地位,由此将整个运动场景引申到当时政坛幕后的另一天地,使复杂的政治背景与单纯的学生运动联系起来,也使庙堂与广场之间发生了自然的联系。

任何历史假说都有片面性,我虽然赞同并赞赏兄采纳蔡元培先生推动学生运动之说,但也有些担心,既然学生运动是在蔡的授意下提前举行,那又如何解释几天以后蔡的辞职和"杀君马者路旁儿"之言?当然学界是有许多解释和猜测,然而我还是想在小说中看到兄的连翩想象,编织出当事人的内心斗争。很显然,作为一个周旋于庙堂与广场之间的人,他自有两边受气的苦衷:学生火烧赵家楼殴打佞人之举虽属正义,但也超出了他的预料;政府这边对学生的逮捕迫害,虽是他竭力反对的,但作为官场中人他也深谙其必然之道理,这时的蔡先生又当如何在正义与庙堂之间周旋?"我倦矣"三字正是蔡先生无能解

---

① 陈平原、夏晓虹主编:《触摸历史:五四人物与现代中国》,广州:广州出版社,1999年,第60页。

决内心苦恼而一走了之的真性情流露。所以我读大作略感不满足的是，兄对事件材料描写过多，深入人物心理细写较少。试想：从发动学生上街到说出"我倦矣"，不过才短短的五天时间，个人的精神世界里是经历了何等翻江倒海似的挣扎？冯雪峰有一自比，若用在蔡先生身上颇为适合：门神，即在庙堂大门上贴着的门神。门朝里一开他就算在庙里，虽然是站在门口以窥内部堂奥，但终究带入了社会的信息；门朝外一关，他又面对广场，虽然了解广场上的正义声音，但又不得不站在庙堂的立场上。蔡先生一生屡屡站在庙堂之门上充当这种尴尬角色，后来他与吴稚晖、李石曾、张静江凑成蒋介石南京政府的"商山四皓"支持分共清党，也是处于这种庙堂立场。我很佩服兄直面惨淡之历史，不回避蔡支持清党的事实，但又觉得兄将此举责任完全推作吴、李、张的阴谋，蔡元培仿佛是无辜受连累，还是未免有为贤者讳之嫌。为辨别此事，我特意请教了对蔡元培素有研究的袁进先生，他也认为，在分共清党事件中，以蔡的民国元老和监察委员的身份，以及他一贯的无政府思想倾向而言，他支持蒋都有必然逻辑，只是现在史学上迷雾遮障，不易讲清楚而已。袁进先生特意提供一个例子：当时蔡游欧回国，李大钊建议他由苏联取道归国，这自然有争取统战的意思，然而蔡先生拒绝了这个建议，表示对苏俄体制不感兴趣。以我的理解，苏俄当时镇压无政府主义者的事件对蔡元培不会没有影响,再加上北伐期间湖南农民运动中发生的枪杀叶德辉的事件,暴露了乌合之众的暴力之可怕,即使国民党的嗜杀政策蔡先生也未必喜欢,但两者相权,庙堂文人的本能就决定了他的同情倾向哪一边。尽管对蔡元培先生来说,支持分共清党未必就是支持国民党嗜杀大批年轻人,因为这些年轻人包括了他好友的儿子和自己所爱的学生。

我也注意到小说里有些细节十分传神地暗示了蔡先生性格的多重性。一般而言,蔡先生已经被人塑造成一个固定模式:诸如仁爱、宽容和好好先生之类,但真正与他亲近者的回忆中常常流露出蔡先生非常人所道的性格另一面。蒋梦麟曾说:"先生之中庸,是白刃可蹈之中庸,而非无举刺之中庸。"[1]斯言甚诚。依我的想象,蔡先生虽以虚怀入世,但骨子里犹有一种绍兴人的犟拗脾性,一旦尊严受到冒犯能白刃相见。这种个性在鲁迅身上发挥到极致的境界,而像蔡元培这样性格平和的人士偶尔也能露出峥嵘。如组织暗杀团时的蔡元培一定不是宽厚仁慈之人,你的小说描写了北大学生反对讲义费而掀起学潮的一节,蔡元培面对学生怒不可遏,大声喊着"我给你们决斗!"我每读至此,眼前总晃动着一个小老头挥动老拳的可爱,这才是组织暗杀团、大闹学潮的蔡先生,才是披着长发、慷慨高歌

---

[1] 蒋梦麟:《试为蔡元培写一笔简照》,陈平原、郑勇编:《追忆蔡元培》,北京:中国广播电视出版社,1997年,第119页。

的老革命党人的蔡先生。清末民初一代士人都是极有个性的奇人，像孙中山的屡败屡战、章太炎的佯狂装疯、苏曼殊的亦俗亦僧、陈独秀的好勇独撑、吴稚晖的突梯滑稽、胡适之的风流偶傥，都是拔扈飞扬、不可一世的人物。唯到了党国治世，官场幕气日愈深重，才将先驱者塑造成"革命元老""当代大儒""国学大师"，形象也变得模糊不清起来。蔡先生生前身后始终让各色人等重重包围，真性情偶尔流露一二。小说好在允许虚构，兄如能在这方面加强刻画，以还蔡先生奇人的真性情，其功伟矣。

几天来捧读大作，有时无端生出似读《水浒》之感，这也是现代中国知识分子曲折多难的宿命所致。小说前半部分写蔡元培如何礼贤下士，为北大搜罗人才，他先后聘请了性格风貌各异的陈独秀、胡适之、刘师培、辜鸿铭、梁漱溟等人士来校任教，每人进北大的写法均有不同，恰似《水浒》里各路英雄上梁山，风风火火地开创了知识分子在民间岗位上实践自我价值的黄金时代。从《新青年》挥师北上，到五四新文化运动高潮，知识分子群体写得大气磅礴。但"五四"一过，新文化阵营风流云散，小说的气势亦如冰山既倒，以无限凄苦之声，写出蔡元培的悲凉心情。结尾前写到蔡元培与蒋梦麟的一番苦涩对话，道出了一代文化名人的共同悲哀：陈独秀被共产国际作为替罪羊清除出他亲手创建的党，李大钊用生命殉了信仰的主义，钱玄同、周作人的自我消沉，鲁迅两面受到攻击而不得不"横站"，还有康有为的暴卒、王国维的投湖、辜鸿铭的弃世……哲人其萎矣。我读至此，心情也随之变得沉重起来。哦，不，现在毕竟还在新年中，就此打住吧。

陈思和 敬拜

2000年2月15日

初刊沈阳《当代作家评论》2000年第2期

原题为《遥想张元济——关于〈北大之父蔡元培〉的一封信》

致钱理群[①]（谈周作人）

钱理群兄：

正读着大作《周作人传》[②]，又收到倪墨炎先生的《中国的叛徒与隐士：周作人》[③]，你们的书几乎同时出版，虽属巧合，也不失为一种缘分。窗外冷雨如丝，淅淅沥沥地落在阳台上，为室内增添几分寂静。桌上的茶水已凉，两本传记都翻开着，一本放在膝头上，一本取在手里面，一章一章对照着读下来，也不觉得怎样的重复和枯燥。这也许是你们俩的秉性不同，研究思路与专长亦相异的缘故吧。

有人说，一部优秀的传记著作，不但要复活传主本来的精神面貌，还应该起"借尸还魂"的功能，将作者的生气也焕发出来。所以传记不是纯客观的材料展览，它需要"对话"，作者与传主间的一种高层次的精神对话。在你这部书里，这对话岂止是两个知识分子？无论是你，还是知堂，都不是孤单单地

[①] 钱理群，著名学者，时为北京大学中文系教授。
[②] 钱理群：《周作人传》，北京：北京十月文艺出版社，1990年。
[③] 倪墨炎：《中国的叛徒与隐士：周作人》，上海：上海文艺出版社，1990年。

面对面站着。你是属于这样一类知识分子：一方面清醒地追求自己的个性价值，另一方面又从不肯把这种追求看成是个人的行为，或者说，个性的追求也是通过集体的行为来表现的，你在书中扉页上的题辞——"谨献给我的同学及同代人"——便是一个证明，在你的笔下，周作人也不是孤立的，你力图从他身上揭示出一代人——20世纪中国的自由主义知识分子是怎样在残酷的政治斗争中痛苦地挣扎，寂寞地沉落。这将是两代人的共同话题：在"五四"一代的知识分子悲剧里，熔铸了你和你的同代人在1980年代的严肃思考。

周作人是现代文学史上最没有传奇色彩的传奇人物，他的一生基本上是在书斋里度过的，平平淡淡，因为那一段不光彩的历史，他的名字总是与某种暧昧的阴影联系在一起，生前黯淡，身后寂寞。但作为一个哲人的堕落样本，其内心隐秘就像斯芬克斯之谜一样诱惑着许多研究者，也许正是出于这种探索动机，你在传记里有意把传主思想化了。我直到读完这本书，才发现它的真正传主不是周作人的肉身，而是人格化了的灵魂，它并不需要故事细节，也没有什么戏剧性场面，你剖析的是一条被隐藏得很深的心路历程。传主的心灵、思想、感情都一一被抽象出来，汇集成汪洋恣肆的精神长河，在各类因素的互为渗透、互相消长的演变中磅礴地淹没全书。我同意你的思路，因为中国自由主义知识分子的悲剧，是从其精神痛苦中揭开序幕的。

在四十万字的《周作人传》中，前四章叙述了周作人出生到"五四"前夕的生活，材料相当丰富，刻画也算细腻，但因为那段时期是周作人登上人生辉煌点之前的准备阶段，太详细了反倒有些琐碎。最后两章是写周作人抗战胜利后进监狱和1949年以后的晚年光景，由于这是他精神萎靡时期，按照你的"精神传记"的体例，又难免写得过于匆忙。而第五章到第八章——"五四"到抗战，就是周作人一生最饱满、也是最复杂的时期，精神长河呼啸奔腾，是这部传记最见功力的篇章。说句笑话，我在读这些文字时也"投入"了，眼睛好几次发潮，内心有一股感情被汹涌唤起。我关心的是书中对这样两个问题的探索：一是周作人在"五四"退潮时期以怎样一种心理基础去完成由叛徒向隐士转化；二是周作人在沦陷区里怀着怎样一种心理准备下水事伪。对于这两个问题，我向来有自己的想法，现结合你的探索一并写出，以求赐教。

第一个问题。周作人在"五四"后期的转化，不是个别的行为，它体现了一代自由主义知识分子的共同悲剧。周作人完成这种转化的心理背景要复杂得多，远不是用"叛徒与隐士"，或如他自己概括的"流氓鬼与绅士鬼"的冲突所能涵盖。像周作人那样的一代知识分子是很难忘记五四新文化运动初期的辉煌的，尽管他中年以后心仪王充、李贽、俞理初，但那都是后来的事情。20世纪初的中西文化撞击培养出像周作人这样一批接受了西方民主思想的知识分子，他们在中国文化史上破天荒地不依赖政治力量发起一场旨在改变中国社会性质和文化素质的运动。不像康梁那样去搞宫廷变法，也不像孙文那样去从事推翻政权的活动，他们找到了一个新的领域——文化领域，在这里他们感受到前所未有的自如，发挥了前所未有的力量。肆无忌惮的批评，挥斥方遒的勇气，就像神话中突然获得了神力的人一样，他们为自己身上释放出如此大的力量惊诧不已。这股神力，不是别的，正是"人"的观念的发现，或可说是建立在个性基础上的人道主义。由于个性解放是作为一种思潮进入中国的，所以个人主义本身成为知识分子集体的理想主义。但是，这样的文化背景是来自西方文化史的传统，与中国现时的文化背景绝不吻合，正当五四一代知识分子为罗曼·罗兰等欧洲知识分子所标榜的精神独立宣言激动不已的时候，中国现实的政治斗争因为激化而迅速瓦解了这个西方式的文化阵营——知识分子要对中国改革发言，还不得不依赖于政治的力量，无论像吴稚晖、蔡元培、胡适，还是像陈独秀、李大钊以及稍后的鲁迅，他们对政治力量的选择目标不同，但通过政治来实现改革中国的理想、以至实现自身价值的思维方式是一样的，他们都不属于我们通常说的"自由主义知识分子"的范畴。1920年代新文化阵营的分化，是当时的政治对文化干预的结果，大多数知识分子在这次分化中都向传统的文化模式回归了，而唯有在这种背景下，我们才能理解周作人一类人的苦衷，当时除了政治分野上的两军对垒以外，还发生了另一种分化，那就是知识分子所面临的选择：到底走通过政治力量来实现自身价值的道路，还是坚持在文化阵地上的个人主义？

只有拒绝了对任何一种政治力量的依赖，坚持用个人主义的立场和观点去批评社会，推动社会的进步，这样的知识分子才是自由主义知识分子。但是从自我价值的确认到用个人的影响去推动社会进步之间，并不是一步就能够跨过的，这中间有个环节，就是价值观念的转化，即知识分子的价值究竟在哪里？这个问题，五四一代的知识分子并没有解决好，他们无论是否走具体的政治道路，基本思路都没有走出传统的轨道：认为唯有对政治、对社会进步发挥作用，才是知识分子的价值存在。近年来学术界引进过一个关于知识分子的定义，知识分子是指"以某种知识技术为专业的人"，"除了献身于专业工作以外，同时还必须深切地关怀着国家、社会、以至世界上一切有关公共利害之事，而且这种关怀又必须是超越于个人（包括个人所属的小团体）的私利之上的。"这道理自然是不错的，但中国知识界的认同中难免有偏向。因为西方自有它们的文化背景，他们强调知识分子关心公共事务的前提，已经包含了"献身专业"的传统。从古希腊哲学起，西方的学者就有一种超越本体、对永恒真理的探索热情，就像阿基米德对数学的献身热情。在西方知识分子心目中，知识本身就是力量，具有足以抗衡宗教和权力的价值。记得过去读过一本书，说伽利略在宗教法庭上被迫认错，但他说，尽管我可以认错，地球照样是绕着太阳转的。如果不是出于对知识能够超越宗教与权力的绝对信任感，17世纪的人绝说不出这种无畏的话来。近代知识分子与职业政治家的区别之一，是他们首先在专业上创造了巨大的价值，他们是用另外一种价值标准（知识即理性精神）来参与社会公共事务。如果忽略了知识是知识分子的前提，仅以"关怀国家、社会和一切公共事务"作为知识分子的标准，未免是皮相之见，因为在中国，除了政治以外向无其他价值标准。在封建社会中，知识技术非关经国大业，无法引起权力者的重视，更不要说能在价值观上与皇权分庭抗礼。中国知识分子来源于"士"的传统，探究"士"的本来意义，它总是与某种政治阶层联系在一起的，一开始就会有与生俱来的政治价值。传统的知识分子唯攻读经济之道，通过仕途才能实现自己的价值。这种心理积淀，在20世纪初的一代新文人身上远未消除，而且当时的社会也未给他们留有转变的机会，由于新的价值观念和标准都未建立，当中国的自由主义知识分子一旦拒绝了对政治力量的依附，他们就失去了对社会发言的影响力，唯一可做的，就是退回书斋去过默默无闻的寂寞日子。像刘半农、钱玄同等人，都曾经是风云一时的人物，但他们后来在语言学、音韵学方面的工作与价值并未再被社会重视，人们只记得他们曾经在新文化运动初期作为一名战士的价值。这样就很自然地把他们划到了"落伍"的行列。周作人应该说是这一群人中唯一在价值转换中获得成功者，他在拒绝了政治力量以后，奇迹般地在自己的专业——散文创作上建立起新的独创的价值标准：美文。即便是他的批评者，也无法否定他是一流的散文家。但即便如此，周作人为他的选择仍然是付出了沉重的代价，他的散文中一再流露的苦涩之情，正源于此。

基于上述认识，我在读第五、六、七三章时就特别感动，你写出了一代自由主义知识分子如何在风雨如晦的政治斗争下痛苦挣扎的经历。"'小河'的忧虑""'主张信教自由宣言'的风波"，这两章节可以说是了解周作人思想发展的关键，前一章节写周作人对新文化运动发展的可能性后果产生的隐忧，后一章节则写出了这种忧惧成为现实，自由主义知识分子第一次在政治力量面前显示出独立的行动。如果说这是周作人对左的政治力量的拒绝，那么，"卷入时代旋涡中""在血的屠戮中"等章节，又写出了周作人同右的政治力量的斗争，一个自由主义知识分子的形象，正是在这种特立独行的行动中形成的。

然而自由主义知识分子在中国一旦形成也即意味着失去，因此他们的苦涩心境唯有在充分理解他们的基础上才能给以准确的把握，寂寞的沉落本来是痛苦挣扎的结果。我觉得你在第七章里很成功地传达出这种心境。你是出于同那一代知识分子同样的价值观念来再现这种心境的，它表现为对新文化初期的中国知识分子黄金时代的强烈追慕，周作人们在追怀，你在追慕，两种情绪浓浓地织在一起，才使你写出像"五十自寿诗""风雨故人来"这样的精彩篇章。"五十自寿诗"是中国文坛中的一桩公案，过去一向被左翼批评家指责为"五四"一代精英"由叛徒变隐士"的铁证，否定居多，后因公布了鲁迅的"讽世"之说，激情稍平，但"群公"的肉麻相，照旧不得原谅。而在你，独独在那"群公相和"中看出的是："这是中国一代自由主义知识分子对于自我内心的一次审视。"在"风雨故人来"中，你居然把周作人的书斋生活写得如此有生趣，寂寞的苦读成了非凡的精神对话："周作人冷落的苦雨斋经常'高朋满座'了，时有朗朗的笑声飞出窗外，惊破满院的寂静；更多的则是会心的微笑，每当宾客散尽，周作人就连忙把这会心之处，连同微笑，一齐记录在纸上……"历来认为周作人这一阶段的散文创作趋于枯竭，不过充当了"文抄公"的角色。而在你的笔下，读书是有生命的读书：拒绝了政治力量的依附，恐惧着"小河"的泛滥，周作人在精神上转向中国文化传统，企图从其中的民主性精华里寻求安身立命的支撑点，并以他在散文创作上的价值，企图打开一个批评社会、关怀公共事务的局面，继续履行自由主义知识分子的使命。周作人的这种努力自然是失败了，原因是抗战的爆发终止了他成为一个真正的自由主义知识分子。

接下来第二个问题，我们可以探讨周作人沦为汉奸的心理因素了。关于这个问题，大作与倪墨炎君的《中国的叛徒与隐士》都作了一些解释。相比之下，你的责备更加苛刻与严厉。你是接着前一个话题引申出来的，你说："学而优则仕，读书求仕这本是中国儒家知识分子的传统道路，'五四'以后，又有知识分子从政这一条道。应该说，这条道本身并无可非议，在某种程度上，知识分子总要通过各种途径将自己的思想转换为现实。这其中就包括有从政这一条路。问题是，历史的事实总是这样：文人一为吏，知识分子一从政，总要被异化、工具化，失去个体的自由与自我，即鲁迅所说，一阔脸就变，周作人戏剧性的角色转换，以及由此产生的悲喜剧，即是一个典型。"这可谓是"诛心"之论。围绕这一思想，你不断从道义上责备周作人的汉奸言行和对"五四"传统的背叛，你指出："周作人参与开创的'五四'传统一是爱国救亡，一是个体自由，现在周作人于这两者都彻底背离，说他'堕入深渊'即是由此而来。"我完全理解你的悲愤，但这种指责是过于情绪化的。倪墨炎君在解释这个问题时态度比较平和，他多从材料出发，作了不少具体的分析，如对周作人几次参加华北治安演化运动的表现，毕竟与其他汉奸有不一样的地方，对周作人提倡"中国思想问题"与其日本主子的意图之间的差异，对周作人帮助过革命者特别是李大钊烈士遗孤的事情，对周作人在这一时期的文学活动和保护教育设备和图书等等，都有了比较详细的说明，这为我们进一步研究周作人提供了重要资料。

我这么说，绝没有要为周作人做汉奸一事辩解，倪墨炎君也没有这个意图，因为这是一个事实，谁也否定不了。令人感兴趣的是构成事实背后的原因，像周作人这样一个自由主义知识分子怎么会甘心沦为汉奸又终生不悔的？是怎样一种心理支配着他？倪墨炎君曾归咎于他思想上的"历史循环论"，不错的，周作人一向看重晚明那一段历史，一向认为今天就是崇弘时代的重复：风雨飘渺的明王朝就是国民党政府，日本占领了东三省，伪满洲国又死灰复燃，祸国殃民的特务政治犹如东厂，大批的知识分子如东林党人惨遭杀戮，清醒之士躲进艺术的象牙塔中讲性灵，崇自由……而自己也不过是"复社"里的一个人。于是他说："假如有人要演崇弘时代的戏，不必请戏子去扮，许多脚色都可以从社会里去请来，叫他们自己演。"从这种历史循环论看时事，得出中国必败的绝望是可想而知的，抗战爆发，周作人不愿随其他人南迁而留守北京，除了家庭原因外，也是有思想根源的。但问题是读明史即使读出了中国必亡于日本，也未必就要去当汉奸，明末士林中有顾亭林、黄宗羲、王夫之，当然也有钱谦益，历史已为他们安排了各自的位置，难道周作人还不知道么？

所以我想，讨论这个问题必须跨过一个概念，即所谓气节。我们批评周作人事伪，依据就是他丧失了民族气节，我们在评论顾、钱诸人的功过，着眼点也在气节，因为钱谦益贪生怕死，没能为大明朝守节。但是在周作人的道德观念里，气节的概念本不存在，他在1949年给周恩来（一说是给毛泽东）写的一封信里，大谈自己最初对共产主义的认同来自妇女解放问题，这是事实，有"五四"时期发表在《新青年》上的《随感录·三十四》为证；但周作人显然醉翁之意不在酒，马上笔头一转，从批评"夫为妻纲"转到了批判"君为臣纲"："所谓忠贞、气节，都是说明臣的地位身份与姜妇一致，这是现今看来顶不合理的事。在古时候，或者也不足为怪，但是在民国则应有别，国民对于国家民族得有其义分，唯以贞姬节妇相比之标准，则已不应存在了。我相信民国的道德唯应代表人民的利益，那些旧标准的道德，我都不相信。"他还特意地说明："我的反礼教的思想，后来行事有些与此相关，因此说是离经叛道，或是得罪名教，我可以承认，若是得罪民族，则自己相信没有这意思。"这封信虽出于为自己辩解，但对了解周作人的思想的发展环节是很重要的，因为他自己所辩解的，很符合他一贯的想法，并非强辩。我过去对周作人事伪的思想动机作过一些猜测，待这封信公布，才算得以证实，所以我很重视它。但我发现对这封信所要表达的思想，你恰恰没有给以充分的注意，是否认为其大节已失，自辩也无济于事了呢？

其实，否定礼教与气节，正是中国自由主义知识分子的一个思想特征。所谓"节"，抽象的说是志气与节操，没有什么不对的地方，但具体运用"气节"时，通常是指为一个虚名而牺牲实在的价值，或为已过去者牺牲现在的实有，这是以个性为基础的人道主义者们所不能容忍的。在个人主义看来，小到女人为亡夫守节，大到臣子为忠君爱国的虚名守节，都是用一种空洞的名义来压制个性，甚至是毁灭个人的生命，这根本是反人性的。封建社会里通常的情况是男人活着的时候并不把女人当作人看，一个朝廷盛兴的时候皇帝也没有把治下的臣民当作人看，不过是当作一个私人之物占有着，一旦到自己完蛋了，就希望那些私人占有物统统陪葬，要么砸碎也可以，总之是不甘心落入他人之手。反之，那时代的男人决不会为女人守节，主子也决不会为臣仆守节，纵有类似的事发生，也不被认为是守节。史可法失守扬州，自知明朝将亡，便战死殉身，这是守节；项羽兵败，无颜见江东父老而自刎，江东也随即落入刘邦手中，但谁也没有说项羽是为江东父老守节。其主宾关系极为鲜明，本义上就包含了不平等的关系，所以一代知识分子莫不以反守节为战斗使命之一。但到 1930 年代中期，民族矛盾上升，国内统治者在宣扬爱国主义与民族主义的时候，不免又大谈气节，大谈文天祥、史可法，偷梁换柱地把一套忠君爱国的封建伦理道德捧了出来，这只能是对当时的统治者有利。在周作人这样的悲观主义者看来，当时的中国社会如此黑暗落后，中国的政府如此腐败残忍，其失道寡助，败局已定，凭什么要人们去为它守节：同样意思的话鲁迅也说过，出处一时想不起了，你一定记得，大意是说，不要在宣传做异族奴隶的苦难时，让人觉得倒不如做本族统治者的奴隶好。周作人曾嘲笑那种"愧无半策匡时难，惟馀一死报君恩"的不中用、没出息的家伙，认为劫难临头，与其为一种虚名而死，倒不如投身苦难中做一点实在的事情，也即是"舍身饲虎"的意思，这种思想由1930年代发展到抗战，他不愿跟随国民政府南下逃难，而是苦住北平，以致下水事伪，都是有其不得不然的原因的。

这只是从一个自由主义知识分子的思想根源处看他们对气节的态度，再进而论之，中国的统治者也明白得很，气节不过是用来哄下面一些呆子的，当不得真。真正的思想道统里也不怎么认真地对待这个问题，《左传·襄公二十五年》记载崔杼弑齐庄公一事，当时发生两件事：一件是负责记载历史的太史兄弟数人，坚持要把"崔杼弑其君"五字写入史册，一个一个都被杀死，但他们忠于史德，前赴后继，终于让崔杼也无可奈何了。另一件是当时的宰相晏婴闻庄公死，便跑去"枕尸股而哭，兴，三踊而出"（《史记·管晏列传》说他"伏庄公尸哭之，成礼，然后去"）。哭后他依然做他的官，为新主服务。有人责问他，他看看天空，说："婴所不唯忠于君，利社稷者是与，有如上帝。"他并不去守节。这两件事《左传》都持肯定态度，太史兄弟的献身是为了说真话，坚持一个真理，他死得其所；晏子不死是因为他把国家利益看得比君主高，政治家应为国家人民做事，不必在乎守不守节，他不死也是应该的。这段史料把这层道理讲得很清楚。古人所谓"圣达节，次守节，下失节"（《左传·成公十五年》），把死节作为下策。达节者，不过是不拘常格而已，即便是孔子本人，也有过这种"达节"的行为。《论语·阳货》载："公山弗扰以费畔，召，子欲往。"子路欲阻其行，孔子曰："如有用我者，吾其为东周乎？"我过去读这段话，百思不解其意，想不通孔子怎么会这么下贱，为了做官竟想去投靠乱臣贼子。人到中年后，多少有些懂孔子的苦衷了，想不想做官是另外一件事，至于讲到做谁的官，如果跳出名分的圈子，各国诸侯又何尝真有"为东周"的可能性？真命天子与乱臣贼子，不就是以胜负而定论的么。

这样，周作人事伪前的思想脉络基本可理清了，如果说，历史循环论是从消极的一面解说了周作人，那么，超越气节的思想传统是从积极、进取的一面去解释的。北大南迁时，周作人由历史循环论得出了中国必败的看法，不愿把自己的命运拴在他早已绝望了的国民党政府的成败之上，同时，他对于当时民族救亡力量也是不信任的，再加上家室拖累（当时许多人都曾抛妇别雏，周作人居然无法做到这一点，我猜想除了他被自己一手造就的苦雨斋的安静环境异化以外，羽太对他的制约也是一个重要缘故，周建人在《鲁迅和周作人》一文中说过周作人夫妇之间的一些事情，我没有不相信的理由，因为家庭对一个现代中国人的制约，有时会胜过国事的力量），周作人又仗着自己是日本通，对日本人的进驻不会有什么恐惧，所以他决定留北平苦住，准备当一个殖民地的现代遗民。可是当日军占领以后，北平作为沦陷区的北方中心，政局相对稳定，政治措施相继推行，文化侵略政策也步步相逼，不容周作人不与当局虚与周旋，如出席"更生中国文化建设座谈会"和"保护北大理学院校产"等事，虽性质不同，都可说明这段时期他与敌伪周旋的情况。但到了他赖以为生的中华教育文化基金董事会编译委员会南迁，元旦遇刺又是雪上加霜，连燕大教职也不敢担任的时候，他的经济发生了恐慌，这才使他不得不重新考虑自己的出路。元旦的刺客未必就是日本特务，但他既然被对方当作猎取之物，威胁的阴影总是笼罩"八道湾"，作为一个个人主义者，他并不想为国家民族的名分去牺牲个人的生命，这时候，"圣达节"的思想会是他最好的下水理由。周作人岂不知道后方文化界为他下水而愤怒、而声讨的情况，但他所谓"我不相信守节失节的话，只觉得做点于人有益的事总是好的，名分上的顺逆是非不能一定"的辩解，在那个时候是最能烫平他心中的惭愧与知罪感了。

顺便说一下，我在你写的《周作人传》里还注意到另一种原因，这属于个人品性上的问题，就是在表面上潇洒淡泊的周作人身上，依然有很庸俗很小器的一面，按现在的话说，是"上不了台盘"的性格。你的传记写得很细，例举的一些事我过去都不甚注意：第一件是1929年他女儿若子病死，周作人连续两天在《世界日报》上大登广告，来搞臭误诊的山本大夫名誉。这广告我过去从刘半农的杂文中看到过，但未曾注意其因果，现知情后感到是大可不必的事。第二件是1930年代周作人与胡风等左翼青年发生过争论，这本无可厚非。可是到1960年代，胡风被迫害入狱，周作人竟在《知堂回想录》中称其"专门挑剔风潮，兴风作浪"，加以诬蔑，这行径虽有当时风气使然，但落井下石，实在与当汉奸一样下贱。我过去读《知堂回想录》未曾注意，这次读你的传记才知道有这么一回事，令人叹惜。第三件是敌伪时期，周作人因受倾轧而下台，迁怒于汉奸朱深，待朱深病死，他在日记里幸灾乐祸，也实在是小人之为。类似事情还有一些，把周作人性格的另外一面——斤斤计较，睚眦必报，甚至有些"破脚骨"的无赖和绍兴师爷的刁蛮，都暴露无遗，这虽属于性格上的小疵，但计较小利者，眼光难以长远，胸襟难免狭隘，平时在理性制约下无足轻重，但在人生道路的关键抉择之时，理性失去判断价值之后，它就会起重要的作用。思想上的超越气节与性格上的实利主义，我觉得是周作人下水的重要原因构成。

周作人本身是个自觉的自由主义知识分子，即站在个人主义的立场上，一面在专业领域创造美文的价值和建立自身的地位，另一面又以这价值和地位为资本对社会作批评。虽然这批评是以讽世的形态出现，但1930年代他对中国社会现状所持的清醒态度，是没有疑问的。下水以后，他开始提倡"道义事功化"，虽然是精神上的自我麻痹，但也不能怀疑其真诚，如他给周恩来的信中所说："我想自己如跑到后方去，在那里教几年书，也总是空活，不如在沦陷区中替学校或学生做得一点一滴的事，倒是实在的。"这话的前提是他起始并没有打算这么做，但事伪以后，既然形势逼迫他出来做事，那他就接受伪职，在自己职权范围内做一点一滴有利教育的事。这种思想应该给以充分理解，因为它概括了沦陷区出任伪职的人员中相当普遍的思想。这自然是指天良未泯的人员。然而周作人有比一般人更高的理想境界，他在《中国的思想问题》《中国文学上的两种思想》《汉文学的传统》中所表达的中国自由独立的文化传统，那就是儒家安邦利民的民生主义，有这种思想传统在，中华民族不会亡。或者说，亡的仅是国民党政府，而非中华民族。

周作人将文化的涵盖面高于政治以至政权，是有历史依据的。中国汉民族在历史上虽经五胡十六国之乱、金元侵宋，以及清人入关，但中国文化不但未亡，还同化了异族，使中华民族生生不息地发展下去。在周作人看来，日中战争在军事上政治上胜败已定，而从文化上说，孰胜孰负还未可知，所以虽事日而鼓吹中国的思想传统，这也是周作人一贯的思想。早在他留学日本时期，他在《论文章之意义暨其使命因及中国近时论文之失》的文言长文中就表达了这种思想，他认为"国民性"（nation 其实指民族）有"二要素焉：一曰质体，一曰精神。质体云者，谓人、地、时三事。"并说"质虽就亡，神能再造，或质已灭而神不死者矣"。他以古代埃及虽亡国而文化尚存、精神不绝，终至近代希腊复兴为例子，证明他对当时东欧的预见：现在亡国的东欧各国，精神尚存，因而会抵抗不止。这些思想用在敌伪控制下的中国，就是所谓"古的中国超越的事大主义"，自然会与日本侵略政策相抵触。作为一个出任伪职的人员，周作人此时此地，从心理上来说，这样做也多少能平衡过去。记得几年前我在太原访常风先生，常风先生告诉过一件事。抗战胜利时，沈兼士任国民党在北平的文化接受大员，周作人曾对常风表示：沈兼士可以派他到日本去负责清点从日本归还的文物工作。可是第二天周作人就被国民党政府以汉奸罪名逮捕入狱了。可见他在被捕前并没有把自己与一般汉奸等同起来，自以为还有功于文化教育。倪墨炎的《中国的叛徒与隐士：周作人》中写到了周作人出任伪职期间对国共两党的地下人员都有过帮助，但事后在法庭上周作人并未举例为自己辩护，反复所举的就是《中国的思想问题》等文章以及保护校产。这是一个相当令人深思的现象。我想周作人不会忘记这些事情，尤其是在病笃乱投医的当时，也没有什么不便说的地方，他之所以不说，我猜想是他并不把这些政治行为看作是他分内的职责。那些事不过是说明他非死心塌地的汉奸而已，唯思想文化上的工作，才是他经过认真思考而选择的，是敌伪时期作为一个自由主义知识分子唯一可做的工作。尽管这文化的工作，特定条件下也包含着政治的含义。

两本传记都把周作人这一时期提倡"道义事功化"与他以前作为自由主义知识分子的言论比较，认为他在思想上有了一百八十度的变化。我倒不这样看，因为儒家思想本身就有两面性，所谓达则兼济天下，穷则独善其身。他在1920年代末的白色恐怖下看破政治斗争的残酷，称"苟全性命于乱世是第一要紧"，提倡闭门读书，从民俗学等方面着手清理中国文化，写作美文小品来重新确定自身价值所在；在事伪以后，虽非自愿，但既然在位，倒也不妨"济"一下"天下"，在职权范围中将"道义"事功化，这时期他大谈保存中国文化传统，强调为人生的文学，都源于此。两者在周作人身上是一剑之两刃，互为表里。但问题是，这样一来，周作人的身份也改变了，他不再是一个不依靠政治力量来证明自己价值的自由主义知识分子，而是兼有双重的身份：官僚与知识分子。作为知识分子，他依然企图利用自己的专业来证明不依赖于政治力量（官场）的价值，如关于"中国的思想问题"、中日文化的研究、散文和读书随笔的写作，都是以一个学者、作家的身份从事的；但作为官僚，他又不能不按上面的调子唱，这些官话或以伪教育督办的身份、或以官方的头羊身份来发表，自然是臭气熏人，但他自己也不怎么看重，即使在他做官得意的时候，这些文章讲话也照例不收入编年文集，可见他心中是非甚明。这是专制时代知识分子的悲哀。日军占领下的北平伪政权，不过是刺刀下的傀儡，不要说被统治下的人民没有任何民主自由可言，即便是那些官僚，又何尝有丝毫权利？近读汉娜·阿伦特（Hannah Arendt）的《集权主义的起源》（*The Origins of Totalitarianism*）[1]，著者指出权威政府与独裁政府的区别在于前者的国家政治结构犹如"金字塔"，政治权力立于整个政治结构顶端（即中央政府），以下一层一层的政治权力机构都拥有程度不同的权力，越到底层，权力越小；而独裁政府则是

---

[1] 汉娜·阿伦特（Hannah Arendt）是德裔美国政治理论家，曾师从海德格尔、雅斯贝尔斯，主要著作有《极权主义的起源》《论革命》《人的境况》等。后文引用的阿伦特关于权威政府与独裁政府的区别的议论，出自阿伦特的 *What Is Authority* 一文。《极权主义的起源》现已有北京三联书店 2008 年出版的中译本，林骧华译。

集权力在一个统治者手中,其他所有人(指政治权力机构中成员)均受这个独裁者压迫,因此,所有人都没有权力,都不过是独裁者意志的傀儡。"在这个政体里,权力与权威荡然无存。被统治的子民根本没有任何机会组织成团体参与公众事务,政体权威……只是来自赤裸裸的暴力工具。"我想以此来描述周作人当时所处的政治背景,是极适合的,不过那个独裁者非个人,而是他们的日本主子,而汉奸的大小组织虽然沐猴而冠,却没有任何主权可言,在位时就必须听从主子的命令行事,上台下台也随主子的意图而行。这处境与封建社会正常皇权下的官僚机构意义并不一样,因为中国封建社会除了皇权以外,知识分子心中还有一种道统存在,即儒家文化的思想传统,知识分子往往先是接受了这套思想传统再去做官,所谓"学而优则仕",一个正派的知识分子决不是无原则地做官,而是依据了圣贤的学说在去践约忠君报国,通过政治途径实现知识分子理想。因此,当皇权与儒家道统一致的时候,君臣相得益彰,也是明君贤臣的时代;一旦皇权落在昏庸荒唐之辈手中,违背了儒家道统,大臣即会依据道德的标准来反对皇帝(所谓"文死谏",正是这种矛盾尖锐化的产物)。儒家思想传统中一向有君轻民贵、社稷重于君王的民主性因素,它使知识分子在选择皇权时候有一定的自由性。可是在侵略军占领下的伪政权,除了服从做一个侵略政策的过河卒子,没有任何个性自由可言。

所以周作人一旦误上贼船,就不可能再是一个自由主义知识分子,甚至连双重身份也不可兼得,"反动老作家"事件就是一个信号。你在传记里用一个概念来描写此时此境的周作人,特别传神,那就是"官僚化思维"。身在官场,犹能保持人的清醒,然而官僚化思维形成,使人的心理素质、情绪都官僚化了,再改也难。你在第八章第二节里写了周作人如何从生活上、感情上、心理上向官僚化蜕变,令人感慨系之。本来"官僚知识分子"与"自由知识分子"是两个截然对立的概念,它们不可能统一在周作人的身上,但他既然进入这个政治机器,他就必须按照这个机器的操作运转,不可能再随心所欲,"欲看山光不自由",再想赖在苦茶庵里保持一个自由主义知识分子的高风亮节,难矣。

你的论述给我一个启发,周作人一生的道路,叛徒与隐士的对立远不能概括其全貌,因为这两者就如同他自己所描述的"两个鬼"那样,都是自由主义知识分子的两面,而且做"隐士"或"绅士鬼",与堕落为汉奸也没有必然的因果关系。在他身上,真正的悲剧性的对立是自由主义知识分子与官僚知识分子的对立,这才是知识分子在专制时代的一个失败,不仅对周作人个人有意义。

你的书中还有许多精彩的分析,如根据周作人的日记,分析他与乾荣子的情感关系、与羽太的不和,等等,虽尚语焉不详,却是犁开了周作人研究中一片空白的天地,从家庭、恋爱的难言之隐放手研究周作人的散文创作及其研究学问的兴趣,也许能揭示这位现代哲人更深层的心理世界,是一个相当有趣的题目。

罢了,一封信写了好几个白天与晚上,思维若续若断,不觉现已东方发白了。

弟 思和
1990 年 12 月 19 日于上海太仓坊

初刊北京《中国现代文学研究丛刊》1991 年第 3 期

原题为《关于周作人的传记》

致陈子善[1]（谈周作人）

子善兄：

《知堂杂诗抄》[2]已收到，谢谢。这本书的问世，将会是现代出版史上的一段佳话。前有郑子瑜先生藏稿于海外，后有兄的苦心辑佚，并联系出版。这薄薄的一本小书，前后竟花费了两代学人二十七年之久，今我抚摸这雅洁的封面，心中自然有些感叹。

周作人对新文学最大的贡献，是早期论文与散文小品，写诗非其所长。他在"五四"时期的新诗虽名重一时，如今却只能当作散文来读。至于旧体诗，亦不及郁、田诸人的严谨醇厚。所以我觉得，这本"杂诗"集的出版，意义不在于它给新文学增添什么，而在于对周作人的研究以及对沦陷区文学研究，都将是一种填补空白的努力。

我学习现代文学，对三个人怀有极大兴趣。他们经常盘踞在我的脑中，仿佛是耸立着的三大司芬克斯之谜。其一是王国

---

[1] 陈子善，文史专家，华东师范大学中文系教授。
[2] 周作人：《知堂杂诗抄》，长沙：岳麓书社，1987年。

维，以一代学界巨子的睿智，竟会尽忠清废帝溥仪，葬身于昆明湖；其二即周作人，一个对本民族的污浊持如此清醒态度的学者，竟会屈从敌伪，丧失气节；其三是瞿秋白，一个有才有识的革命家，临刑前却写下了那份多余的遗言，虽是直率地解剖自己，招来的则是半个世纪的误解与攻讦。他们三人所走的道路截然不同，于国家于学术的功过也不可同日而语，我把他们放在一起，并不是想比附什么，不过是借这三个性质各异的人的所作所为，指出人性的复杂。他们三个，一个曾攻读西方哲学，一个是深谙东洋文化，还有一个熟知俄国文学，均可说是中外贯通，在两种文化的杂交之中生成的一代精英。他们给后人留下的人性之谜，恐非今人简单的政治判断所能解答。对于王国维之死，我最近作一论文试图解答，但不知能否为人所赞同。对于瞿秋白《多余的话》的解读，现在材料还太缺少（据说秋白有许多书信诗词至今都未能发表，实为遗憾），还无法理清他的真实思想状况。我于前年曾作一短文，只能初步地提出一些想法。唯独周作人下水事伪，我是迟迟地、悄悄地思考着这一大谜，未敢去贸然惊动。

现在这本《知堂杂诗抄》的出版，至少为了解这一悬案过程中当事者的一些复杂心情，提供了第一手的资料。郑子瑜先生在书跋中说："我们如果要研究他的思想行谊，要知道他在战时写了些什么诗篇，有些什么样的感慨；战后在南京老虎桥狱中，闲中无事，自己觉得怎样的悔恨，怎样的心仪古人，以及在怎样的心情之下回忆故乡及儿时生活，这些诗篇，却又是不可缺少的研究资料。"斯言甚明。如把《知堂杂诗抄》中《苦茶庵打油诗》与周作人年谱时时对照读之，即可看出那种一边周旋敷衍于魍魉世界，一边对国事对个人怀着深深忧惧的复杂心情。周作人在这一时期所咏所题，从"有时掷钵飞空去"的旷达，到"逆流投篙意何如"的悲哀，虽然还竭力保持着孤芳自赏的名士气，但大节既失，清高也不过是自欺欺人罢了。

周作人是一个生活道路平坦的学者，他不像鲁迅那样，是在经历了中国革命失败的惨痛教训以后跨入文坛，对中国现状的改革那么敏感和富有经验；他也不像胡适那样，在自由竞争环境中成熟起来，对自己的功名前途充满自信。周作人是属于别一种学者，他留恋自己的书斋，自矜于渊博的学识和广泛的兴趣，"五四"初期来之颇易的盛名给他带来了养尊处优的物质条件与知足常乐的精神哲学，使他的社会责任感与个人功名性处于萎缩状态。他思想上的"流氓鬼"催迫他写下一系列富有战斗性的杂感，但他的写作动机并非出于社会责任感，而是来自道德上的个人选择。这种空泛的道义力量在严酷的社会现实面前是不堪一击的，所以，一方面，从1920年代末起，他从对观实的深刻绝望中意识到历史循环的不可避免，从当时中国社会的内乱外祸、门户倾轧、政治黑暗的现状中，看到了明末社会的影子，对国家的前途作了悲观的估计。他仿效晚明"公安派""竟陵派"文人，企图以抒性灵的自由来对抗现实的不自由，求得苟全性命于乱世。另一方面，他读旧书，讲民俗，品苦茶……直至事伪以后，还侈谈"中国的思想问题"，以保护中国文化传统自居。我现在无确凿材料可以证明周作人是否受到古代犹太民族文化的影响，但这种绝望于国家前途，且置弃不顾，反过来寄希望于民族文化传播的行为，在中外历史上尚有前例可援。《论语》载：公山弗扰叛，孔子欲往，并堂而皇之地说："如有用我者，吾其为东周乎？"其反映的也正是同一心理。正因为如此，《知堂杂诗抄》中的《老虎桥杂诗》，并不如郑子瑜先生所说的"自己觉得怎样的悔恨"，正相反，他题咏古人和儿童的杂诗中，总是隐隐地流露出"无人信高洁，谁为表予心"的想法，他屡屡说到"投身饲虎"的意象，可能也是出于同一意思。

读了《知堂杂诗抄》，我的这些想法更为明确了，也许，在以后适当的时候，我将更加深入地研究这一课题，了却纠缠于心头的一件心愿。为此，我衷心地感谢你。此外，我还想说几句题外的话。这本诗集虽由作者本人编定，又经过兄的细心补编，资料上的搜集相当齐全，但我以为要论周作人的诗歌创作，他在"五四"时期写的新诗比以后的旧体诗更有价值，既名"杂诗抄"，理当还可以再增编一辑，收其《小河》等新诗。

现在出书不易，出一本要比出两本方便，内容总以丰富为好。再者，置于《书话》《序跋》之列，这本"杂诗抄"也确实在篇幅上略嫌单薄。

岳麓书社在发掘和出版近现代文化旧籍方面做了很有益的工作。我读过台湾出版的《周作人全集》，价格昂贵，装帧豪华，但搜集的内容残缺不全，版本也无选择，有点像"抓到篮里就是菜"的意思。相比之下，岳麓社所出几种，装帧设计与编辑方法俱佳。而且从文体的角度编辑周作人旧著，打破其前期后期之分界，使之以完整的面貌出现，亦不失一种编书方法。我看已出的三种再加即将出版的《知堂集外文编》，已占去周作人全部著作的一半，如再能按统一风格续编《知堂杂感》、《知堂小品》、《知堂学术论著》（可收入《欧洲文学史》《中国新文学的源流》等）以及《书信》《日记》《回忆录》，也可以成为一套很有学术价值的新编文集，无论在编辑主体风格的确立方面，还是在经济上，都较之重复影印周作人单行本旧著有意义得多。

还有，周作人不但是散文家，也是翻译家和中国现代最初的外国文学研究者、介绍者之一。他在"五四"初期至1930年代的许多译作，篇后都附有译者弁言、后记之类，有的介绍作者情况，有的发表译者感想，寥寥数语，见解却十分精彩，表现出一个真正的作家风度。如在波德莱尔散文诗的翻译附记中对波氏的评价,其深刻处至今也鲜有人超越。这些小文本该收入《知堂序跋》中,如今遗漏了,应在《集外文编》中补入,因为这是研究周作人思想创作的一个重要方面。

我与钟叔河先生不相识,但对岳麓社所出之书,极为喜欢,几乎每书必购,反复阅读。以上几则,都是我读书时的随想,现写出,望兄能转告钟先生为盼。

弟 思和

1988 年 1 月

初刊北京《中国现代文学研究丛刊》1988 年第 2 期

原题为《读〈知堂杂诗抄〉》

致汪应果[①]（谈巴金）

汪应果兄：

在北京召开的"巴金与20世纪文化"研讨会上，有幸聆听兄所作的报告，兄以一贯的深刻洞察，分析了巴金的理想主义及其文学观念与20世纪的密切关系，以及其历史地位。巴金是20世纪中国思想的某种理想主义的象征，其意义在苦难中国从自身的愚昧、屈辱摆脱出来的过程中，达到了奇迹般的辉煌。十年来中国知识分子在反省、忏悔中慢慢地成熟起来，终于从一个依附于庙堂的喉舌朝着独立于社会的批判力量发展，巴金的思想和写作始终是一面鼓舞人心的旗帜。正如兄所指出的，巴金的生命整个地融入了中国现代文学的全过程，这一生命与文学进程相重合的现象，本身就赋予巴金一生以特殊的意义。我也很赞同兄对即将到来的21世纪可能出现的时代特征和文化特征的分析和批判，尤其是关于"历史运动向对立面转化的普遍规律"的阐发，果然发人深省，启人深思。但我

[①] 汪应果，学者，时为南京大学中文系教授。

觉得兄由此得出了"巴金不可能成为新时代的代表"的结论,其理论依据似乎只是来自 20 世纪文学史研究中的某些误导的方面,根据这些被经典的文学史家们误导的结论来推论,答案难免是悲观的。问题的关键不在于巴金有没有可能在 21 世纪继续成为一种精神象征,讨论这样的话题本身是没意思的,但这个话题却明白无误地对我们提出了一个警告:假如我们按照传统的研究思路来读解巴金,继续把巴金看作是"五四"文学传统中理想主义、现实主义和爱国主义的代表去发扬光大,那么,这种研究(包括对整个"五四"以来新文学的研究)在未来的新时代都会丧失活力,这错误不在时代,而在我们努力摆脱了一套传统的研究思路以后却无力再度摆脱我们自己为自己茧缚起来的研究思路。无论我们怎样钟情于自己的专业,甚至不惜牺牲一切来坚守这块土地,都是无济于事的,任何学术活动都无法与时代的气脉隔离。回顾巴金研究在近十多年来的道路,也同样清楚地反映了这一点。

所以,那天在会上听了高论以后,引出了我的许多想法,一时间头绪甚多,又是坐在后排,想站起来发言感到不便;到了会后,我们又各忙各的,连坐下来说说话的机会都不多,好容易又到了一次会上,有了一次发言的机会,我只稍稍谈了一些想法,本想借此话题与兄讨论下去,不料偏偏那天兄外出了,未参加会议,讨论的希望又落空了。六月份去南京,在南大校园里和一家什么楼会餐时都是匆匆忙忙的，无法安心讨论一些问题。但我始终觉得兄在会上提出了一个很有意义的话题，对这个话题的深入讨论，其意义将远远超出巴金研究自身的意义，或可涉及如何看待"五四"新文学传统，如何理解知识分子在现代社会的职责、作用及其价值取向，也将涉及我们自己怎样从假设的"五四"传统里走出来，重新确定我们这个时代的知识分子应守的岗位和应做的工作。这不但关涉能否激活巴金研究的学科生命力，也将关涉整个20世纪中国文学研究发展的可能性。

　　昨天收到兄寄来的论文稿，连忙拜读了一遍。兄在北京会议上发言的观点又鲜活地跃然纸上，再一次激起我想讨论的欲望。当然不敢说是"商榷"，事实上也不是商榷，我只是想沿着兄提出的话题继续说下去，对近十年来我们所从事的巴金研究工作作一番反省。这些反省的材料大都来于我对自己以前的研究工作的重新审视。但因为讨论的话题由兄提出，所以还得从兄的高论谈起。兄之大作，观点仍与会上的报告相同，主要有两点：一是巴金所代表的时代及其涵盖的历史跨度；二是为什么巴金不能同时连接新旧两个时代？这个已经"扑到眼前"的新时代到底是什么？连接这两者的有个更有趣的话题是，巴金为什么不能像但丁那样，既能"成为中世纪的最后一位诗人，同时又是新时代的最初一个诗人"？兄的论文自有很严密的逻辑，而且这些问题里有许多方面都是我无法企及的，譬如对意大利人但丁究竟是如何既成为中世纪的最后一个诗人，又成为新时代的最初一个诗人，我实在是茫然得很，只知道恩格斯这么说过；又譬如巴金究竟有什么必要成为连接新旧两个时代的桥梁，而且作为一个时代的代表究竟有哪些依据？这些也没有搞清楚。但有一个话题我似乎有些话可说，也是我经常在想而又不得其解的：即我们是在哪个层面哪个意义上来规定巴金的时代性？

任何话说出来时都有一个逻辑前提，我们今天讨论巴金所代表的时代性，往往省略了一个既定的前提：巴金是个反封建反帝的作家，这与"五四"的反帝反封建的根本传统是一致的，所以他的思想与写作反映了"五四"时代（也就是20世纪这个大时代）对文学提出的根本性的要求。这样一个结论我们今天谁也不会去怀疑，但是倒退到1980年代初，为了对巴金的思想和写作达到这样一个认识，研究者们是化了大力气的。当时研究巴金几乎有一个绕不开的障碍：巴金早期所信仰的无政府主义思想是反马克思主义的国际思潮，如何把它与"五四"以来的新文学主流（马克思主义）取得协调？当时的研究者围绕了这个问题各持己见：一说无政府主义思潮是反马克思主义的，因而是反动的，巴金信仰无政府主义是反映了他的时代局限性；一说无政府主义在国外是反马克思主义的，但在中国的特定环境下起到了反帝反封建的进步作用，巴金是在这个意义上接受了无政府主义，因而也是进步的；一说巴金根本就不是无政府主义者，他只是从鼓吹革命的需要出发借助了无政府主义的旗号，其实他宣传和鼓吹的内容是与马克思主义同样的。记得我与兄当时似乎都持第二种态度，以至兄在今天仍坚持这样的观点：巴金早年的无政府主义思想对当时的中国是个伟大的进步，对后来几十年来封建思想大复辟的中国也是一个伟大的进步，对今天某些毫无思想可言的中国人也同样是一个伟大的进步。此说我也深有同感。回过头去说当年，尽管巴金研究领域的见解不一，但出发点是相同的，都是想把巴金的早期无政府主义信仰与"五四"时代主流沟通，以重新确定巴金在文学史以至20世纪文化史上的地位。这一点后来在学术界取得了成功，当然不仅仅是巴金领域，而是整个现代文学史的研究领域。我们粉碎了那种把政党偏见置于历史文化和审美之上的观点，恢复了"五四"新文学运动的主流是反帝反封建的说法，并以此标准来重新评判作家作品，不仅巴金，现代文学三十年中一大批作家作品都获得了重新被认识被评价的可能。——历史就是这样，在今天我们看来是约定俗成的一个前提，十年前却是需要很大的学术勇气与胆识才能获得。

我旧事重提，是想说出一个想法，即关于历史的解释（什么本质、主流之类的东西）其实都是后人在一定的时代环境下做出的科学假设,在有限的范围内自有实践性的意义,但正因为它只是一种假设,也必将在新的历史条件下被实践所证伪。以马克思主义及其政党的利益为标准或以反帝反封建的标准来评判现代作家的进步性,都是一种社会科学实验阶段的假设,虽然都能解释一些历史现象,但也会对另外一些历史现象的认识产生妨碍。就如用第一项标准无法认识巴金思想作品的意义一样,如果片面强调第二项标准,也无法正确把握和认识像沈从文、张爱玲、施蛰存等人的创作。尤其是对文学史,应该有多种研究视角和多种标准的切入,最理想的境界应该是在同一个时代环境下也能出现多种实验性的假设,以防止一种评判标准的独断。正如对新文学传统的理解,兄自有独到的描绘,如兄所说:"从鸦片战争到改革开放之始,中国人民经过前赴后继的浴血奋战,集中解决的是反帝反封建的斗争,是中华民族挣脱一切来自内部外部的重重束缚的悲壮的历程。严峻而沉重的历史任务要求文学充当时代的号角和战鼓,于是,文学的社会功利性成为这一时代的最集中的文学价值观念。"以这种假设为依据,兄明晰地描绘了文学史上从康、梁到鲁迅、巴金的一条文学的功利主义道路,并把这条道路视为20世纪中国文学的时代属性,再进而把巴金视作这一时代精神在文学上的伟大代表。在这样一个假设的前提下,兄所作的文学史解释具有严密的逻辑性。但是——我又想抬杠了——假如我们把作为逻辑前提的假设换一下，比如说，我在几年前曾对新文学传统也作过一个解释，我以为新文学的启蒙传统有两个：启蒙的文学和文学的启蒙，启蒙的文学是指以文学为工具来实行思想启蒙的文学传统——如《狂人日记》《家》之类；而文学的启蒙是指在文学的本体意义上实行启蒙，即在艺术审美领域唤起人们对文学的认识——如《野草》《边城》等，为人生和为艺术的两种文学观念只有在合一的状态下，才完整地体现出新文学的传统面貌。这两种文学观的源头分别可以追溯到康有为和王国维，而在鲁迅的作品里得到比较完美的结合，在二十世纪二三十年代，为人生和为艺术、左翼文学和京派文学始终并行发展着。直到抗战，民族主义文化的复兴和政治意识形态的高压使两种启蒙传统同时遭到压制而中断。应当承认，这关于两种传统的解释不过是我在研究文学史中提出的一个假设，有没有科学性和合理成分，还有待论证，我在这里之所以把它重提，只是想说明，如果这两种启蒙传统的说法能够成立、聊备一说的话，那么，中国新文学传统的发展轨迹就不再是单行道，而是双行轨迹；那么，巴金的为人生的文学（或如兄所说的理想主义、现实主义和爱国主义）就不是评判现代作家是否能代表时代精神的唯一标准。就好像讲唐代文学的可以把杜甫的爱国主义看作是唐诗的代表，也可以把李白的出世游仙看作是唐诗的最高境界一样，当然也不妨有人把王维的田园诗看作是唐诗的代表。本来，文学史就是知识分子面对世界的精神发展过程和艺术审美过程，知识分子无限丰富的精神世界决定了文学史必然会展示出丰富多彩、各呈其貌的思想风格和文字风格，也包括了知识分子对世界的各种自由解释。只要他不是人云亦云，功利地屈服在时代话语之下作鹦鹉学舌，只要他真正地感受着这个活生生的世界，真正地表达着自己的心声（也就是巴金提倡的说真话），那么，他的创作只有本身的艺术成就高低之分，而没有必要另外给以一个文学史的标准来褒扬或贬斥。我这么说并不是否认把巴金称为一个时代代表的提法，我想深入研究下去的是，巴金的思想创作道路代表了时代的哪个文化层面？或者说，巴金在20世纪中国文学史上承担了怎样的意义？

在中国新文学的发展史中，巴金的道路应该有它特殊的意义。依我对文学史的理解，20世纪中国知识分子基本上是经历了由传统的庙堂意识向现代知识分子转型的历程，在实行这个价值取向的转化中，知识分子一度架构起一座"广场"——所谓广场，是知识分子被驱逐出庙堂以后继续从政议政的价值空间，知识分子在广场上的主要职能，就是向民众启蒙，由庙堂里为"帝王师"的理想转换成为"民众师"的实践，其价值观的基本指向仍在庙堂。但由于学统崩溃进而被废，知识分子失掉了"知识霸权"的传统优势，面对新型的中国社会和世界格局，在经国济世方面政治家与知识分子完全是在同一条起跑线上起步，双方同时向西方学习，同时实践着各种治国理论，因此，新文学运动的发起人陈独秀摇身一变又是中国共产党的领袖，不过是像跨一道门槛那么容易。所以，"五四"那会儿，西方各种思潮、学说及理论都在这个广场上风云际会，是必然的文化现象。无政府主义应该说是那许多种经国济世方案中的一种，它经师复等人的实践，吴稚晖、李石曾等人的鼓吹，到"五四"时代已经初具规模，影响大于马克思主义，因此我把它看作是一种"广场途径"，巴金由于信仰了无政府主义而成为一个广场上的知识分子。在这条道路上他是走得相当地长久，他常常说自己是"五四"的产儿，我以为也应该在这个意义上去理解。但是从文学史的发展来看，"五四"作为知识分子群体意识的"广场"并没有延续多少时间，这也是所谓"五四"新文学阵营的分化。分化者有两个方向，一是继续朝庙堂靠近，甚至直接参与到庙堂的破坏或者修建中去，陈独秀、胡适、蔡元培、吴稚晖，基本上都是走这个方向；还有一条路就是有一部分知识分子看到了广场意识的虚幻性而脱离广场，重新确定知识分子在现代社会的位置，在自己的工作岗位上建立起新的价值取向，这也就是我所谓的岗位意识，如钱玄同、刘半农、周作人等，走的就是这一个方向。过去文学史或研究著作里也对这个现象作过分析，但大都是依了"前进""后退"等观念来看问题。我觉得"庙堂"、"广场"和"岗位"，不过是知识分子在彼时彼地价值取向上的分野，本无所谓前进和后退之分，而且从知识分子的岗位意识上说，未必不是一种积极的选择——这话题扯起来太远，当作专门讨论。但有一点可以理解，在新文学阵营分化以后，坚持在广场上苦撑的人，渐渐地少了下去，"两间余一卒，荷戟独彷徨"，伟大的鲁迅正是一个在广场上苦斗的知识分子典型，他一边横着站立在广场上，迎战八面来敌，一边又苦苦地在后来者中间寻找着同盟军。这种孤独而漫长的精神战斗，几乎耗尽了鲁迅全部的精力、智慧和生命，使他不得不放弃了作为文学家和学者的文学创作和文学研究，而成全了一个文化战士的象征。巴金的道路基本与鲁迅相同，而与那些无政府主义的元老们所走的道路相反，他在相当长的时间里充当了一个没有走进庙堂、没有确定岗位的"广场上的知识分子"。1929年初巴金从法国回到上海，并没有打算在文坛上混个作家当当，尽管那时《灭亡》已开始在《小说月报》上连载，获得了较好的反响。当时的巴金依然对无政府主义运动一往情深，他主持自由书店，编辑无政府主义书刊，写作《从资本主义到安那其主义》，希望对国内的无政府主义运动有所推动。可惜当时国民党的专制体制在政治上已经确立，无政府主义作为一种政治运动已经烟消云散，许多无政府主义的信仰者也向两端分化：如吴、李、蔡诸元老转向庙堂，充当了国民党新政权中"商山四皓"；也有不少人转向了实在的工作岗位，如一部分人在福建晋江地区办学校、从事平民教育，也有人到广东农村办学，还尝试着搞农会工作，把农民组织起来。巴金在1930年代初几次南下，并非单纯旅游，多少是带有考察同一阵营的伙伴的工作意义和可行性。但这些工作岗位对巴金来说，有许多勉为其难的地方，终于未能成为他的岗位。所以，巴金只能久久地留在广场上，孤独地探索着一个知识分子应走的路。这一段时期他写作了大量的文学作品：小说、散文、翻译，不断地诉说着他的悲愤、绝望和孤独，他不断地诅咒自己的写作生活，贬低自己的艺术成就，甚至根本不承认自己是个作家，多次宣布要结束这种生活方式……在中国新文学旧文学的作家中，像这样不安心于作家身份的人，大概也只有巴金一个。直到前不久我去看望他时，他还是诚恳地对我说："我并不想做一个作家，搞文学不是我的初衷，我是想做些实际的事，对国家人民更有用。"我不禁想，还有什么成就能与巴金在今天所获得的崇高威望相媲美？但是唯有深切了解了这一点，我们才能真正理解巴金在1930年代的作品里所倾诉的那许多痛苦，才能理解这些痛苦的真诚性而不是所谓煽情的修辞手法。也就是说，文学创作、文学事业，以及文学上的巨大名声，都不是巴金所认定的自己的岗位，而只是他久久滞留在广场上进行探索的副产品。所以我写《巴金传》写到这一节时，我忍不住地说：

"巴金的魅力不是来自他生命的圆满，恰恰是来自人格的分裂：他想做的事业已无法做成，不想做的事业却一步步诱得他功成名就，他的痛苦、矛盾、焦虑……这种情绪用文学语言宣泄出来以后，唤醒了因为各种缘故陷入同样感情困境的中国知识青年枯寂的心灵，这才成了一个青年的偶像。巴金的痛苦就是巴金的魅力，巴金的失败就是巴金的成功。"[1]

我对巴金的文学道路和文学成就作如是观，并非是故意对它做低调处理，而是想把巴金在 1930 年代的创作心理解释得更接近他的本来状态。过去研究者总习惯说，巴金在 1930 年代的创作反映了他既不满于社会制度，又找不到正确的出路，所以那么悲观和绝望，我现在敢说这种解释是很皮相的，巴金怎么会找不到出路？他在小说里一直企图给人指出一条路，那就是他的安那其理想，他在 1920 年代宣传无政府主义的时候，在法国参加营救凡宰特的时候，都是生气勃勃，这种生气正是来自他的广场途径，那时候他的岗位就是一个社会运动家，一个安那其战士；唯有到了 1930 年代，他在广场上再也找不到一个安那其运动的位置，同时又找不到自己可以安身立命的工作岗位（他始终没有把文学看作是他的岗位），他才会那么痛

---

[1] 陈思和：《人格的发展——巴金传》，上海：上海人民出版社，1992 年，第 118 页。

苦、矛盾和焦虑。我认为巴金真正找到自己的岗位是在1935年以后，也就是吴朗西等人创办文化生活出版社以后。文化生活出版社是现代出版史上一个值得深入研究的课题，我的初步研究结果是：一、它是中国知识分子在现代转型过程中重新确立自己的岗位来传播人文精神的一个实践性的尝试，这一点在当时含有普遍性的意义，如张元济、邹韬奋等人的实践；二、它又是几个具有无政府主义理想的年轻人，在广场意识向岗位意识转化的过程中尝试的一种有意义的实践，文化生活出版社的经济结构充满了理想的成分，其成员均以义务的态度来参加工作，只讲奉献，不讲利益，把出版获得的利润用于扩大出版事业，在一个处处讲利润的商业社会里，开创了一条理想主义的道路。我觉得只有第二个特征，才使巴金找到了一个在现代社会安身立命的岗位，文化生活出版社的成立，与福建晋江的黎明高中和平民中学一样，是中国的无政府主义者失掉了广场以后最后安身立命的岗位。我们读巴金在1936年以后写的作品，就会发现那种悲愤和绝望的情绪渐渐平抚下去，促使了1940年代风格的变化。也许是我的描绘过于理想化了，但这条思路也是我面对现代社会转型所思考的思路。我从这一出发点来读解巴金，对巴金在现代文学史上的意义的理解可能与兄不太一样。我觉得巴金的意义不在他的思想作品为我们展示了一种启蒙的战斗的激情（进而代表了这个行将过去的伟大时代），而是恰恰为我们展示了一个现代知识分子对中国命运的多种可能的选择和尝试，同时还展示了现代知识分子的价值取向从"广场"向"岗位"转化时痛苦而复杂的心态。如果从这个意义上去理解，我认为对巴金的研究不仅仅是向昨天告别，还包含了对未来时期中知识分子可能性的启示。

首先是巴金的道路向我们展示了现代知识分子对中国命运的多种可能的选择和尝试。回顾我们在十多年前开始对巴金研究感兴趣的光景，其实也包含了这种潜在的好奇心。当时我们对现代文学史以及现代知识分子道路的理解，都停留在教科书的认识水平上，以为教科书所描绘的鲁迅的道路——从激进的民主主义战士向伟大的共产主义者的转化，是一条百川归海式的道路，可以用来解释一切在现代文学史和文化史上有杰出贡献的知识分子；同时，这种研究思路也束缚了研究者对研究对象的理解，似乎不能归纳到这种思路上去解释现代知识分子，就不能算是正确解决了这些课题。在前面回顾的十年前我们曾经努力把巴金所信仰的无政府主义和我们所假设的"五四"反帝反封建的传统联系起来，找出它们之间的同一性，正是这种幼稚的思维模式的反映。假如我们今天把对"五四"新文化传统理解的逻辑前提变一变，也就是说，不一定要在反帝反封建的角度来理解巴金在"五四"新文化运动中的地位，那么，是否这里还包含了别的什么更有趣的意义？比如，我们假定无政府主义与反帝反封建的民主主义并不是一回事（事实也确实如此，巴金在《家》写了觉慧与觉民的分歧，正是为了表现两者的区别），巴金接受无政府主义的信仰不仅仅是为了反帝反封建的现实性要求，而且是为了更长远的治国计划，希望成为未来中国政治模式的蓝图，为了实现这一蓝图，他不懈地坚持了理想主义的人生道路。正如兄所说的，巴金早年信仰的无政府主义理想，即使在今天的中国，仍有其伟大的进步性。这就是说，巴金一生所追求的安那其主义理想，与我们的教科书教导我们的所谓历史的进步性并不是一回事，而且可能有其更加进步的地方（假定）。那就是说，巴金的道路展示了中国的命运本来就有多种实践的可能，而我们今天已经走过的道路并非是唯一的参照系。"五四"新文化传统是在东西方文化大撞击大交流的过程中产生的，多元的价值取向比独断的价值取向更能够代表时代的精神特征。如果再往深里想的话，我突然发现，我们这批十年前对巴金思想发生强烈兴趣的朋友，其实都有一个潜在的欲望：即对当时的政治文化抱了很深的怀疑以后，希望能在巴金的理想主义中看到一种更加合乎人性的文化模式和政治理想，我想这是那几年巴金研究那么繁荣、研究思想那么解放，甚至研究者在人格上的追求那么明显的一个主要原因。可惜的是，我们当时能够达到的理解水平有限，是通过歪曲无政府主义的学说和巴金的早年信仰来换取对巴金地位的肯定。——当年我和李辉合著的《巴金论稿》，现在读来正是这种思路的产物，可是记得那时还在武汉读研究生的艾晓明给我们写信，与我们探讨假如承认了巴金信仰无政府主义会不会造成自己在理论上的作茧自缚。——历史就是这样发展过来的，谁也无法超越历史规定的语境来思想和写作；但这话放到今天来说，历史是否也必然会通过证伪自身的语境来发展自身，推动思想呢？

假如说，我们承认巴金的早年信仰反映了知识分子在多元价值社会环境中追求理想的可能性，那么我们再来讨论第二点更加显得顺理成章，即知识分子在社会现代化转型过程中如何寻求自己安身立命的岗位。中国自20世纪初封建帝国崩溃以来，一直在寻找向现代社会转型的道路，知识分子身处这种转型期中，始终面临着价值取向的转化问题。只要知识分子看清楚了自己在未来庙堂中的地位的失落，放弃了重返庙堂、通过政治途径来改变中国命运、从而确立自己的生存意义的价值观的理想，他都会考虑怎样在现代社会中重新确立自己的生存意义的价值取向的问题：这种新的价值取向不是要放弃知识分子对社会的责任，而是重新寻找对社会履行责任的方式；广场不是知识分子唯一表达社会使命的场所，启蒙也不是知识分子显示知识力量的唯一途径。巴金从"广场上的知识分子"的痛苦心境到确立自己在文学上的岗位、通过出版工作来发扬理想的转化，很生动地说明了这一问题。商品经济不是第一次降临中国，资本主义的文化环境也不是第一次缠绕中国的知识分子，任何时期都会有利欲熏心，都会有哥哥妹妹，也都会有知识分子人文精神的失落，这是很正常的现象。我以为知识分子的使命在于完善社会的良知，这不仅仅是对政治压迫而言，更重要的可能就是体现在拯救日常生活的野蛮之中。我不是说巴金等人创办出版社是知识分子唯一可行的岗位，但巴金等人的实践确实为我们这一代知识分子提供了一条思路。无政府主义在广场上的失败自有其必然的原因，这里姑且不谈，但是当这些年轻人以崇高的人格理想在出版事业上有所实践的时候，其中的意义就不单单是出版事业上的成功，而是在当时乌烟瘴气的商业社会里树立起一个榜样：不是任何人都拜倒在金钱利润的权威之下，也不是任何知识分子在放弃了政治上的理想主义以后都会自暴自弃，以致放弃知识的力量。巴金们不是在文化受到社会的普遍重视、文化事业有利可图的时候去创办出版社的，而恰恰是在文化大萧条的当口，作为几个文化人的自救行为才去做的，他们成功的例子，于现代社会中知识分子确立岗位意识的意义，实在是比"五四"新文学史上被后来者誉为主流的"战斗意识"重要得多。从中国现实发展的状态看，知识分子再要回到"五四"时期所谓"奋臂一呼而武人仓惶失措"的盛景，那简直是不该有的幻想，接下去的道路，是需要知识分子脚踏实地、很寂寞也很坚韧地在自己的岗位上发挥社会良知的作用。

或许是我对目前的知识分子状态尚觉乐观。前些时候刊物上对知识分子怎样发扬人文精神的话题说得较多，或有人以为这是知识分子出于对当前处境忧虑所致，即所谓商品大潮掩盖（一说遮蔽）了人文精神，其实几十年来知识分子早已将人文精神换了一口安生饭，不过是如今连这口饭也吃不安稳，才想起先前的交换太轻易太便宜，才重新提出来评估。我身在讨论中，总希望让人明白，今天之所以讨论知识分子的人文精神，就是因为在商品经济的环境下，知识分子终于有了改变自己附于政治权威这张皮上充当"毛"的可怜生存状态，有了像当年巴金那样从广场向岗位转换价值取向的社会机制，知识分子不应该再对庙堂意识抱有过多的幻想，也不应该沉溺在广场的虚假光荣中不可自拔，使自己与时代的气脉隔离开去；人文精神是要靠知识分子在具体的实践中逐步发扬的，它不仅在陈独秀们办《新青年》中体现，也在王国维对古文字的研究中体现；不仅在巴金的那些长歌当哭的小说里得以呼唤，也在巴金们踏踏实实的编辑出版大量优秀著作的工作中得以保存。总之，不能因为商品经济使广场上的知识分子感到了寂寞，就以为知识分子的使命和责任感就从此完结了。诚如兄所说，下一个时代的文学，可能是出现拉斯蒂涅、安娜·卡列尼娜、阿巴贡这一类人物形象的时代,那样的时代不正是由对社会履行批判使命的优秀知识分子来体现的吗?从本质上说,这与鲁迅、巴金的文学道路又有多大区别呢?因此我想,巴金研究这一学科所包含的丰富复杂的内涵,我们可能还远未穷尽,不过是需要在研究思路研究方法上有所改变,不能满足于把巴金归纳到所谓的时代主流模式里去(诸如谈巴金的爱国主义、反帝反封建等),也不能停留在"广场上的知识分子"的意义上谈人格力量。(恕我直言,这次北京会议上提交的论文与发言,老话题太多,新思路太少,以致会开得有些沉闷,许多话题的讨论都展开不起来。)但我知道,这现象不仅在巴金研究中存在,在其他现代文学学科的研究中也是存在的,所以积累一些想法,借着拜读大作的体会而说出,一并求教于兄。

近日上海天大热,电脑不能久用,写写停停,不觉多日已逝,迟复为歉。谨祝

暑安

陈思和 敬拜

1994 年 7 月 20 日夜

初刊《中国现代文学研究丛刊》1995 年第 2 期

原题为《结束与开端:巴金研究的跨世纪意义》

致丁景唐[1]（谈郁达夫）

丁景唐先生：

您好。您推荐的《席卷在最后的黑暗中——郁达夫传》[2]已读毕。说实话，在读这本传记以前，我对您的推荐是有些怀疑的。虽然我很喜欢王观泉先生的另一本著作《"天火"在中国燃烧》（那是一本很有价值的研究专著，言简意赅地论述了马克思主义文学理论在中国的传播和影响）。但对于郁达夫的传记，总感到不那么新鲜了，在这之前，我曾读过四五种同类题材传记，在研究与资料两方面都已经取得了较大的成就。这是近年来中国现代文学研究中最为丰产的领域之一。现在，这块园地里又贸然放出一株花来，我不能不抱着将信将疑的态度去欣赏它——顺便再说一句，这本书的封面设计不够理想，多少也影响了我的阅读情绪。

然而您说得对，这是一本有着自己独特见解的书。我以为它的最大长处，是很实在地把握了郁达夫艺术风格所体现

---

[1] 丁景唐（1920—2017），当代出版家，学者。鲁迅研究专家。
[2] 王观泉：《席卷在最后的黑暗中——郁达夫传》，天津：天津人民出版社，1986年。

的人格力量。作者在分析郁达夫的创作时指出:"郁达夫的小说创作已经自成一格,即'《沉沦》时期'形成的人物形象的总的倾向和感伤的浪漫主义艺术格调。"他以后的创作中"写了更大的社会革命斗争的背景,写了参加斗争的男女人物,写了工人,写了知识分子碰到工人之后的思想转变,但是都显得比较粗疏,生硬,较之'他'、'伊人'、'于质夫'、'文朴'等来,苍白无力得多,在艺术上也没有突出的长进"。[①] 这个论断相当准确地把握了郁达夫的小说特点。虽然郁达夫在小说创作上也屡屡企图变更题材,追赶时尚,可是,无论是带有"社会主义色彩"的《春风沉醉的晚上》,还是反映大革命的《她是一个弱女子》等,一切时尚加给他的政治概念都是外在的东西,他作品中的真正灵魂,真正牵动着千万青年读者的心,并在现代文学史上做出了不可抹煞的独特贡献的,依然是他在《沉沦》中已经完成了的那个拼命追求灵的慰藉,一旦追求不到又反过来放纵肉欲,用自暴自弃自虐来加重刺激、加重痛苦的年轻人的变态心理世界,以及这个世界所渲染了的、笼罩于他整个作品的伤感情调。我们可以给它各种名称如"浪漫主义艺术格调""反封建的自我暴露"等等,但其根本的人格气质,是出于一种现代人反抗传统道德、

---

① 王观泉:《席卷在最后的黑暗中——郁达夫传》,天津:天津人民出版社,1986年,第144页。

极端珍惜自我却又无法实现自我而造成的颓废的情绪（它不是伤感所能概括的）。由于为历来正统载道文学所不容，故而他索性抛弃一切传统信条强加于人的精神枷锁，袒露出自我的心灵，以赤身裸体面对上帝的勇气，去紧紧地拥抱人生与文学。这正是郁达夫的深刻之处，"五四"时代精神所赋予他的那种石破天惊的艺术勇气，至今无人企及。因此，王观泉先生把郁达夫小说的主要气质置《沉沦》之上，是很有见地的。

研究郁达夫，是无法回避他作品中的颓废倾向的。郁达夫是中国现代文学史上很有成就的作家，他一生所经历的，无论国事家事，都坎坷多舛，最后又惨死在日寇暴行之下，为我辈所敬所怜。但是像这样一个活生生的血肉之躯，这样一个在生前就引起过许多争议的中国文人，对其创作个性、艺术风格的研究，与政治上的评价显然是两回事。郁达夫创作中的颓废倾向是客观存在的，他从未掩饰过这种倾向，这正表现了他为人坦率的可爱之处。就如王观泉先生在书中所提出的问题，为什么鲁迅、郭沫若、郁达夫都有过包办婚姻的经历，又都经过日本留学的环境，然而唯独郁达夫于青年一代的性苦闷与积愤表现得最为强烈？是因为包办婚姻的折磨与恋爱的不自由吗？这对当时的留日学生来说似乎不成什么问题，郭沫若、周作人都有榜样在前，为什么男女间的种族歧视偏偏在郁达夫的生活中反映得最严重？从他在日本所接触的女性看，也有后藤隆子那样"相逢道左，一往情深"的朋友，为什么偏偏在他小说里出现的，总不外是歌妓、使女以及各种势利放荡的风尘女性，使主人公不断陷于情欲的放纵与痛苦的忏悔之中呢？我想，根本的原因只能从郁达夫的个性与气质上去探究。这是一个在传统文化精神与现代世俗风尚的猛烈撞击下变态了的人格，具有本世纪初中国人的心态中非常典型的意义。这种颓废气质成就了他的文学创作，但于其性格发展来说，又不能不是一种缺陷，也是导致他悲剧性一生的重要原因之一。这种现象在中外文学史上并不少见，波德莱尔、魏尔仑、王尔德、纪德、陀思妥耶夫斯基都属此列。过去有的研究者把眼光局限在浪漫主义的范围中来解释郁达夫风格，虽然既讨巧又保险，但对于有些关键性现象，是无法说清楚的。

王观泉先生敏锐地抓住了这个问题，这很有意义，但也可惜，他没有结合郁达夫的人格气质，把这个问题更加深入地开掘下去。见解公允，但深度不足，不知您是否同意这一看法？其实，这个问题是不应回避的，学术研究是科学，最重事实。现代文学史上，有两种知识分子心理很值得重视与研究，一是颓废气，一是名士气，它们既有外来的文化思潮影响，也有传统文化的遗传，但更重要的原因，是来自对现实社会的正统道德观念的反叛。纵观郁达夫在抗战前的性格，正是由颓废气向名士气的过渡，究其前后变化，倒是颓废气占上风的时期，思想激烈，创作丰富，影响也是积极的。从这事实出发，谈谈郁达夫的颓废气，似乎还不至于有"烈士脸上抹脂粉"之嫌吧。

这本传记还有一个特点：作者有开阔的学术视野。书中不但论述了郁达夫在文学上的一系列成就（这是一般传记都能做到的），而且对郁达夫作品中的各种非文学因素，也作了比较充分的探讨。我很喜欢这本书中关于郁达夫政论作品的分析，因为我觉得，研究作品与研究作家不一样。研究作品应该是尽力排除各种非文学因素的干扰，从文学本体的审美规律和审美价值上去把握作品和理解作品；相反，研究作家则需要跳出文学的圈子，因为作家首先是一个人，一个在现实生活中奋斗、挣扎的人。他的性格、思想、才华的真实性，必然会展示在生活的各种领域，文学创作仅仅是他全部生活的一部分。只有从各种非文学的角度对作家作全面的考察，才能在总体气质上把握作家，也才能准确地理解他在文学上的意义。我十分佩服王观泉先生对郁达夫关于阶级斗争、关于农民问题，以及关于大革命的一系列思想观点的论述，而且这些论述都置于王观泉本人所具备的丰富的历史知识之下，读起来感到厚重有力，多少改变了郁达夫通常给人留下的颓废印象，从而也加重了传记的内容分量。读完这本书，郁达夫这一形象在我脑海里更为深刻，也更为完整了。为此，我应该感谢您让我读了这本好书。

陈思和 敬拜

1987 年 5 月

初刊《上海书评》1987 年创刊号

原题为《现代文学书札之一——致丁景唐》

致王观泉[①]（谈瞿秋白）

王观泉同志：

这几天晚上不热，灯下捧读大作《一个人和一个时代——瞿秋白传》，感慨系之。听丁老[②]说，你书成后眼疾复发，由右目视网膜剥离累及左目，正住院接受手术治疗，又不便会客。故托付书信，把心中所感告诉你，也聊作慰问。

记得两年前，我曾在与丁老的一封书信中论及你的《郁达夫传》，对你从非文学领域切入作家传记研究的方法深为折服。然而达夫是文人，其主要行状在文学，你这一优势当时还没能充分展开，这次为秋白作传，倒是给你提供了广阔的用武之地。新文学史上个人命运与时代革命交织得如此紧密者，唯瞿秋白、潘汉年两人，但是潘汉年涉足文坛，只是以"小伙计"的身份，建树、影响都不能与瞿秋白比肩，所以你写《瞿秋白传》已远远超出了一般作家传记的意义，集党史研究与文学研究两方面

---

① 王观泉（1932—2017），著名学者，所著《一个人和一个时代——瞿秋白传》，由天津人民出版社1989年出版。
② 指丁景唐先生。——编者注

的成果。你把这部传记的书名称作"一个人和一个时代",较郁达夫传的书名"席卷在最后的黑暗中"具有更复杂的文本结构。后者仅仅暗示了个人在时代中的命运;而前者,人与时代在同等地位上双双成为传主:既写了大时代造成一个人的命运,也写了一个人的存在对时代所发生的影响。

对瞿秋白研究,我一向是怀着浓厚兴趣,却又视作畏途,总觉得研究的材料不足。原因一,瞿秋白曾是中国共产党的早期领袖,他在政治上的沉浮与党内路线斗争关系甚密,如果党内一些历史材料不能公布,秋白的传记只能是破碎的;原因二,秋白又是自认不讳的"脆弱的二元人物"[1],铸成他的只是一具普通的血肉胎身,而非什么特殊钢材,他在严酷岁月里犹留下一批给亲人的诗词、书信,披露心迹,如今这些材料未能公布,瞿秋白的形象也只能是平面的,很难研究出一个真实的瞿秋白形象。现在情况略有好转,至少第一个缺憾已有了新的弥补:人民出版社出版的《瞿秋白文集》(政治理论编)为党史研究的深入创造了有利条件,像你的这部传记,可以说是一个具体的硕果。

你着重从党内路线斗争的角度,揭示了传主的坎坷命运。瞿秋白虽死于国民党政权的刀下,但在中共六届四中全会以后,

---

[1] 见瞿秋白《多余的话》。

一是王明集团利用米夫势力对他进行残酷斗争和无情打击,二是共产国际召开的一次会议对瞿秋白做了了缺席审判式的恣意诽谤,他的政治生命已近尾声;再加上环境的恶劣与病痛的折磨,秋白在生命最后几年的处境可以想见。读你所披露的大量史实,悚然心惊。瞿秋白不过是党内极"左"路线的无数牺牲品中的一个典型。作传犹治史,需有鲁迅所说的史识,这不仅是秉公之心,还必须使自己的作品成为"对于前驱者的爱的大纛,也是对于摧残者的憎的丰碑"[1]。读毕大作,深感这一点正是大作的生命内核,有了它,全书皆活。

有爱有憎的前提之下,秉公之心也是这部传记的主要特点之一,我欣赏它的叙事严谨与细节具体。治学忌印象式的想当然,更忌概念图解;强调严谨则绝想当然的可能,强调具体则拒概念先行,两者不能并存。你对传记写作有自己的原则。你注重"以准确为原则"。"既然是写真实的人物传记,就应当准确,重大事迹(包括重要的细节)都要有据可查,不得含糊,写思想写气质写精神状态等抽象内容,也要经得起历史唯物主义的检验,不得代传主'设想'"[2]。对你这样的表述我不一定全部赞同,但这个原则要义我是理解并有同感的。你正是依

---

[1] 见鲁迅《白莽作〈孩儿塔〉序》。
[2] 王观泉:《〈席卷在最后的黑暗中——郁达夫传〉自序及其他》,《写作》1985年第12期。

了这个原则,才把前人的各种说法都放在"准确"这杆秤上重新检验,以至新意叠出。如许广平回忆鲁迅第一次与瞿秋白见面时的情景:"生怕时光过得太快了似的;又像小海婴见到杨妈妈,立即把自己的玩具献出似的;但鲁迅献出的却是他的著作、思想。"[1]你坦率地指出这是极不相宜的,并在具体分析中指出了这种描绘只是神化了瞿秋白而缩小了鲁迅。又如对与瞿秋白一起被捕的项英之妻张亮、梁柏台之妻周月林的评价,过去一向认为她们是出卖秋白的叛徒,直到最近几年出版的研究著作或文学创作中,犹以讹传讹,而你在传记中则给以实事求是的更正。顺便提一句,你在这个问题上并没有满足于组织上已为这两人作了平反的书面决定,而是把她们在当时的具体表现放在特定环境下逐个地分析,说她们不是叛徒的结论是有说服力的——这是关于传记材料的严谨性与具体性的表现。还有,在对秋白思想理论的分析中,你也尽力做到了这一点。思想材料较历史材料更难做出准确性的判断,特别是对瞿秋白这样一个比较复杂的人物,即如在文艺理论方面,有些文章在当时确起到积极的战斗作用,但放到今天来看也难免有"左"的痕迹。你没有简单地用"历史主义"一句话来掩盖这些文章实际存在的不足,也没有简单地用"太左"一句话抹杀这些文章

---

[1] 许广平:《鲁迅回忆录》,北京:作家出版社,1961年。

所发生过的历史功绩。你对瞿秋白当时发表的理论文章作了具体的分析，指出"这是政治家的文艺评论。这种评论的方法所预示的是政治褒贬，但决不是用政治代替文艺评论职能的庸俗社会学或是教条主义"。这个说法是令人信服的。这种对具体文章，甚至一篇文章中的具体观点"力求准确"态度，是我们年轻后学辈应该学习的。

最后我想说几句关于《多余的话》。你传记中凡描述瞿秋白一生的重大转折期或叙述到历史运动中由传主参与决策的事件时，经常引用《多余的话》中属于信史的部分；在表达瞿秋白在特定历史条件下的心情流露时，亦引用《多余的话》作为探索传主心境的依据。这都证明了你对《多余的话》的肯定态度。你说你把这篇空前绝后的"话"，"当作是对回顾中国共产党在1923年之后到1935年之前的一份特殊文献，内里不无令人思索的苦口良言和沉痛的教训总结，也可以把它看成是瞿秋白的特殊的遗嘱"。斯言诚然，但是恕我直言，你还是回避了秋白在这篇遗文中坦露内心真实的价值。你同丁玲一样，几乎要喊出："何必要写这些《多余的话》呢？"[①]但你与丁玲不同的是，丁玲从这篇遗文中的语言和流露的心情一下子辨出了这是出自瞿秋白之手，也就是说，非常熟悉秋白的丁玲认出了

---

① 丁玲：《我所认识的瞿秋白同志——回忆与随想》，《文汇》（增刊）1980年第2期。

这文章所流露的正是秋白真实的精神状态,她出于对革命队伍中"某些思想简单的人、浅薄的人"的可怕性的深刻了解,才抱怨这篇"话""何必写出";而你却视文中的自我评价与"实际生活中"瞿秋白的"勇敢大胆、雷厉风行"不相符,以至认为这些令人丧气的话只是"临行前早已疲惫不堪的"的心情流露。这只是一种开脱的借口,不仅与丁玲的判断有违,也与秋白在《多余的话》中的自我描述不符。我前面说过对你的"以准确为原则"的表述不完全赞同的话,就是指这一主张的后半部分说得过于含糊,写传当然应该写传主的思想气质以及精神状态等抽象内容,根据传主的文章、书信、日记、谈话甚至旁人的叙述归纳出实在的意义,但怎样才算"经得起历史唯物主义的检验"呢?这个标准说得未免含糊了一些。其实在你写的传记中,读完"被无端逐出党中央"一节,读完"在最后的'天堂'里"一节,再读《多余的话》已经毋须再作其外部缘由的解释了,一切都顺理成章。倒是对于秋白内心世界的真实,特别是他长期以来作为一个被推上政治领袖地位的知识分子的内心矛盾和苦闷,尚需深入研究。但这个探索被你回避了,也许这与我前面所说的瞿秋白研究中的第二个缺憾有关吧。

1985年,我在一篇书评中讨论过《多余的话》,有些想法后来一直没有机会展开来谈,现在在这封短信中也无法讨论这个题目,我只能把当时写的一段话抄下,望赐教:"秋白一生光明磊落，襟怀坦白。但是在缺乏健全的政治生活，又不尊重个性价值的环境里，他的过于坦白反招来种种误解。他为《多余的话》一文所累，正是一个大悲剧。《多余的话》并非多余，它真实地刻画出一个知识分子为救国救民而毅然承担起力不胜任的政治使命后所遭遇的种种磨难，读之令人动容。更可贵的，作者能如此淡泊地面对生死，面对身后荣誉，破名破利，只求还我一个'真'字。这实在是大勇者的行为。"[①] 真遗憾，这大勇者的行为到了今天仍然是寂寞的。

还是打住吧，衷心愿你早日恢复健康，恢复光明。

思和 顿首

1989 年 9 月

初刊《文汇报》1989 年 10 月 17 日

原题为《眼底烟云尽过时——读〈瞿秋白传〉致作者》

---

① 艾春：《江南第一燕之歌——介绍〈瞿秋白研究文选〉》，《文汇报》1985 年 6 月 10 日。

致丁言昭[1]（谈关露）

言昭：

上次给你的信中，曾对《谍海才女——关露传》[2]的书名发了一通牢骚，想你一定能够谅解我的。其实这四个字用来形容关露未必是错；她确曾深入敌营内部搞过情报，可谓"谍海"；能诗能文，名噪一时的胡楣女士，称作"才女"也不算过分。但问题是这四个字用在这本《关露传》上却不切题。因为你的笔下，关露仅仅是作为一个左翼女作家而存在的，只字未提她在1939—1945年间从事秘密工作的情况，连梅益先生在序里也不无遗憾地指出了这段空白。因此，才女有之，谍海却无。如果放在书摊上让人误以为是一本通俗惊险小说，那才叫冤了。但现在我读了你写的《〈谍海才女〉被删的几章》[3]一文，才知道在最后定稿时，由于种种不便言说的原因，你不得不忍痛

---

[1] 丁言昭，当代传记作家，编剧。
[2] 丁言昭：《谍海才女——关露传》，长春：北方妇女儿童出版社，1989年。
[3] 《〈谍海才女〉被删的几章》没有公开发表，我读的是作者提供的手稿。后作者在《谍海才女》的基础上作了大量的修改、补充，重新出版《关露传》修订本（上海文化出版社2009年出版），原来被删掉的两万多字都恢复了，并写了后记，说明了这本书的出版情况。

割爱，删去了有关这六年的若干传记材料，约两万余字。由此可见，即使为一位革命作家作传，要真正做到巴金老人提出的"说真话"也不易。

关露早年的诗、散文、小说，如今虽已重印出版，但引起的反响不大，不能说这些作品已经取得了很高成就。但纵观她的一生：从活跃多姿的左翼女诗人到惊心动魄的地下工作者，旋即又成为含冤忍辱的共和国囚犯，在晚年因不堪老病痛苦终于悄然结束自己的生命——她这一生本身就是一部催人泪下、发人深省的好作品，可惜的是，这部"作品"现在只能由别人来完成了。你写的这本《关露传》，只能说是完成了关露一生的一个侧影，是为将来出现真正的"关露传"提供具体砖石的。这么说，丝毫没有贬低你这部传记的意思。你的关露传，材料充实可信，笔笔有来处，却偏偏被删去1939—1945年那一段重要历史，这无论如何都是一种缺憾。

由你所披露的被删的内容看，你的书确实是被删掉了最不应该删的内容，因为那六年时间是关露一生中最辉煌的瞬间，无论文学创作还是政治贡献。以后，她为之献身的事业获得胜利，但她却默默退出了人生的舞台。正如陈子展老人的悲愤之言："至是胜利之日，而人忘其功"。不对，老人真是太天真了。假若当时人们真的忘其功，或许倒是关露之幸了，偏偏是人并未忘其"功"。为了这未忘的"功"，她才两度入狱受尽折磨，这才是叫人欲哭无泪的惨剧。关露是接受组织上的派遣，以一个女作家的身份去做险恶的情报工作。可是当抗战胜利，却因为她的这段历史而被疑遭嫌。其被疑，犹可说是组织的必要审查，但其遭嫌，不能不说是我们自己队伍里的狭隘文化心理所致。不妨读一读蒋锡金回忆中的一段记载：当关露胜利后回到解放区，竟不能用自己的名字发表作品，仿佛"关露"这个名字一旦成了"汉奸作家"的符号，便永无重见天日之可能，为此关露大哭大闹，神情恍惚，导致了精神疾病。读后令人感慨至深。当然，在异常复杂的情况下，党的地下工作可能有一些为我们后人无法了解的纪律，关露或许在哪方面做得不够检点。所以1957年审查关露的结论是"做地下工作虽未暴露身份，但是有错误"，到1975年再次审查后仍维持这个结论，但这里所说的"错误"究竟是什么？为什么是错误？是在何种情况下犯的"错误"？这些背景材料都没有讲清楚。另外，关露在敌区从事的公开活动都是受组织指示，都有证人有领导，那又怎么会造成她以后的冤案呢？即使她当时的直接领导者之一潘汉年被诬受害，但领导她工作，与她保持联系的绝不止潘一人，当时是完全有可能为其洗刷冤情的，为什么一定要拖到一个人的生命将尽之时才告平反呢？这些材料你最后出于无奈被迫删掉，从道义上说并不应该。1982年关露的审查结论正式推翻了以前的结论，然而因为这个结论而造成的一个生龙活

致丁言昭（谈关露） 79

虎的人的毁灭却成了永恒的谜。我想，这些问题的侦破，才是写好关露传的灵魂。

不过你的书虽有遗憾，但仍有价值。可以说，材料充实可信是它的一大特色。关露一生没留下多少文字材料，而且与地下工作有关，有些还属保密性质。为了写此书，你访问了一大批当年关露的亲友，掌握了许多第一手材料，这些材料不但勾勒出关露坎坷的一生，同时也反映了她当年革命活动的许多内容。你由此及彼，以关露为主线，也写出其他当事人的活动，似众星拱月，拓宽了传记的视野。但如以更苛刻的要求看，这里也包含着你选材时提炼不够的毛病。虽然书中引用了大量回忆性采访和文献，为了解关露一生提供了可靠的材料，但有些材料与传主无直接关系，有些回忆者是从自己的立场上去回忆关露的，你恰没有精细区分这些材料中的角色，这样难免会发生喧宾夺主的难堪。对于这些材料，我倒是以为应该删掉一些的，这样写传就更可以突出关露行状的主线。

言昭，《谍海才女》是你的第一本传记著作，本不必苛求。我之所以提出传记材料的应该删与不应该删的话题，无非是读了你的书后所引出的一些想法。其实，传记材料的删与不删，作者完全有选择的权利。没有一种纯客观的传记，即使是年谱，在尽可能详细地占有材料之后，在选用、剪裁、取舍中，仍然渗透了编撰者的主观精神，何况文学传记，本来就是通过对历史人物的分析与描述来体现作品价值的。

我对文学传记一向有自己的看法，所谓将历史人物的行状作传，无非有两种目的：第一种传主是伟人，本身代表着某种历史存在，为后世仰慕；第二种传主是普通人物，对历史进程的贡献或许是微不足道的，但在他的生命过程中，有许多使后人感兴趣的地方，写出来有助于今人的娱悦。前种传记有着教科书的味道，堂皇然而不可能亲近；后一种传记则随便得多，也亲近得多，其实人们感兴趣的并非是某传主，只是某人的一些传奇故事、生活细节而已。在此意义上，写文学传记，仅仅满足于客观材料的收集甄别是不够的。通常我们夸奖一本传记著作"材料丰富"，其实并非是准确的赞语。因为如果放在我们面前的是一大堆丝毫不能吸引我们的材料，尽管详细地证明了某人是如何出生，如何吃饭，如何做爱，也无法感动我们。当我们称赞一部书的"材料丰富"时，其实蕴含着这样的潜台词："让我们感兴趣的材料很丰富。"这里的"丰富"一词，不仅包含着"多"，而且必定还包含着"内涵饶富"之意，即生动、有趣、有启发性。要达到这样的丰富，光靠材料堆砌是无助的，光靠文笔的优美也是无用的，它需要作者对传主所处的历史文化背景与当代生活之间关系的把握。一个传记作者必须有对历史与生活的洞察力与参悟力，有了这个东西才能复活你的历史人物。

在我看来，罗曼·罗兰的《贝多芬传》与《约翰·克利斯朵夫》之间没什么本质区别。尽管贝多芬是历史上确实存在过的人，但在罗曼·罗兰的笔下，他是一个与命运作不懈斗争的不幸的伟大人物，人们通过罗兰的创造重新认识了贝多芬，这与从初次结识的约翰·克利斯朵夫那儿获得的总体感受是一样的。曾经在这个地球上真实地存在过的贝多芬其实是微不足道的，能够留在今天的人们心目中的，完全依仗了他的音乐作品对人们所激发起来的想象力，也通过罗兰借助了音乐的想象力而创造出来的文学形象。罗兰的成功就在于他沟通了古典音乐家与现代人的感情需要，他是为现代创造了贝多芬。

因此，文学的人物传记的成功不在于收集而在于如何复活历史上的传记材料，如何沟通历史人物与当代人的感情。一个传记作者的起死回生术，就在于他对当代生活的特殊理解与表达。没有这样一种激情就无法复活历史，这是显而易见的。与此同时产生的另一技术问题是，文学传记的成功往往不在于完整地描述传主之生平，而在于精彩地阐释某些细节，在一大堆传记材料面前，优秀的传记作者总是慧眼独具，善于发现内蕴丰富的生活细节并加以艺术性地描述，进而舍弃大量无用的苍白的缺乏生命的死材料。这类细节把握得愈准确，挖掘得愈深刻，通常传主的形象就愈丰满。在得知你写《关露传》时，我就预感到你确是抓住了一个很好的文学题材。为关露写传的意义不完全在为她个人平反昭雪与恢复名誉（这些事应该让公安部门与组织部门去做），也不在于一个女作家兼女间谍的传奇身份（有关这类身份的故事，在虚构的传奇作品里有的是），关露的文学意义或者说传记意义，我的理解是，她作为一个独身女性的细腻、敏感与脆弱等活生生的性格，与时代加之于她的沉重负担之间引起的强烈的心理反差与生活悲剧。试想一下，当年的胡楣女士有着通常女子所共有的经历：热情、美丽、爱好文学，结过婚又离异，身边不乏英俊的男性追求者……当她独身闯入谍海，第一个回合竟是从76号特务魔王李士群那里获取情报，这不但令人难以置信，而且是不可思议的。据有的材料说，连李士群当时也为此感到了惊讶。我从你的书中收入的几篇当事者（如蒋锡金、许幸之等）回忆关露的文章中获得了这样一种感受：关露起先从事这项工作是有些力不胜任的，她的迷茫、疑惑以及内心难言的痛苦，相当感人。她不是天生的间谍坯子，没受过严格的特务训练，可是她竟然在敌营成功地战斗了六年，以致人们都相信她是"汉奸"，这本身意味着她将付出许多惨重的代价。不说别的，以她的个人幸福为例，她的私生活中曾经出现过相当亲密的男子，但后来也未能成眷属，这些事能让她个人来承担吗？我想如果你对传主与当代人的感情沟通有一种新的认识，对材料的取舍、阐释有一种不同的把握的话，许多细节都可以得到新的理解与描述。比如，关露对伟大女性邓肯的崇拜与敬慕，她曾多次计划翻译邓肯自传（事实上她已译出了一部分），如果联系她本人的身世遭遇与内心的感情生活，就能发现内中有许多启人深思的信息存在；又比如，她晚年（"文革"中）被关在秦城监狱里，因为牢里发的囚衣过于肥大，她竟花了半年时间，将铁钉磨成一枚针，从毛巾上拆下丝线改制了囚衣，以使其合身些。这些奇特而非凡的细节，实在非关露而莫为，如经认真开掘与阐释，当为令人难忘的篇章。

陈思和

1989 年 9 月 30 日

初刊上海《书林》1990 年第 1 期

原题为《应该删掉与不应该删掉的——

关于〈谍海才女〉致作者》

致史中兴[①]（谈贺绿汀）

史中兴同志：

你好，真抱歉，我因外出，无法参加《贺绿汀传》[②]的讨论会，但大作我已经读了，我是在由绍兴到富阳的大巴士上一口气读了大半部分，起先几章平淡了一些，但越读到后来越放不下手，直到在富阳县招待所住下时，我的心依然在这本书上，以至窗外妩媚的富春江景也顾不得欣赏，就急着把它读完了。

不是说你已经把这部传记写得完美无缺，但你已经勾勒出贺绿汀老人的精神特征。如你所说的贺绿汀是个长时期来与"左"倾思潮斗争的不妥协的斗士，我这里所指的"贺绿汀精神"，也正是他几十年来不畏强暴、寻找真理与艺术真谛的知识分子的一身硬骨头。我与这位老人素未谋面，但在我少年成长道路上，他如同惊雷一样震撼过我的灵魂，那就是你在书中详细描绘的1968年的一次电视批斗会。那时我不过约十三四岁，满脑子崇拜两个"黑线人物"，一个是《激流》的作者巴金，另

---
① 史中兴，当代散文家，曾任《文汇报》文艺部主任、副总编辑。
② 史中兴：《贺绿汀传》，上海：上海文艺出版社，1989年。

一个是《游击队之歌》的作者贺绿汀。在我当时的心目中，这是两个充满着神秘感的名字，就是为了能够看看他们是怎样的人，我竟迫切地跑到一家有电视机的单位里，挤在一伙"革命群众"中看"批斗会"。我记得我看这两场批斗会都流泪了，如果说巴金的批斗会让我懂得了什么叫侮辱人格，那么贺绿汀的批斗会却让我懂得了什么是中国知识分子的铮铮铁骨。从那以后，我就明白了人是分种类的：有一种是世界上最凶残的高级动物，他们残害了同类还非要被害者临死前为它唱赞歌；还有一种是真正的人，他们不管受到什么样的屈辱，始终不会低下高贵的头颅。"文革"以后，我从巴金老人《随想录》一篇篇的深刻忏悔中越来越深刻地理解了这血的真谛。

在我的心目中，贺绿汀是这样一位知识分子：他早年投入革命运动，经历过各种各样风浪，深深地明白在中国大地上始终坚持真理、抵制错误，必须付出惨重的代价。同时他又是一名艺术家，他是在肖友梅、黄自等先辈音乐家开创的中国音乐事业中成长起来的真诚的艺术家，两者在他身上取得了完美统一。唯有他是革命家，他才会曾经沧海，满身是胆，不被一时一地的邪风迷住眼睛，也不会被那些狂妄的"红色恐怖"所吓倒，这是他敢于在电视批斗会上大声喊出"我没有罪，是你们有罪"的正气歌的根本原因所在；也唯有他是优秀的艺术家，他才会那样尊重自己所追求的事业，他分辨得出什么是真正的音乐并且不想欺骗自己的感觉，他当上海音乐学院院长是因为那里有他真正的事业，而不是把它当作通向庙堂仕途的阶梯小心翼翼地往上爬，这才会使他那么重视音乐界先辈开创的事业，那么呕心沥血培养下一代音乐人材。在当代中国的知识界里，像贺绿汀老人那样兼两者于一身的正直老人并不多，他不同于邓拓、以群、老舍等在黑暗中绝望而弃世的知识分子，不同于巴金这样不得不含垢纳污、又在以后的忏悔中重铸人格的知识分子，甚至也不同于傅雷这样宁为玉碎、不为瓦全的知识分子。他是属于另一种知识分子风范的典型——他是在革命队伍里认识了革命的本质是什么，并无私无畏地追求革命理想与艺术境界的和谐统一。

我觉得像贺绿汀这样的硬骨头精神就是应该大胆热烈地歌颂，因为在这样一个高贵人格的照耀下，使另一类所谓的"知识分子"的嘴脸毕现：投机迎合、贱卖人格、摇唇鼓舌、不学无术、弄虚作假、谄媚权势、张虎皮作大旗……这样的文痞——在那堆政治粪坑中不过是几条软体蛆虫而已。今天读了你的《贺绿汀传》，我的思绪不能不重新回到那个中世纪式的黑暗年代，不能不重新想起那一堆蠕动着的蛆虫们。贺绿汀的人格如今已经耸立在每一个正直的知识分子心目中，而那群残酷迫害老人、整得他家破人亡的人形动物，如今又卷缩在哪里苟延残喘呢？要知道，这些残酷迫害贺老的人，从张春桥、姚文元到上海音乐学院的红卫兵造反派,也都是所谓"有知识"的,他们如果还活在这个世界的各处角落,他们如果也有"雅兴"读到这本《贺绿汀传》,他们又会怎么想呢?

所以我读你这本传记,越读到后面就越有感触。也许是"德彪西事件"以后的历史于我更亲近,也为我所理解,我觉得全书的精魂就在后半部。而前面的二十几个章节,既是铺垫又是序幕——贺绿汀青年时代参加湖南农民运动,被捕入狱,继而投入中国音乐事业和左翼文艺运动,在战火中谱出了《游击队之歌》和《嘉陵江上》等作品,他投奔延安途中与敌伪周旋……甚至他在1950年代担任上海音乐学院院长后经历的风风雨雨,几乎都是一道一道的涓流,到了20世纪60年代才汇集成一个海。因为每一个事件,都既是贺绿汀一生的光荣历史,又是酿成他晚年被构成大祸的"罪证"。你在传记中,把一个个事件都给以清楚地梳理,把一件件"罪证"都大白于天下,让传主的整个形象立体地树立起来,表明贺绿汀在"文革"中的大祸不是偶然,也不是一般性的灾难,而是这样一种人格与这样一个时代长期龃龉的必然结果。更可贵的是,在他平反复出后,他为了清除"文革"遗留下来的孽毒,依然不屈不挠地同那些所谓的"左派"斗,同形形色色的社会不正之风斗,同极"左"路线的阴魂斗。这些事情我过去是不知道的,我佩服你写这些章节的勇气与胆识,你通过贺绿汀老人的传记形象清晰地告诉我们，我们刚刚经历过的，不仅仅是一段历史，还是一个时代与整个历史内在联系的整体之一部分，因此，它具有借鉴意义，我们今天读这本《贺绿汀传》的意义也在此。

对于人物传记，本来也没有什么统一的章法。有些作者在写作实践中的成功经验，当然值得研究与借鉴，但未必要把它当作金科玉律。艺术的成败有时很难用什么规律去解说。譬如说真实吧，几乎任何一个传记作者都企图写出传主的真实面貌，但是当作者自以为详细调查了传主生平的大小事件，掌握了所有书面文字和口头采访的材料，甚至也了解了传主性格的缺陷和弱点、家事的琐碎以及亲友中传播的种种秘闻，等等，他还是无法逾越一个时间与空间的鸿沟：从时间上说无法复原已经逝去的一切印象，从空间上说无法进入别一个人的真实内心。这两点即使是传主本人也无法完全追回，遑论旁人用的又是贫乏的语言和文字？所以我以为传记的真实永远只有相对意义。当我们赞扬这部人物传记写得"真实"，总不外是指两个方面的价值：一是传记的主要基调与传主所处时代的文化心理相吻合，二是传记的主要基调与现时代（即写作时代）的文化心理相吻合，这两种"真实"的认可，都很难说是对传主本人真实程度的认可。至于传主生平事件的真实反映，生活细节的准确体现，这是一本传记作品最基本的构成条件，离开这些就不成为一部作品，但它只是传记作品最低的条件，远不能作为价值优劣的评判标准，也不足以衡量"真实"的程度。然而上述两种与文化心理吻合的"真实"，多半意义取决于传记作者的主体建构是否契合了两个时代之间的联系，是否成为两个时代文化心理的沟通。

一部优秀的传记作品应该是重铸时代精魂的工作，而不在于传主生活细节的详略。尤其是进入现代工业社会以后，人与人之间的关系日趋隔膜和现代人生活方式的日趋程式化，人的感情世界的丰富性总是在封闭形态下才能体现出来，当人们越来越失去了解旁人私生活的兴趣，名人在他们心目中也仅是一个符号而已。唯有当传记人物的全部细节在整体上构成一种人格力量，震动着时代风气，对一个时代的文化心理发生着影响的时候，也唯有传记人物的私人生活以文化心理为媒介对每个读者的个人生活、个人的思考和追求达成某种默契的时候，传记才将是有意义的。罗曼·罗兰写《贝多芬传》不过三万余字，但他呼唤英雄主义的到来，呼喊要打开窗户，迎接清新空气的声音响彻了古老的衰弱的欧罗巴。我觉得《贺绿汀传》本该也是属于这样一种传记。如果以这样一个较高的艺术要求来衡量，我不能不说你似乎写得拘泥了一些，过于平实了一些；贺绿汀本质上是一个理想主义者，为这样的人塑造灵魂应该用诗情与火。我从你写的《贺绿汀传·后记》中注意到，你对传记的写作采取了一种现实主义的态度，即"信守最严格意义上的真实"。为了求得这一点，你努力不把自己对传主的敬意转化为崇拜，你甚至指出了贺绿汀在"大跃进"年代"放卫星"的缺点。其实这种缺点从一个人的宏观历史上看微不足道，传记文学中所谓的人物缺点，我理解是指性格弱点，即一种主体化的性格发展中，由于某种特殊的成分构成导致了个人生活道路的独特性，这种特殊成分的构成当然也包括了性格的弱点部分。至于个人行为中的小疵点，如果不是与性格弱点本身发生联系，那至多只是增添一个小插曲而已。因此，这"最严格意义上的真实"显然是束缚了你的想象。其次是细节的铺展，读下来也多少有琐碎之感。传记文学中，传主的生平交游和社会关系往往是重要的内容，但决定其意义的前提，并不是展览式的"真实"，因为传主一生交游是无法写尽的，所以要选择、要取舍，都是为了从整体来烘托传主的人格。你多次写到贺绿汀对黄自夫妇的深情厚谊，写到他与音乐学院专家教授们之间的非凡关系，都令人感动，是不可缺少的重要细节。但也有不少细节写得过于流俗，有些人，尽管是名人，也不过是与传主偶尔发生过一点邂逅，与传主的人格发展毫无影响。这种名人的出现只能起一种点缀的作用，而贺绿汀这样光辉的人格是不需要点缀的，枝蔓过多反而掩住了主干的形象。关于这种点缀化的细节展览倾向，我觉得在目前的传记文学写作中相当普遍，前些日子我在谈丁言昭的《谍海才女——关露传》时也注意到这一点，现在重新提出,供你参考。

匆匆写上几句,以报你赠书的美意。

思和 敬拜

1989 年 11 月

初刊上海《书林》1990 年第 2 期

原题为《读〈贺绿汀传〉所想到的——致史中兴同志》

第二辑

谈小说

致徐兴业[①]（谈《金瓯缺》）

徐老先生：

《金瓯缺》四卷出齐，是近年来长篇历史小说领域中的一件大事，值得庆贺。它继李劼人的系列历史小说之后，又一次填补了"五四"以后多卷本长篇历史小说创作的空白。有人说，这是一部"教授小说"，在我看来，毋宁说是一部知识分子的大书，它熔铸了一个有良知、有骨气的知识分子对政治、民族、生活方式等各类文化现象的严肃思考。

近月来，我陆续读完《金瓯缺》，并且写成《对时间帷幕的穿透》[②]一文，记录了自己对这部巨著的评价。文章已发，不日即可读到，在此不打扰您了。我想这封信中还是谈点别的，即我没能在那篇论文中谈及的问题——《金瓯缺》的结构模式问题，就教于先生。

《金瓯缺》虽然描写了北宋末年三个政权之间的兴废史

[①] 徐兴业（1917—1990），当代作家。《金瓯缺》，长篇小说，共四卷。第一、二卷由福建人民出版社1980年初版，第三、四卷由福建人民出版社1985年初版。
[②] 原题《〈金瓯缺〉：对时间帷幕的穿透》，初刊《上海文论》1988年第2期。

实，但它的结构不复杂，全部情节还原到底，可以归结为两条交叉的基本线索：一条是家庭悲剧——马扩一家在战争中的悲惨遭遇。从刘琦出使西军起，到尾声中马扩只身入虎穴与婵娘诀别，由西北军营写到山东义军，东西横贯半个北中国；另一条是民族悲剧——从伐辽战争到东京沦陷的历史变迁，其中也时隐时现地穿插着另一个家庭悲剧：宋徽宗赵佶的家庭命运，它包括了赵佶和他的皇后、儿子以及情人李师师之间的各种纠葛，从皇帝写到囚犯，上下纵贯了天上地狱。这两条故事线索，一条从地理的意义上展示了小说的空间，一条从历史发展中表现了小说的时间，它们所构筑的巨大的十字座标，成为全书的基本骨架。

　　长篇历史小说，在中国史记发达的时代里，一般能把历史通俗化，承担起民间口述"史诗"的职责；在史记不发达的年代里，它又是用传播政治小道消息的功能来满足人们的好奇心理与窥秘心理，也同样承担着讲解历史的职责。因此，中国由古及今的历史小说，多数不脱通俗小说的藩篱。它的叙事结构也就是史实结构，以复述历史过程为枝干，以添加虚拟的情节为花叶，这种模式的时空多半是相一致的。即使一部小说中同时要讲两个地方的事情，也只是采用章回体的"秃笔一枝，话分两头"的传统叙事方式。由于这种叙述结构随史实亦步亦趋，也由于这类小说本身所含有的普及历史知识的功能，所以长篇历史小说的篇幅往往可以拖得相当冗长，蔡东藩的《历朝通俗演义》即是一个现成的例子。当代长篇历史小说中十几册的多卷本虽未见成书，但类似的构想或已表明作者被中国历史小说的自身局限拖入了不可救药的绝境。《金瓯缺》的十字结构模式则避免了上述的缺陷。这部书虽然有四大卷的篇幅，但它的艺术容量同时获得了与之相当的增长。

您在创作中，首先抓住了宋徽宗赵佶的经历，它代表着座标上的纵线。在这条线的两边，分别是郑皇后和李师师，前者代表着负的力量，除郑以外，还有蔡京、高俅一流奸党；后者代表着正的力量，除李以外，还有东京市民。这两种力量围绕着赵佶的经历展开了激烈的冲突，构成了一部北宋末年的政治斗争史，揭露出封建社会官场文化的腐朽实质。这条纵线外有两条副的纵线，即辽和金的兴衰史，每条纵线的两边都有正与负的力量冲突。在这三条纵线之间，还存在着一个更大的二元对立系统：汉政权与少数民族政权之间的冲突。战争是连接三条纵线的主要焦点，通过战争，一些政权灭亡，另外一些政权却成功了。这纵的线索依循历史的时序发展着，其时间与历史同步推进，包容了巨大的历史内容和文化内容。

由于您在赵佶身上所负载的艺术容量过大，以致把这个人物压得有些干瘪。虽然您力避俗套，在描写他昏庸误国的同时，还处处着墨于他的风流气质和艺术才华，谴责中略带惋惜，叙述时夹有讽刺,使这个人物成为全书最为生色者之一,但从现代的审美要求看,这个人物的精神世界还是没能深刻地展示出来。宋徽宗不同于崇祯,他在史册上留下的行状并不很多,这本来为您塑造这个形象提供了广阔的想象空间。如他与郑皇后的失欢,与李师师的钟情,尤其是从天子沦为囚徒的经历,以其艺术家的心灵和君王的气度亲历之,精神上必然会发生一番翻天覆地的大起落、大变化。从现在小说所写的来看,虽也让他目睹了心爱的人颈血化长虹,让他感赋了亡国诗篇《宴山亭》,但其精神面貌仍嫌平淡,这也许是因为您执著于他之为封建君王的身份,强调了他的昏庸与自私,却未能给他一个普通的人的位置。也许是您在这条纵线上悬挂的历史内容过多,尤其是后两册所写的东京保卫战,气势磅礴,但也多少有些琐碎。其实历史小说的容量之大小,与罗列的史料之多少并无直接的关系。如果后两册中有些史料再精练一些,能够腾出更多的篇幅来深入地写赵佶,那这部书将会获得更大的成功。

假如,这部小说没有马扩一家的故事,仅以赵佶的经历作为主线去串写历史,也能够成为一部很好的作品。但它在结构上将无新意,只是一种缀连式的传统结构。然而您又塑造了马扩一家,它代表了一个空间的概念。在地理上看,它由西向东,与金兵入侵的由北向南构成一个空间范围;从结构安排上看,它的横向移动,为宋徽宗赵佶的经历提供了辽阔的背景。这条故事线索的出现，直接改变了小说的结构模式，由此也改变了小说的容量度。这与《安娜·卡列尼娜》中列文的线索与安娜的线索不可废一的结构相似。我想强调一下它所包含的地理概念，这在当代长篇创作中正被忽视。有些作品完全没有地理概念，也有些作品虽然写到不同的地点，但很少把它作为结构的有机部分来看待，而这在您的这部作品中却兼顾到了。其实所谓结构，正是某一历史阶段的时空概念在文学中的投射，你把地理概念成功地引入小说，决定了这部作品中结构的均衡感和稳定感。

十字坐标的结构模式中，纵横两条线不是互不相干的，它们必须相交于一个共同点，使全书的情节构筑于其上。在小说中，这个相交点就是战争，战争贯通了上下的联系：刘锜出使带回了赵隆父女，马扩的几次出使也同赵佶的使命有关，最后马扩率领义军救驾而被俘等等，使两条线索之间产生了一系列的沟通，以成全书的基本结构。这是十字结构模式的特点之一。

对于马扩家族的描写，我也感到有些不满足之处。我觉得您在描绘这一家人的悲惨命运时，着力表现战争给他们带来的灾难：父侄战死，妻母为奴，马扩女儿小名"灾儿"，正是这种命运的象征，但这种种灾难似乎没有改变马扩的精神世界，您始终强调这一家族性格的不变因素，即所谓三间大夫的"亦余心之所善兮，虽九死其犹未悔"的爱国主义精神。坚贞不二固然是美德，但在一部长达一百五十多万字的长篇作品中，主要人物的精神世界没有起伏、没有变化，无论多么完美都会使人感到沉闷。其实，《金瓯缺》的最后两章在结构上极为重要。当东京沦陷，两帝北上等一系列惊天地、泣鬼神的情节高潮都已叙述完毕，整个作品将告尾声之际，突然又重新补叙出马扩一家的遭遇并以马扩的故事为全书压轴，这是您给自己出的难题。因为它需要相当大的力度才能压住全书的高潮，而现在的结局，使人感到过于仓促，人物的性格在最后的篇章里没有得到进一步的升华。本来，马扩是个"勉从虎穴暂栖身"的豪杰，在软禁中，其痛苦和沮丧的心理是有机会充分表现的。亸娘和马母的性格也应在这个关键时刻抹上完满的一笔——可是您却把它轻轻地放过了，情节发展的过于匆促反使人物精神世界得不到展示。我想起《战争与和平》的尾声，在这篇被毛姆称作"一篇真正重要的东西"里，托翁在主人公美满生活和结局中写出了精神上的深刻的悲剧性。相比之下，《金瓯缺》在最后两章里虽然直接描写了生活的悲剧性，却没能在精神上产生相应的震撼人心的力量。一篇尾声虽亦差强人意，但终究是略逊一筹了。

十字结构模式决定了长篇小说各种线索之间的有机联系，它使丰富复杂的艺术容量在统一的构思下取得某种内在的和谐性，由于它所能包含的巨大容量，在形式上对长篇小说的确立无疑是一个有力的保证。但它只是对形式负责，而无法对长篇的具体质量和具体内容作价值判断。因此，上述种种不足，与结构本身并无干系。这里将牵涉到其他一些方面的问题，如审美标准中的古典观念与现代观念的冲突，长篇小说必须有形而上的思维概括能力，等等，已超出了结构模式的范围，恕我不一一说了。我真诚地希望，这部历史小说能够取得更大的完美性，无愧于它在目前长篇历史小说领域中的重要地位。

晚　思和　顿首

致吴亮[1]（谈《金牧场》[2]）

吴亮：

我是读了你的《〈金牧场〉的精神哲学》以后，才下决心读完《金牧场》的。以前我曾断断续续地读过几次，每次都没读满两章就放下了——我不是说这部小说难读，而是说它在文字中包含的信息过于密集，非细细咀嚼难以消化。好在张承志的书每出一部都评论蜂起，该说的早已被人说了，还是冷水泡茶慢慢喝的好。在读了你的文章后，或许是你这种以偏执对偏执的批评引起了我的兴趣，也可能是挑剔的逆反心理在发生作用，使我终于读完了它，感觉很好，也很喜欢。

张承志历来被人归为理想主义的行列，他的作品也多被人从理想主义的角度去分析，褒之贬之都未免空泛。你的批评在这一点上是击中要害的：你指出要研究张承志作品的理想主义，就应该弄清这所谓的理想究竟包括哪些内容。你自己的文章正是企图这样做的。可是你在剖析《金牧场》的理想主义时，也

---

[1] 吴亮，当代文学评论家。
[2] 《金牧场》，作者张承志，长篇小说，作家出版社1987年初版。

不自觉地染上了一种流行的看法，即在你看来，理想主义的作品都是属于古典主义和浪漫主义的，你站在一个现代人的立场上去讽嘲理想的古典意味和浪漫倾向，结果还是从对张承志的具体批评返回到对理想的抽象含义的批评。

我以为文学创作既然作为人类精神现象的一种而存在，它不可能离开人类的理想主义。文学的不同思潮、不同流派，在互相替代、互相抵触的过程中变迁发展，不过是人们不断变换对人类理想的解释和描述方式而造成的。变换不等于拒绝，更不是丧失。我们过去理论界长期存在着一个错误，就是无端地把理想的专利权奉送给古典主义和浪漫主义，甚至连现实主义作品要体现理想色彩，也不得不求助于矛盾百出的"两结合"[①]理论。人们在判决现代主义的罪状时更是如此，赫然第一条就是"因其丧失理想而颓废"。现在报应来了：当现代主义思潮昂首阔步打入了文坛之后，人们在拒绝古典主义的同时也拒绝了理想主义。

其实，人类理想又何尝是古典主义与浪漫主义独家经营的货色。古典主义的理想在于王权与宗教，这在中国、在西方全是一个样，姑且不谈。浪漫主义者把理想从现世中抽象出来，他们在否定现实世界污秽与浊水的同时，又在超现实主义领域

---

① 即"革命的现实主义和革命的浪漫主义相结合"。

里创造出一个理想的境界，故而特别得引人注目。我曾在一篇论文中分析现实主义文学与浪漫主义文学理想境界的区别，我认为：现实主义是从历史发展规律中寻求未来生活的图景，理想与现实的差异体现在时间意义上，预示着历史的必然性；浪漫主义理想与现实的差异则体现在空间意义上，与历史发展规律无必然的联系，其内核是人的个性的灿烂焕发，个人的要求经升华后成为超现实的力量，反过来光被人间，影响人世的生活。因此它可能是宗教的、人性的、非历史的。在这里，我还想进一步谈谈现代主义文学中的理想境界。如果说，浪漫主义的理想是体现在一个超现实世界，那么，现代主义的理想则体现在自己身上。当尼采狂呼"上帝死了"的时候，他进而又说，上帝是被"我"和"你"杀死的。也就是说，人是有力量能够杀戮自己幻想出来的偶像的。上帝死了，人还存在，更加突出了人是唯一的存在，人孤零零地存在于大地上。我读表现主义、存在主义的作品，读荒诞派和其他诸现代派的作品，都能感到人体内滚动着灼热的血液、精气和渴望，我体会这就是生命的力量所在，就是理想。当人对外在的历史和宗教都失去了依托以后，只能相信自己，相信自己的生命体验与生命感召。因此，现代主义的理想应该深深地埋藏在个人的生命深处，把一切力量都凝聚在自己的肢体之中。也正是在这个意义上，我才理解张承志关于"绝望的前卫满怀希望"的话，才理解作品中关于大陆、山川、生命和太阳的颂诗（这与尼采对大地的赞颂、梵高对太阳的赞颂如出一辙），也才能理解杨阿訇自残时的谦卑，老额吉面对迫害时的安详，以及日本歌手唱出"为着在我的身后，能诞生一个未来"[①]时的激情。

张承志的作品中有浪漫主义的倾向，但不能就此认为它是古典的。从精神气质和审美观念上看，张承志在《黑骏马》《绿夜》时代的作品里确实存在过一种古典美，《北方的河》以后，他渐渐地离开古典主义，越走越远，《胡涂乱抹》则是一个新的转折和标志。《金牧场》是张承志写作生涯的一份总结，融汇了其以前各个时期的精神探索，却独独抹去了《黑骏马》里纯情的古典色彩。作品中越男的嫁人、小遐的伤腿、李小葵的沉沦和"我"的离开草原，都证明了一种青春理想的失败，一种对无价值的价值确认。这不但在张承志的小说，即使在所有的知青小说中，都将是一个质的突破。我认为这种质变中包含了现代意识与古典主义之间的根本区别。

所以我说你太认真，太执着于《金牧场》中关于理想的外在寄托，正像研究宗教的真谛不能只看它的偶像一样，张承志理想的真正内容，并不在对于消逝了的光荣历史和远祖圣迹的追怀，也不在于对理想的虚拟化和神圣化。他虚拟理想表明他

---

① 此日本歌手指张承志小说《金牧场》中的人物小林一雄，所唱歌名叫做《绝望的前卫》。——编者注

对现时现刻的绝望，同时他虚拟理想也正表明了他在绝望中尚有与世抗争的力量和自信。要是从理想的外在寄托——寻找天国、大迁徙、远征等形式——着眼，主人公的绝望和希望都会被理解成精神贵族式的自偏自傲的唯我独醒，但反过来看，一个人精神上处于山穷水尽、无所依托的时刻，前有猛虎，后有巨鳄，他的力量、希望、勇气才成为唯一的实体。为了复述这样一种精神现象，任何外在象征都是微不足道的，正如宗教的一具十字架可以吸引亿万众生，但它的真正精华并不在此。《金牧场》出现的几种意象，都不外是绝望与力量的总体象征：无论是狂热和愚昧的红卫兵长征，还是草原牧民的大迁徙，希望只是虚拟的梦幻，理想不过是最无情的自我欺骗。阿勒坦·努特格——黄金的营盘、黄金的草原，可是现实中的阿勒坦·努特格却拒绝它的子民归还。红卫兵要去解放全人类，最后反被关进人民的公安局，"带镣长街行，告别众乡亲"[①]，痴人说梦式的错位状令人啼笑皆非。一个装模作样的庄严舞台上终于响起了闹剧的锣鼓。终极目标的荒谬虚无不能衬托追求目标过程的崇高性。我想这种狂热和愚昧，以及艰苦卓绝的追求行为本身即交待了历史的徒劳、盲目和毫无意义，这与《大坂》《九座宫殿》中的追求精神不可同日而语。

---

① 见1964年的大型音乐舞蹈史诗《东方红》第二场《星火燎原》插曲《就义歌》，可参考刘伯坚（1895—1935）诗歌《带镣行》。——编者注

许多论述《金牧场》的文章似乎都忽略了作品中一个很重要的环节，那就是主人公深入新疆伊斯兰教信徒中寻找青砖古墓的故事。有的评论者把《金牧场》看作是两个世界（J世界和M世界）和三大叙述板块（"红卫兵长征"、草原牧民大迁徙和在日本诠释《黄金牧地》），这是不对的。这部长篇意象虽然密集复杂，但结构很简洁。作者通过两组现实世界（J和M）和两组相对应的意识世界（长征和寻墓），构成了一个完整的方位结构：东方——日本，西方——新疆，北方——草原，南方——长征路。（严格地说，在张承志的方位世界里没有南方的概念，这个缺陷造成了他的风格过于生硬和文字过于干燥，这里姑且以四川到甘肃的长征线路来代替《金牧场》方位模式的南方。）M世界是过去的世界，故以第一人称表示回忆；J世界是现时的世界，故以第三人称作同步描写。两组意识世界的人称均随产生它的现实世界而定，属超时态。

M世界包括了南北一对方位的叙述板块，它以主人公的两种经历反映了共同的主题：信仰——追求——失败。理想被卑琐的现实无情粉碎，无论是红卫兵时代还是知青时代。我们都做过一场青春梦，它在今天只能成为一种绝望的见证，只有没出息的人才会念念不忘自己孩提时代的光荣和美好。与张承志写《黑骏马》时所流露出来的青春恋情相比，我在《金牧场》中已经看不出有什么激动人心的场面了，这应该是张承志对人生认识的深化。M世界象征绝望的主调反成为J世界象征的力量和希望的主调。J世界包含了东西一对方位的叙述板块，它们的主题是：苦难——奋斗——希望。经历过M世界的两次失败和两次省悟的主人公，这时候才对苦难有了新的认识。他寻访青砖古墓是人生的一次转折，在《金牧场》第四章的一节意识世界中，他为自己从心灵深处爆发出"阿拉乎艾克别尔"[①]的呼喊而惊恐万状，感到了剧烈的痛楚和清晰的快乐，这是脱胎重生的感觉；也就是说，在那一刻起他告别了以往的幼稚、愚蠢和盲目，他认识了人生真谛而成熟了。

也许你会反驳，这种成熟的内涵是什么呢？仅仅是宗教献身感，抑或是对种族历史的自豪感？如果是这样的话，那么他的理想依然是空虚的。我觉得宗教依然是张承志的一种精神象征。他寻访的是一座被教徒们密藏了二百多年的古墓，二百年前官府镇压叛乱时屠杀了一万多个教民，二百年后历史已经被遗忘了，但血河还是存在，反叛的血液超脱了具体历史是非而成为一种民族文化的心理积淀，它被张承志称为"母血"。唯有以这样一种百折不挠、视死如归的精神气质作为力量的根本，人才可能立足于土地上，在现代工业世界的各种环境下都立于不败之地。《金牧场》的这种意义，只有在赵玫的一篇评论里

---

① 阿拉伯语"Allāhu'akbaru"口语的音译，一般译为"安拉胡阿克巴尔"。——编者注

被提到过，作者聪明地指出："这些东西在整部作品中，上升为一种意象，并贯穿主人公（即作者）对于人类认识的始终。"①

如果我们把 J 世界的一对叙述板块平展开来看，那么，西方位关于拜谒神秘古墓所获得的神启，应该成为全书的根本精气。流血漂杵的回民族精气与封建文化在今天僵而不死的局面形成对照。正如一个气血竭衰的人无法进补，一个老大衰弱的民族唯有更新血液，重新换得健康的"母血"，才能对付得起现代世界的各种锤打。东方位的日本是个现代文明高度繁华的象征，在其他三个方位中，主人公的叙述都是单线展开，唯到了东方日本，才出现了万木逢阳春的复调意象。在这万花筒般的世界里，一方面有青年人的无政府主义的骚动，有各翼政治势力的狂热和大汤这样的文化蛆虫；另一方面也有纯净的宗教、美丽的少女、"民谣之神"小林一雄的歌声和中亚古文字学者平田英男。你指责张承志对现代生活方式的反应的令人沮丧，这是不公正的。尽管张承志对日本社会只能浮光掠影地描写——这一点我们不必苛求他，因为我们从未指望在张承志的作品中加深对异国文明的了解，但张承志毕竟有应付现代社会的正确态度，我们不能忽视平田英男这个形象，他是现代社会的产物，平实、坚毅、文明、健康，不但能够在高深的精神领

---

① 赵玫：《自新大陆——关于张承志小说的民族意识》，《当代作家评论》1987年第5期，第7页。

域里尽情漫游，也能够从事平凡的日常生活。他白天从事研究，每天晚上还要去领孩子，一切都是平民式的，是一个现代文明社会中的真正强者。这是张承志笔下少有的完美形象。平田与小林，可以成为主人公的精神兄长，他们不但被作者当作日本民族的积极面来描写，同样也寄予了作者的理想。面对万花筒般的现代工业社会，张承志确实学步踌躇，满腹狐疑，但他没有回避这一正在走近的客体，他在思考，在寻找，想求得一种安身立命的现代生活方式，他把民族文化的母血作为根本，去迎战眼花缭乱的明天。这种慎重严肃的态度，比起那种盲目崇尚西方文明的浅薄儿们，无疑要深刻得多。现代主义的盛行，现在似乎也有了一些公式和标记，而张承志的可贵之处恰恰在于他鄙视那些皮毛，他几乎是顽固地依照自己的生活方式去认识世界，将深沉的现代意识熔铸在他独特的生活经验与知识结构之中，进而使西方现代或后现代的观念与本民族的文化传统在深层结构中发生撞击、消融与同一。我不敢说张承志这样做一定能成功，但他在这样做的过程中表现出来的特立独行的精神，应该说是当代知识分子（尤其是青年知识分子）非常宝贵的精神素质。

批评有流行色：理想与青春的赞歌，自由精神与平庸环境的撞突，对宗教和自然的倾心以及对现代社会的否定……再深入下去，就是历史进程与审美精神的二元对立，等等，一种已经成为传统的批评主题，正在悄悄地构成分析张承志作品的公式。然而《金牧场》却是对既成批评公式的一次粉碎，它既成为张承志创作道路上的一份庞杂总结，同时又孕育了许多新的突破和进步。

本想与你交换一下关于《金牧场》结构的体会，结果扯了一大通理想什么的废话，正题反倒觉得没什么可说了，还是以后再找机会吧。

思和写于飞龙楼

致张炜①（谈《古船》）

张炜兄：

去年初在京丰宾馆与兄见过一面，未及深谈。回到上海后，得空再读《古船》，引起了种种浮想，方悔没能在京时当面求教，失去了一次很好的学习机会。

看得出，《古船》乃是你的尽心之作。所谓尽心，不仅综合地调动了你长期积蓄的思考、才学以及气力，而且也露出"精锐倾尽"之意。窃以为其利弊相当：其利使《古船》当之无愧为当代长篇创作的一部杰作，但也恕我直言，当代长篇小说水准平平，不甚可观，因此超越其上非为难事，困难的是要产生真正能够代表中国文化艺术水平，进而攀登人类艺术高峰的大器之作。离这样的目标，《古船》的气不足，或者也可以说是你求成太切，心力尽得太早，蓄养不够，其弊是也。

第一次读《古船》，印象是太满、太挤，阻塞了许多空灵之气的回荡。第二次读《古船》，这样的印象更深。我觉得《古

---

① 张炜，当代作家。《古船》，长篇小说，由人民文学出版社1987年初版。

船》中有两个层次：一个是现实的层次，即以老隋家族的衰盛辱荣历史为经，描写了人生、社会和历史，这是入世者的世界，抱朴其人为最高境界；另一个是抽象的层次，以书中人物的种种回忆、思考、议论为中心，写了人性、地性和天性，这是象征的世界，《古船》其名为最高意象。后一个层次是前一个层次的根本，它使前一个层次中描绘的种种人事纠葛都上升到中国文化的要义上，赋以新的理解和更为深刻的内涵，使之摆脱了仅仅写一个家族或写一个镇史的局限，获得无限的时空意识。

　　《古船》其名很有意思，经得起人们细品慢嚼。船行之于水，水深则船行也远，故水为船之生命力的根本。小说开篇芦清河水渐枯，洼狸镇码头干废，可以说是一个意味深长的象征。它从大的意义上象征了"古船"的搁浅，次之预兆了小镇的败落，再次之即应验了隋家的气数。老隋家的兴旺与水有密切的关系，昔日码头上百舸争流，有半数以上是老隋家跑运输的。水干则隋家败，隋不召念念不忘航海出洋，时时捧读《海道针经》，其怪诞行为都可从中获得合理的解释。水衰则火旺，故隋不召航海失败归来的一年，也是洼狸镇河道干枯的一年，又正是雷击老庙，烧了树、烧了房，使整个镇陷入一片火红之中的一年。从此，红的意象成为老隋家族面临灾难的信号：隋迎之吐血吐在马背上，隋不召把血洒在粉丝房，茴子火烧了隋家大院……于是进入了一个阳盛阴衰的年代。水主柔怀,火主暴烈,水火不调,其意甚然,这又岂止是老隋家一个家族的报应?

于是小说又引出对人性的深刻反省。在残酷的阶级斗争中,人间残杀本不是什么稀罕。但洼狸镇史上留下的斑斑血迹,竟不是来自堂堂正正的战场对阵,而是一种人间兽性的大爆发。栾大胡子以怨报怨,自己也成为兽性的牺牲品,但不失为英雄;而赵多多的多行不义,残杀无辜,则完完全全是兽欲冲破理性堤防后的大腾跃和大泛滥,与还乡团的残杀无辜并无二致;抱朴不但反思了还乡团的罪孽,也反思了赵多多为代表的农民的罪孽,其意甚明,他反思的是人类本身的罪孽,孽根不除,才会使兽性一再借助火势蔓延,才会有"文革"中的种种惨无人道现象。"他们一有机会就传染苦难。他们的可恨不在于已经做了什么,在于他们会做什么,不看到这个步数,就不会真恨苦难,不会真恨丑恶,惨剧还会再到洼狸镇上。"抱朴数语,深得我心。1986年初,我曾作《中国新文学发展中的忏悔意识》一文,呼吁作家写"文革"要关注这人性根本之罪,今读《古船》,方知有此考虑者大有人在。而你以具象写之,较我吞吞吐吐的直白,更撼人心。关键"在于他们会做什么",可谓看到了根里,兽性不在别处,就蛰伏于自己的身上,唯有除去己身上的兽性因子,方有资格谈人世,谈为民,谈治国平天下。这是抱朴与见素之争,这也是人性力量与兽性邪恶势力的最后一场搏斗——灵魂的搏斗。这是小说中最为激动人心的篇章。

有了"古船"的意象，洼狸镇的人事均有了象征的意义。我把抱朴与见素之争看作是最后的搏斗，因为这一对患难与共的手足兄弟之间，不存在任何历史的和现存的个人利害冲突。见素处心积虑要恢复老隋家的荣誉和事业，他有血性却不能明性，老中医郭运说他"性情刚勇激烈，取势易，可惜淡了后味儿"。他急于求成，为一己一族之利害而呕心沥血，知其不可为而为之，终于犯下绝病，前功尽弃。抱朴不一样，他身经各种灾难，亲历各类非人性的残酷场面，由此了悟，终日盘坐磨房中忏悔人性，以求从根本上治理人生。这种忏悔是极度痛苦的。它经过三道关：第一道关，目睹人性的黑暗之苦，这不过是最表层的刺激；第二道关，心领父亲的赎罪之苦，这使他将忏悔的内容由他人渡向家族，与生命本体更贴进了一步；第三道关，身受失恋之苦，与小葵的私通，李兆璐的猝死以及对本家族怀有的原罪感，使他无力拯救自己与他人，内心如焚，这是最贴切的也是最直接的忏悔。三道关口贯通一气，为己、为家、为人世，层层受苦，步步忏悔，才导致了他的大彻大悟，大慈大悲，进而大刚大勇。他最后出任总经理，是在多多自毙，见素自伤，好报坏报，一了皆了之时，也是在地下河复出，水德复生，古船又有了启程的希望之时，天理人和条件一概齐全。他的出山，已经超越了为家族承其气运的局限，象征整个历史又重新驶入正常轨道的势之所然。

抱朴这个人物，使我想起阿城的《棋王》，但阿城想的是苟全性命于乱世的事，因此他的主人公多在远山僻乡，修一己之身，养一身之性。抱朴则想着人世与救苦，他勤奋读书，一本是屈原的《天问》，以追寻人类文化之根，探讨宇宙起源，一切旨在从根本上去思考；另一本是《共产党宣言》，集人类历史之根本性结论，指向着未来的世界，且不说以抱朴的才力智力，能否彻底悟解这两本宇宙和人类的根本大书，这种思考求学的方法，多少也表现出你本人的知识结构的宽阔与深度。然而我说你"精锐倾尽"，在此亦可略见一斑。

老中医郭运也是书中一个出色的人物，我喜欢的是这个人物身上没有仙气。他是个普普通通的中医，对中国文化、人情世故，都有精深的了解。郭运在书中共出现八次，能抓住这个人物才能进而抓住抱朴，读解全书。

郭运最后一次出场是对洼狸镇太上皇四爷爷下许诺："三年扶体，十年扶威。"这个评语与小说的总体象征构成了一个有机的暗示。小说的结尾是圆中有缺的意象：地下出水，隋家出人，一切朝圆满处奔去。可是地质队在发现地下河的同时，丢失了一块置镭的铝筒，百寻不遇。老怪史迪新去世前交出了密藏的镇印，却没能说出镭藏于何方，"印"是封建时代矛盾冲突的象征，它已经永远逝去，而镭却象征了科学时代的矛盾，它在今天还是一个谜。因此圆满中藏伏了新的危机。郭运的评语则是从人事上作了补充：即使是封建余孽势力也未必完全退出历史舞台，"十年扶威"，过了七八年谁知又会来一次什么样呢？

《古船》的抽象层次寓意相当完美、深刻，它将中国文化传统的精义与当代生活密切结合为一，小中见大，弦外有音，把一个洼狸镇，一条高顶街写得有声有色，恰是杀鸡用牛刀，从一把刀上也看得出宰牛，甚至屠龙的功夫。但可惜的是，你牛刀使得娴熟，那个"鸡"却没能配合好，我说的是小说的现实层次没能与抽象层次配合好。由于过多的回忆和议论，大量的篇幅只让叙述洼狸镇史占有，此时此刻的现状描写却相当薄弱。赵多多与隋见素为争夺粉丝厂展开的正面较量极少，镇上各种势力在这种较量中的表现更是微乎其微，闹闹、大喜、李知常、栾春记、鲁金殿、李玉明等人物都显得面目模糊。我前面说的过于拥挤之感，正起于此。又由于人物的思想活动多而具体行动少，使许多关键性人物的出场，都处于静止状态——抱朴终日坐在磨房里，四爷爷也是躺在炕上与读者见面的。叙述历史的繁冗和现时描写的不足，使人物难以产生真正的血肉，包括抱朴、四爷爷在内，人们仅能从理性上去把握他们的典型意义，还无法从生动的艺术描写中理解他们，认识他们。这不能不说明你的准备创作还不足，在素材的驾驭上多少有局促

致张炜（谈《古船》）

之处。

郭运论读书一段极有意思,他说:"写书人无非是将胸襟之气注入文章,气随意行,有气则有神彩。读书务必由慢到快,捕捉文气。顺气而下,气断,必然不是好文章。"写书读书理当相同。读《古船》能读出气象非凡,可惜素材太挤,阻挡了气行运转,也可惜不够绚烂,影响了文气表现。前一个缺点写书时能够感知,后一个缺点则在读书时可以体会。如果《古船》在表现日常生活场景方面能精雕细琢,或许在艺术境界上会获得一个新的质的飞跃,成为大器,也未可料。

陈思和写于飞龙楼西窗下

1988 年 1 月

致郜元宝[①]（谈长篇小说结构模式）

元宝：

听说你在研究"中西小说比较"的新课题，我将旧信中论及长篇小说的几篇抄录给你，供研究时参考。这几篇旧信非写于一时，内容也杂，但细心的你读后一定看得出我近日关心的是对长篇小说结构模式的探讨。《金瓯缺》《金牧场》《古船》的研究，愈使我对自己的发现充满兴趣，虽然它现在还只是一些毛坯。

中西小说比较的研究，时下容易落入俗套，即从社会环境或文化传统的异同处着眼，形成所谓的"老三段模式"。我以为中西小说之间理当还存在着更加深刻的差异，这种差异表现在不同文化所构成的人类思维的基本形态方面。目前我手头资料太缺，不足以作长篇大论去阐述这些想法。你想研究，当可留心于此，以期从根子上有所突破。

长篇小说结构模式的研究，必然会联系人类思维形态的原

[①] 郜元宝，当代文学评论家，复旦大学中文系教授。时为复旦大学中文系的硕士生。

型。因为一，长篇小说的结构不单单是客观生活秩序的艺术移植，艺术的时空概念与客体概念最大的差别，是它已经渗透了主体精神这一思维的因素，从而它实质上也成为人类某种思维形态的投射。一部长篇小说结构的最后完成，总是凝聚了作者多方面的思想结晶，当这些结晶被熔铸在一个特定艺术世界中表现出来，必然遵循创作者的思维结构，其所反映的内容不过是为这种结构提供具体材料而已。因为二，由于长篇小说本身含有的史诗特质，创作者在把握描写对象时不能不对人类历史文化做出整体性的思考，这也决定了长篇构思不可能是随感的、片断的和即兴的，它的缜密性与整体性取决于创作者思维能力的强度。因此，要说长篇小说与短篇小说在结构上的绝对区别，则表现为短篇可以面对同一客体演化出千变万化的感受形态，而长篇则在概括千变万化的生活现象时，往往表现出基本同一的思维形态。

说到底，人类的思维形态并不复杂，它由不同的文化环境和文化传统，以及人的生理特征和生命感知方式，共同组成一些原型。一代一代的人们对人生、对历史、对现状进行思考和把握时，其思维形态总是以各种不同材料去重复、再现这些原型的模式，这就造成了长篇小说结构模式的基本雷同。这一点，中国和西方都一样。中国过去有才子佳人模式，西方有流浪汉模式、自传体模式、长河体模式等等，都可以追寻到中西文化在思维形态方面的不同特征。中西文化发生撞击前，中西长篇小说在结构模式上绝不相同，"五四"以后，西方长篇小说大量引进，与其他文学样式一起冲破了中国传统的小说结构模式对知识分子的局限（从根本上说，是西方文化改变了中国知识分子的思维方式和思维形态）。因此，新文学的长篇小说创作大多是移植了西方小说的结构模式，如郁达夫的自传体小说模式，茅盾的以个人为中心剖析社会的社会小说模式，巴金的写大家庭由盛到衰历史的家庭小说模式等等，均来自西方。当时一般章回体小说为人所鄙，唯一能坚持以传统文化思维形态进行创作的新文学作家废名，则是个写短篇的天才，其《桥》与《莫须有先生传》，只能称作"缀边式"的短篇结构。中国传统长篇小说结构模式在新文学中或几成广陵散绝，五六十年代出现的所谓"民族形式"的长篇小说，不过是承其皮毛而已。可是值得注意的是，近几年的文学创作中出现了一批对民族文化认真探索、精心领会的作家，我不敢说他们在主观上是否自觉地流露出传统思维形态投射的影响。也许他们完全是不自觉的，这正说明了文化的根总是蛰伏于人类生命的深处，影响着人们对世界、对人生的思考方式。

我之所以对《金瓯缺》等几部作品感兴趣，就是它们在结构上与"五四"以来的小说不一样，或者说与西方长篇小说不一样。我在读《金瓯缺》时，感到它深受《战争与和平》

的影响,但结构上两者完全不同。《古船》写了一个家族的盛衰,与西方家庭小说也不一样,甚至与巴金的"激流"都相异,它可以说是源于《红楼梦》。我过去写的几篇研究巴金的论文中,还不曾意识到这一点:巴金的家庭小说直接源于西方的家庭小说。它的基本特点是依循着由盛到衰的轨迹发展,以鼎盛时代开篇,以败落时代告终,精气散绝走尽,这符合西方文化中悲剧的历史意识。中国家庭小说多以轮回为终结,写苦尽甘来,写破镜重圆,这与中国文化中循环的历史意识有关。过去我们依西方的悲剧审美观念批评中国小说的大团圆模式,虽有一定道理,但终究隔靴搔痒,不能体会大团圆模式的真正文化含义。当然,我这里不是指一般通俗小说与戏曲中的大团圆,因为这早已受到封建意识形态的腐蚀而变得庸俗不堪。但对于《红楼梦》的结尾所出现的"兰桂重放"、家道中兴的结构,我以为不能一概而论地给以否定。过去我们把小说简单地理解为认识历史的一面镜子,并按照我们现时对历史的理解去要求古典文学认同,强调贾府活该落个白茫茫大地真干净,以为唯有这样才符合封建社会必然衰亡的历史规律。"兰桂重放"则喻封建社会尚能起死回生,便认定是续书者的地主阶级思想感情。这种评论现在看来甚为可笑。我们不妨换一把尺度,把小说看作是某种文化精神的反映,那么,"兰桂重放"与宝玉的出家为僧并不矛盾。因为按中国传统的历史观念，红楼一梦，不会使人人醒悟，凡人总是一梦既破，一梦复起，代代相传，追求着空幻的生存价值（按书中所写，当为功名利禄）。唯有大智大勇者才能从一梦中点醒，跳出历史的循环，去追求永恒的价值。《红楼梦》中，这样的醒悟者只是少数，如甄士隐、贾宝玉、柳湘莲等人，而大多数仍醉生梦死。再说，西方人看历史，总是注意其由盛到衰的一节，而中国文化则教会人们对历史发展有圆型轨迹的认识，凡事盛极必衰，衰极也能转盛。这种思想在西方优秀的现实主义小说中很少见。我以为《古船》写的正是这种衰极转盛的过程。老隋家的历史发展到抱朴时代，父母惨死，叔父牺牲，弟弟生绝症，妹妹遭污辱，兄妹二人长期在达摩克利斯剑下战战兢兢地谋生，衰到不能再衰。但是苦难铸就了抱朴的思想和人格，终于时来运转，风云际会，复兴起父辈的事业。这种构思在中国古典作品中屡有出现，与《红楼梦》写由盛至衰、由衰转盛的过程，与《三国》写的合久必分、分久必合的过程，均有共通之处。这种相仿的结构，谓之模式，当可在中国文化根子上去寻其母题。

我在信中谈到《金瓯缺》的"十"字结构模式与《金牧场》的四方位结构模式，也都与中国文化对思维形态的影响有关。何新的《诸神的起源》一书中关于"十"字符号与太阳神崇拜的关系谈得颇能给人启发。如此说能够成立，那么古代"十"

字符号，应当是一种方位的认识，象征着太阳所能波及的空间范围。四方位的思维形态也是这样，它在中国古典作品中经常出现。《招魂》即是典型的例子。随小说艺术的发展，它从直接对四方位的描述转变为结构中的方位模式，以显示作品的空间度。《水浒》是值得仔细研究的，它写"洪太尉误走妖魔"，天地间出现一股"替天行道"的忠义之气，为天子扫除周围的奸邪之气。小说的方位结构很有意思，它从西方华阴县（即华山之所在）写起，逐渐东去，南至九江，北至大名府，最后在东方梁山聚成大义。四方扫清后，锋头直指中央——东京，于是有"月夜闹东京""私会李师师""接受招安"等故事，以求正果。梁山义军从历史到小说已经有了许多变化，它的活动方位显然出于作者的虚构，可以看出当时人的空间概念。曾有不少研究者认为《水浒》结构上不过是短篇连缀，看来不尽然。

《金牧场》在结构上也表现了这样一个相类似的方位世界，而其中用黑体字所组成的十段独白，可视作贯通J、M两个世界间的一股神气，其宛若游龙，弥布四方，调节着四方位结构的关系。若结合作品的意象，即可看出，这种方位形式在内容结构中也是有机的。我们不妨把J、M两个世界看作两组方位，M包括了南北一组，J包括了东西一组。南方位写的是青春、狂热、信念，以红卫兵长征作为意象，时间是"文革"初期，空间是长征故道，尽管这些行为毫无意义，但在其时其地却显出了某种适时性，因而它多少包含着一些壮美之情。如果把其时其地所集中体现的精神抽象出来，可以取一个传统符号来象征，即"火"（这一点与《古船》所暗示的一样）。它只能在一个特定的方位（即时空）上才表现出美感和蓬勃向上精神。当小说写到北方位的大草原，其时其地都发生了变化，它也相应地转向阴负面。它的出现是以"抓内人党"为意象的，转化为牧民中的愚昧残酷和知青中的阴暗心理，成为迫害北方牧民的一股邪恶势力。作为这一时代精神的对立面，是北方位所描写的主要意象——牧民大迁徙，它体现着流动、博大和深沉以及以柔克刚的精神。正是这种精神锤炼了主人公，使他在大草原的流浪生涯中成长为一个真正的人。小说把M世界的北方位与J世界的东方位对等地描写，可以看到其中相生相助的关系。在J世界的一组意象中，西方位的主要意象是屠杀和流血，东方位的主要意象则是物质文明高度发展以后人对生命价值体现方式的种种寻求，一主死，一主生，原属相反，但屠杀和流血铸就了民族精气的重新生成，即谓"母血"，反过来又成为生命力的象征。有了这种母血，才能生成北方位所描写的牧民大迁徙中的红鼻子老倌与老额吉，也才能间接地生成东方位中身处西方世界顽强奋斗的主人公。然而东方位所写的种种生命价值的探索，还远非人生探索的终极——在那儿，许多探索本身也是幼稚的，如"全共斗"的学生运动，又仿佛回到了小说最初的起点——南方位的青春、狂热和信念。整个作品在内容上就是这样体现出一种循环，它熔铸了人生、社会、历史多方面的独特认识，自成一个存在的结构。因而方位结构的意义，已经远远超出了表现空间度的形式规范，直接与作品所载的思想艺术容量和历史意识融为一体。你在以后的研究中，可进一步探索下去。

再说《古船》的结构，还有一个现象值得注意，即虚实两个世界互渗的结构模式。我友张文江兄在论《红楼梦》时，特意把《红楼梦》分析为两个世界：一为"石头记"世界，一为"红楼梦"世界。前者是象征的世界，后者是写实的世界，而"石头"的意象不仅锁住了全书的首尾，而且制约了"红楼梦"世界的情节发展。我以为此说极是，它直接启发了我对《古船》的认识。在西方，文艺复兴以后出现的长篇中，人对现实的思考基本上依据了进化论的方法，是科学的、实证的、循序渐进的思维形态，它缺乏将现实与非现实现象熔为一炉的思维传统，许多宗教意识颇浓的长篇小说也只在伦理上下功夫；等拉丁美洲爆发出魔幻现实主义，才使人感到焕然一新，原来魔幻和现实主义也能结合一体。在中国，虚拟世界与现实世界从来就是以二元的形式出现在同一个艺术世界中，虽然其中不脱迷信色彩，但于艺术增添了特殊的魅力。这个问题涉及文学创作心理中逻辑思维与感应思维的关系，说来颇长，容以后再探讨。现在还是回到《古船》来谈，张炜做了一个很有意义的探讨，就是用象征取代迷信，他在创作中力避神鬼色彩和故作玄虚，通篇写的是现实，但又用象征性的构思渗与其间，使虚拟世界隐于写实世界的背后，二元的世界用一元的形式表现出来。

现代长篇小说在篇幅上似乎越来越精短，正在向中篇靠拢，但它含有的历史意识却并不因此相应地缩小，这就突出了长篇小说在"结构"上的意义。一部好的长篇必须有一个好的有机结构，以求在相对精小的空间中贮藏起较大的思想容量和艺术容量。我认为这是长篇小说审美形式中至关重要的问题，对它的探索有助于当前长篇创作平庸现象的根本性转变。

还有一个问题是如何使当代长篇小说真正拥有民族风格和民族气派？在1950年代，我们常常把传统民间文学作为民族形式的唯一因素，如赵树理的《灵泉洞》通篇学评书形式，《烈火金钢》学的是章回体，在视野上非常狭隘，所得的也只能是些皮毛。我觉得当代长篇小说结构模式反映了思维形态上的不同原型，如《活动变人形》《隐形伴侣》等，其结构基本来自西方，或是"五四"以后西化了的中国传统，而《金牧场》《古船》等结构则更多地反映了古典文化传统的影响。理解这一点，有助于我们从根子上把握民族气派与民族形式。当然，仅仅指出这一点还远远不够。从思维形态的角度去探讨长篇小说继承民族形式的可能性,现在还是一片待垦的处女地,也需要我们去作进一步的研究。

陈思和于飞龙楼

以上四篇通信为一组文章
初刊《当代作家评论》1988 年第 3 期
原总题为《关于长篇小说结构模式的通信》

致郜元宝（谈王蒙小说的乌托邦语言）

元宝：

关于王蒙的评论，真是很要命的事，原以为你近年来一直在跟踪着读王蒙的作品，写这么一篇评论不会很难，就代你答应下来了，没想到你刚刚完成了一篇谈王蒙小说语言的文章并交《作家》发表，再写起来怕有重复之嫌；这样，这篇文章就只好由我写了。而且时间又是这样紧迫，王蒙又是那么的多产多才；而我，又恰恰是那样一种散散漫漫的脾性。说句老实话，在1987年读了《活动变人形》以后，我再也没有像前几年那样怀着极大的新鲜感和好奇心去追踪阅读王蒙发表的每一篇文字，除了一些后来引起官司的作品外，我一般读得也不多。这种阅读兴趣转移的主要原因，是我从那时起着手准备一部20世纪文学史的写作，准备工作做得很困惑，越是做下去，越是疑难重重——后来惹出许多从不研究文学史或者研究得莫名其妙的人大愤怒的"重写文学史"之说，不过是这些困惑中极小的一部分。这些困惑使我无力消费更多的时间去阅读大量的当代作品，可现在突然要我对王蒙这样一个丰富而复杂的文学存在说话，我不能不感到踌躇。你是知道的，在从事评论工作时我绝不潇洒。

张未民兄也理解我的难处，他主动向我提议：一、我的任务是评论王蒙在《活动变人形》以前的作品；二、可以从我自己研究的项目，即文学史的角度来谈王蒙的创作。这样一来我似乎没有理由再推辞，即使冲着这种朋友间的信任，我也不应该辜负《文艺争鸣》这家办得很有生气的杂志。不过话说回来，等到真要写的时候，这两条提议似乎又不发生效用了。因为从文学史的角度去理解王蒙这样一个作家还是相当困难的，在1950年代和"文革"后两个时期的文学史上，几乎没有一个作家能够像他那样——无论是昙花一现的青春时期还是宝刀不老的重放时期——在创作上保持了经久不衰的新意（这种新意首先是来自他对生活特有的敏感，其次才是艺术上的兼收并蓄）。王蒙毕竟不是巴金、冰心、夏衍，甚至也不像他的同代作家那样，可以用一种过去式的语言来描绘他在20世纪文学史上的贡献和不足。流动的水在不同地形的河床里不断变换着它的形态，谁也无法预料王蒙在今后的创作里还会翻出什么新的花样。就说他的《恋爱的季节》吧（这似乎又涉及到第二个问题，虽然未民兄允许我只论王蒙1987年以前的创作，但我仍不能不看他近年的创作），我把它看作是《青春万岁》的辩证形态的否定式，它以模拟手法重新解释了作家曾经真诚讴歌过的 1950 年代。有了《恋爱的季节》，对王蒙早期小说的全部评价都需重写。然而《恋爱的季节》仅仅是王蒙的"季节系列"小说计划的第一部，如果参照王蒙自己对长篇小说特别看重的态度①，那么这个作品还只是王蒙未来创作历程的一道序幕，以后还会有长长的发展。现在匆匆忙忙来谈它的文学史意义，未免有点太冒失。

就在犹豫踌躇之时，我读到了你发表在《作家》上的文章，题目很长："戏弄和谋杀：追忆乌托邦的一种语言策略"。②开始我并不明白你在标题上所展示的概念，但越读下去越觉得有意思。你所找到的不仅是一种对王蒙小说语言特性的解释方法（在我看来，这是所有关于王蒙小说语言的研究和评论文章中最有说服力的一种解释），而且是关于王蒙小说语言和它所表达的时代之间关系的最佳切入点。尽管你以你一贯的文风在语言概念的发挥上多少有点晦涩，有点混乱，但你对 1950 年代作为主要时代特征的乌托邦语言的揭示，并以此为基础来分析王蒙小说语言的价值，让我确是感到茅塞顿开。当然我与你的人生阅历不同，对王蒙小说的兴奋点及其理解也不一

---

① 王蒙在《小说长短篇》中对长篇小说有庄严的评价，有"长篇小说是我的主人""我是长篇小说的使者""写完一部长篇小说就告别一次，就圆了一次梦，但也像送走了一位亲人，从此再难相遇"等说法。（载《文汇报》1994 年 1 月 23 日）
② 郜元宝：《戏弄和谋杀：追忆乌托邦的一种语言策略——诡论王蒙》，《作家》1994 年第 2 期，第 76—80 页。

样，但你的研究成果启发了我，使我找到了进入王蒙小说的入海口。任何一个优秀的作家都有自己最显著、最不容忽视的艺术追求作为标记，王蒙的艺术标记在哪里？是他的"少年布尔什维克"？是他的"东方意识流"？还是他常以此自矜的"幽默"？也许这些都是构成王蒙艺术风格的不可或缺的要素，但似乎还算不上构成王蒙之成为王蒙的艺术标记的本质。这些方方面面的要素只有在最根本的制约——模拟乌托邦语言的总体调动下，才按其独特的规律活跃起来，展示出王蒙小说的鲜明特色。

什么是乌托邦语言？你对它的概念已经阐发得很清楚，你说：任何一个时代的主导情感都不是赤裸裸的，它有它的寓所，乌托邦时代的浪漫主义就寄寓在那个时代同样散发着浓郁的浪漫气息的语言中，乌托邦语言不仅是乌托邦情感的表达方式，还是乌托邦抒情现实的存在方式。乌托邦的主导感情和感情化的现实就是乌托邦语言。乌托邦首先是语言的乌托邦。一切靠语言运转，一切都在语言之中，这本是乌托邦时代公开的秘密。你的概括相当精辟地说明了，乌托邦语言在在当代中国是一种具有最高政治权威性的语言，可以毫不留情地排斥其他语言，并且长驱直入任何一个领域、任何一个角落，包括人们的思想、意识和心灵。

一种靠革命理想、革命激情支撑起来的乌托邦语言，在逻辑上可能是令人信服的。但是当这种语言通过其自身的魅力或者外在的权力,不仅煽起了人们对未来理想的热情,而且把人们从理性的大地上拔根而起,倾巢驱入盲目的不可知的时代旋风,那种情景就变得很可怕了。我出生于1950年代,太早的事情不甚了然,但"文革"是亲历过的,乌托邦语言对那个时代的教育、精神以至现实存在的包容力,即使在今天回忆起来仍然惊心动魄。乌托邦时代的最大特点是人们没有或者根本就不让有现实可能的奋斗目标,"今天的苏联就是明天的中国""二十年超过英国""畅想共产主义的美好明天""解放世界上三分之二还在水深火热之中的劳动人民""把毛泽东思想红旗插遍全球""三年大见成效"……就仿佛是一个硕大无比又神秘莫测的黑洞,它既有无穷诱惑力又有巨大可怕性,一种胜者为王、败者为寇的绝对权威,一种把乌托邦语言既当作行为出发点,又当作行为的最终目的的时代旋风,人们除了自己的激情为唯一可信物以外,对黑洞一无所知,可是自己的激情一旦被时代旋风所卷入,那它是否靠得住也变得可疑起来。你是1960年代出生的,可能对那个大讲阶级斗争的时代没有太深的印象,那时候的乌托邦语言就像符咒,人都被划成了许多等级和层次,围着那个至高无上的黑洞一圈圈排列。当这种乌托邦语言的旋风席卷而起的时候,符咒便起了效力,仿佛是魔笛被吹响,所有的人,不管你身处哪一圈,都陷入了激情的狂舞,所有的人都会不顾一切地往那黑洞狂奔欢呼,争先恐后,犹如奔赴节日的庆典。一批批人在黑洞里消失,一批批人紧接着跟上,他们被后面的人驱使着、推动着,他们又不断地驱使着、推动着前面的人,理性早就化为乌有,激情也终于失去了意义,只有一个硕大无比的黑洞,黑洞……在眼前越来越大。这种情景说悲壮也挺悲壮。但我曾不止一次地疑惑过:究竟是什么力量,能使整整一个时代的男女老幼,无论贵贱,无论智愚,都会如此的着魔?是迷信?是忠诚?是激情?是理想?答案当然是多样的,但在读了你的文章后我若有所悟:所有这一切,真正的负载体不就是一种充满魔力的乌托邦语言吗?[①]俱往矣,今天再来回顾当时的情景真是恍如隔世,但作为过去时代的本质构成即它的乌托邦语言,不仍然在我们的日常生活中时隐时显,在我们的心灵深处沉沉蛰伏?这也许是我们今天读王蒙小说所能获得的快感,也是读王蒙小说中所能体会的历史感和文化意味。

如果后人需要从文学中了解当代中国的政治文化史,了解这一段少年清纯是怎样在时代的和自我的风暴中发生蜕变,是怎样在与现实的淤泥拥抱中变得污浊不洁,又是怎样在千疮百孔的惨剧以后变得成熟、丰富、藏污纳垢而又有容乃大,那么,

---

[①] 巴金老人在《随想录》里提出"文革"中喝了"迷魂汤"的问题,我理解这种"迷魂汤"就是乌托邦语言的"魔力"。

王蒙的作品会是最理想的读物。对于当代中国这一庞然实体的复杂多难历史，在中国作家中并不缺少严峻的书记官，也不缺乏它的歌功颂德之音，但说到要在艺术审美领域树立起这个时代风范的纪念碑作品，实在是非王蒙莫属。在当代的庙堂与广场之间，王蒙始终以低调的姿态穿行其间，在这十多年来龃龉日愈加剧的两者中间左右逢源。他从没有像那些广场上的伙伴们一样对当代社会发出狮子吼般的批判和充满知识分子精英意识的理想呼唤，但他又决不是那些不善于表达政治激情、掉头另找山水风景的民间寻美者，他早年的政治生涯以及在政治运动中"不幸中有幸"的特殊地位，都使他对这个时代的乌托邦精神怀着极其复杂的感情：一方面他整个身心被这种意识形态所浸透，他的艺术构思中不由自主地会流露出对为此奉献了他青春、理想和爱情的岁月最真诚的抒情（这种真诚性也使他在对当代社会履行知识分子的批判使命时抱着宽和的态度），可另一方面他也为自己曾经付出过、然而被历史证明是无谓的代价恼怒不已，并且常常在文字中以嘲弄和颠覆它的神圣性为情不自禁的快事（后者使王蒙多少有点与王朔相接近，尽管他们身处庙堂与民间的两端，地位是如此的悬殊）。这两个特点都决定了他不是站在这个时代之外来批判这个时代，用个不雅的比喻，他不是一个干净着自己身子的检查卫生者，他是把自己投入到他所要清洗的污池里翻江倒海，他用他那特有的、浸淫着乌托邦时代精神的语言来夸张这样一个时代的精神,恋旧与反省、真诚与嘲讽、嗜痂成癖与掬心自剖,几乎都混合成一个难分难解的整体。顺便说说,在表达这些特点时,王蒙前些年吸收的某些西方现代主义技巧可帮上了大忙,尽管吸收这些手法的初衷也许是为了避开1979年知识分子精英意识的初次受挫,也可能是为了更加丰富地表现作家的人生经验和心理历程,但这些艺术技巧最终给王蒙带来写作上的便利,是他对各色乌托邦语言作任意排列和任意实验的极大自由。

对了,也许你会反驳我,我现在对王蒙所作的理解,难免打上了"正在进行时"的标记,并不能说明王蒙文学活动的"过去时"情况。这是自然的,过去时的王蒙早已有许多专门的研究者发表过意见了,毋须我来重复。其实我开始从事当代文学评论起,就一直关注着这位作家的创作动向,可我没有对他的创作发表过完整的看法,因为我在读这些作品时始终没有消除过困惑。今天我之所以能写信与你探讨王蒙的创作,并答应张未民兄所嘱的从"文学史范围"来谈些看法,就是因为"正在进行时"中的两个因素:一是我在研究当代文学史时思考了当代中国文化"三分天下"的问题,使我对王蒙创作的整体把握有了依托;二是王蒙终于创作了长篇系列的第一部《恋爱的季节》,揭示了王蒙小说中长期困惑评论家的"少共情结"真相。你还记得,1980年代初评论家李子云指出王蒙小说中最主要的特点依然是他的少年布尔什维克的心，而王蒙在给评论家的答复中委婉地拒绝了关于"少共"的评价，尽管他仍然承认"少共精神"是他创作的整体精神之"根"。[①]这场作家与评论家的对话给我留下了很深的印象，因为一直到好几年以后，我还是觉得李子云的评价是不错的。但问题是王蒙为什么要拒绝？而且所拒绝的理由——诸如生活复杂性之类——也都是无足轻重的。我现在有点明白了，不管王蒙当时是否已经自觉到，他在1970年代末出版《青春万岁》和写作《布礼》时，虽然对自己在1948年至1952年的革命经历一往情深，满溢赞美之情，但实际上他分明感受到了命运的苦涩。或许是他还没有梳理清楚这种苦涩与他所全力歌讴的"少共"之间有什么实在的联系，或许是他不愿意把感性的东西说得太明白，但他对别人以他所赞美之物来解释他的作品，如实地感到了不满足。《青春万岁》是1953年创作的作品，属王蒙少年时期的试笔之作，有些幼稚的地方在所难免。但它正式定稿时间已经是1956年了，正是王蒙写出了1950年代中国文学史上最优秀的小说《组织部新来的青年人》的时候。有了林震在组织部的遭遇，郑波、杨蔷云们的清澈透明就仿佛是一场春梦，更何况早在1953年动笔创作这部小说时，王蒙已经感受到"这样一代青年人是难

---

① 晓立、王蒙：《关于创作的通信》，《中国当代文学研究资料：王蒙专集》，贵阳：贵州人民出版社，1984年，第331页。

以重复地再现的了"①，他的创作本身于生活已经不再是写实，而是对以往生活的感受、怀念和向往。1953年对少年王蒙的精神发展来说是个相当沮丧的年头，他不止一次地在小说中写到，从这个年头起春梦已逝。②而那一年他不过才19岁。这也就是说，在王蒙的生命旅程中至关重要的时期，即他的"少共情结"赖以发生成长的岁月，不过是他14岁到18岁的四年。让我们设想一下，一个十几岁的中学生在某种秘密组织的影响下，接受了有关革命的思想，并参加其中一些地下活动，所谓的"少共"就是如此而已。无论从王蒙当时的年龄还是他所参与的社会活动范围，与一个成熟的革命者距离毕竟还相当遥远，他所念念不忘的"少共"，只是他少年时代对乌托邦理想的一种朦胧期待。《如歌的行板》里他终于让主人公在1953年真正地面对现实生活本身，悲哀地问：那四年的革命生活到哪里去了？接下去是这样一段主人公的独白：

我好像丢失了什么最宝贵的东西。我在追寻，我在追忆我在苦苦的思念。我痴情地在每一个尚未入睡或者半途醒来的夜晚，为自己细细地、苦苦地描绘那四年的最崇高最动人的经验，

---

① 王蒙：《倾听着生活的声音》，《漫话小说创作》，上海：上海文艺出版社，1983年，第4页。
② 参见王蒙《如歌的行板》《恋爱的季节》等作品中的有关描写。

我唱起那四年当中最爱唱的歌,满含眼泪。谁能理解我?谁能分享我的思念和深情?谁能证明我在那四年的存在?[①]

乌托邦理想只有在少年人的心灵里才会产生真实的价值,由于少年青春在人的生命中有着永恒的回忆价值,所以当乌托邦随同青春期待一起进入回忆时,它也多少沾了些神圣的光。但在成熟的年代里如果还要把乌托邦视作一种价值并想有所坚持的话,那除了沉溺到乌托邦语言中去重温旧梦,就不能不走到这种理想的反面。那位周克在以后反右运动中的卑劣作为,就是一例。王蒙正是在1953年敏感地意识到这一点,他才写作《青春万岁》,向自己那一段幼稚的乌托邦告别。很显然,在他1956年创作的林震身上,左得可爱之处有之,青春的美好抒情也有之,但如郑波、杨蔷云们的乌托邦语言已经是很淡薄了。

如果说,1979年王蒙出版《青春万岁》是在对历史的了却中夹杂了丝丝旧梦,那么,同时期创作的《布礼》则有了不同的追求。我不相信1953年已经敏感到少共精神将一去不复返的王蒙,经过了"文革"的污泥浊水洗礼后还会如孩子一般天真地呼喊:向……同志致以布礼!但在这部小说里,乌托邦

---

① 王蒙:《如歌的行板》,《深的湖》,广州:花城出版社,1982年,第99页。

语言使用的程度超过了他在1956年和1962年写的作品，这恰恰说明王蒙在《布礼》里要追求的并不是旧梦重温。乌托邦语言不再是生活本来面貌的一种描绘，也不再是作家为取悦社会而采取的写作策略，毋宁说它已经成为作家写作的一种修辞手法，是作家在乌托邦政治社会环境下长期生活里形成的特殊艺术语言才能。那时候大概还谈不上你说的什么"戏弄"与"谋杀"，但王蒙应该是隐隐约约地感觉到这种乌托邦语言将在他的创作中构成什么样的意义。《布礼》的结构看去有些颠三倒四，其实很有序，除了首尾两章，中间各章大都是正反结构：以"少共精神"的赞歌起，以"文革"时期对前者的否定终，其间还插入了跨年代的政治抒情。但无论正反结构还是政治抒情，作家通篇使用的语言都带有乌托邦时代的特征，正方的语言往往被反方所否定、驳斥，而正方又同样义正辞严地否定、驳斥现代生活中的消极言论（即灰影子的话）。正反两方都是以革命的名义在说话，钟亦成、老魏、宋明、凌雪、红卫兵、批评家，几乎都是用同一种语言，唯一的区别是说话者主体角色的轮换。乌托邦语言并不在乎是谁在说话，它只是一种时代的咒语，目的是鼓舞起所有人的激情。我几年前在谈当代文学的忏悔意识时曾以这篇小说为例，那是为了从钟、魏、宋的轮回受迫害的遭遇中展示人们在专制暴力面前的卑琐心理，但对于这种轮回的政治命运何以形成，我实在是无力回答，只好叹息"天作孽，犹可违；自作孽，不可逭"，从人格的残缺上寻找原因。[1]但在读了你关于乌托邦语言的论述后，我似乎悟到了什么，所谓忏悔意识是属于知识分子传统的术语和概念，用来解释王蒙笔下的人物未必准确，钟、魏、宋诸人都是乌托邦时代的产儿，是乌托邦语言驱使下精力充沛的狂舞者，他们不过是站在不同层次的位置上喊着跳着，一批批地消失在乌有的黑洞里。王蒙显然是有意抹煞了这些人物之间在人格本质上的区别，有不少研究者曾批评作家忽略了人物的性格塑造，或许这正是作家想要达到的意图：对一个乌托邦时代的精神塑造，远较对那个时代中的人物性格塑造艰难得多，也重要得多。因为在一个人格魅力普遍丧失的时代里，其精神的寄寓体只能是超越个人意义的共性语言，只有揭穿这个时代语言的实质，才能看清这个时代的真相。

我刚才已经说过，王蒙不是一个站在广场上用知识分子的语言对社会行使批判使命的精英式作家，他是以低调的姿态厕身于庙堂，通过对乌托邦语言的模拟达到对时代的反讽。所以，自《布礼》起，他对乌托邦语言的模拟已经失去了语言应有的严肃性，他的小说语言的幽默效果，常常就是在夸大了乌托邦语言的所指与其语境之有机联系而产生的。但是这种反讽意图

---

[1] 陈思和：《中国新文学发展中的忏悔意识》，初刊《上海文学》1986年第2期，收入《陈思和文集》第六卷《新文学整体观》第一辑。

在一开始并没有轻易地表现出来，有时反而给人造成另外一种印象。你可能还记得，在你们读大四的时候，我组织过你们班上同学讨论王蒙的小说，讨论的发言纪要后来发表了，并收入《夏天的审美触角》一书中。那时有个同学发言（我记不清是谁了），很激烈地批评王蒙的小说，意思是说王蒙所歌颂的"少共精神"，即使在1950年代也不值得如此推崇。当时我觉得这个观点太尖锐了一点，但也没有删除。现在与你谈王蒙使我又想起了这件事，我们当时的认识固然太肤浅，然而王蒙在小说里表现乌托邦时代的态度也实在太暧昧。《布礼》用正反语言同类的手法暗示了乌托邦语言的普遍性，但人们却只能从他满怀激情的叙事中读出了对少年布尔什维克的赞美，这样的读法一直延续下去，直到《如歌的行板》，青年读者对他的误解仍然在加深。尽管王蒙继续口若悬河发挥他的说话才能，尽管他依然敏锐地发现各种社会新问题，但他所持的乌托邦语言一贯含有强烈的意识形态性质，左右了他对社会生活的态度。譬如，对青年一代的理解上，王蒙在宽容、理解的背后总是情不自禁地流露出1950年代的青年的优越感，他真正能够理解的当代年轻人，如《风筝飘带》里的佳原和素素，依然是被理想化、含有教育意义的青年形象，一旦超出了这个范围，连他的宽容理解都含有居高临下的态度，这可以从《湖光》到《高原的风》一系列小说为证。在有"代沟"的两代人之间，王蒙的感情和立场都不知不觉地站在了老人的一边，不过是代表了李振中那样的开明人士。我们不妨把《最宝贵的》和《如歌的行板》、把《湖光》和《深的湖》对照起来读，同样是出卖人格的背叛，作家对蛋蛋的谴责比对周克严厉得多；同样是两代人的误解，作家为老一代人的辩解也比为青年人的热烈得多。其实青年人的成长有自己的规律和模式，他们本身就是一个存在，无须别人来理解和认可。"你不可以改变我"，青年作家自有自己的旗帜和口号。从这个意义上看，乌托邦语言作为一种意识形态，在王蒙对它施行戏弄与谋杀以前，它对它的使用者依然是一副坚不可摧的枷锁。

我常常想，如果王蒙沿着《布礼》《蝴蝶》《湖光》一路写下去，尽管文本也含有讥讽、反省和兼收并蓄的开放性，但他一定会成为当代最优秀的庙堂诗人，就如1950年代的郭小川，这与王蒙后来在政治上的地位也相适应。但从他发表《活动变人形》以后，我发现我原先关于王蒙的理解是不对的，王蒙说到底还是知识分子的广场上的成员（不过也是取了低调的态度），他没有像他的伙伴那样采取高调的社会批判态度，就是因为他有独特的武器，这武器就是他对乌托邦语言的戏弄与谋杀。使我想到这个策略的是他在"文革"后复出不久写的一篇小说《表姐》，这个人物的原型在以后的《活动变人形》里的静珍身上多少还有些影子，是研究王蒙创作的一个不可忽视的角色。现在我们不谈这个人物的丰富性格，只说她那无事生非唠唠叨叨中，曾极为尖锐地留下了作家对1979年知识分子受挫的反应，尽管那时的风波还没有构成对知识分子思想解放运动的直接威胁，但敏感的王蒙已经用反话正说的方式在作品里为它立此存照了。再接着是《说客盈门》，又是一部尖锐触及时弊的作品，但仍然是反话正说的手法。这里我们似乎能够找到王蒙小说的语言特点：多声部的说话艺术。王蒙有办法使社会上的各种观点转化为各种语言，在他的作品中同时播出。大多数作品都是作家自己的叙事和独白，而王蒙则将叙事与独白混同为一，没有作家的叙事，只有人物的独白，每个人物都在作品里滔滔不绝，谁也压不倒谁的声音。在《表姐》和《说客盈门》这两篇最初的作品里，已经表现出作家对那种超越社会生存的语言力量感到恐惧，但这里还有作家自己的声音，有一种压倒人物独白的声音（尽管这种声音很软弱，而且没有个性，如丁一在小说结尾时的话，充满了乌托邦语言的夸张效果）。渐渐地，王蒙对这种多声部语言成为主宰社会的力量表示出明显的担忧，有三部小说——《莫须有事件》《风息浪止》《冬天的话题》，都是描写了无事生非的社会风波，但在这些事件里，多声部的语言起了至关重要的作用。而且令人深思的是，王大壮、陈志强这样的骗子，余秋萍、栗历厉以及围绕了一场莫须有争论的参与者，所有的声音都不是个性化的语言，而是让我们似曾相识，又仿佛蛰伏于我们的意识深处时刻会脱口而出的一些词组排列。不用怀疑，这些乌合之众满口倾吐的语言，尽管天花乱坠，丰富无比，其骨子里依然是一种乌托邦语言的畸形化和粗鄙化。乌托邦时代已经成了历史，它的精神寄生体语言也流落贩夫走卒之间变质走调，成为骗子行骗、无赖捣乱、长舌小人兴风作浪的工具，但唯靠了这种交际工具，骗子无赖才能与官场发生联系，王大壮与邵厅长一流、陈志强与地委书记苏正之一流都能发生精神上的沟通。在《冬天的话题》里，由一个话题——洗澡的最佳时间应该在晚上还是早上，逐渐引出了老一代与青年一代的冲突，再而引出了民族文化与西方文化的冲突……有关领导也为此传达了文件讲话，内容却是：

对于一些发表错误意见的同志还是要团结，要注意政策界限。他们还是好同志，他们还是爱国的。他们毕竟还是回来了嘛。不回来也可以是爱国的嘛。许多外籍华人还不是我们的朋友？要允许人家的思想有一个转变过程。要善于等待。一个月认识不了可以等两个月。一年认识不了可以等两年嘛！无产阶级为什么要怕资产阶级呢？东方为什么要怕西方呢？社会主义为什么要怕资本主义呢？我看不要紧张嘛。我们的力量是强大的嘛。政权，军队都在我们手里嘛。既要弄清思想，又要团结同志嘛。连蒋经国我们也要团结嘛。我们欢迎他回来走一走，

致郜元宝（谈王蒙小说的乌托邦语言）

看一看，看完再回台湾也可以嘛。当然，这不是偶然的。我们越是实行开放政策，就越要界限分明，加强……①

你看，我居然有好心情来抄这么一大段言不及义的领导讲话，我真是很佩服王蒙，能把什么脚癣、什么洗澡、什么喝粥，都扯上了乌托邦的皮，使之意识形态化。就如这段领导讲话，讲得沸反盈天却与洗澡时间的争论毫无关系，如果一定要追究其中的联系，只能从语言的逻辑上去推理。王蒙这篇小说就是一个语言的逻辑推理过程，所有的人物、情节、结构，都是围绕这个逻辑过程而展开。也许是王蒙把对乌托邦语言的反讽对象转向了社会下层的人物和事件，对它的批判就比较少顾忌，我们终于看清楚了王蒙对乌托邦语言的批判，不是通过语言的内容而是通过语言本身以及它在社会上产生的坏作用表现出来的。在一些篇幅更短的寓言体小说里，王蒙更是不加掩饰地表现出对夸夸其谈的厌恶（最典型的是《来劲》和《话，话，话》，你把这种语言现象称作是"迷狂语言中存在的丢失"，很有意思。我想王蒙可能也意识到了这类乌托邦语言对生存的威胁，由此产生了厌恶）。

然而，乌托邦语言的粗鄙化和畸形化虽然能与乌托邦语

---

① 王蒙：《冬天的话题》，《坚硬的稀粥》，武汉：长江文艺出版社，1992年，第73页。

言发生呼应和沟通，但毕竟不是乌托邦精神自身的寄生体。要达到对它的最高寄生体的批判，王蒙必须逼近乌托邦语言的本身，揭穿这种时代符咒的本质。这对于一个曾经有过短暂的乌托邦经历并一向赖以自诩的王蒙来说，尽管他一直有意无意地朝着这个方向在努力，但要他真正做出这个选择，仍然需要有精神上的准备。于是，就有了长篇小说《活动变人形》。我很喜欢这部作品，因为它第一次而且至今为止还是唯一的一部摆脱《青春万岁》以来的精神自传因素，把精神的历程上溯到父亲甚至祖父辈；而且也是王蒙唯一抽去了时代的政治背景（故事的主要场景发生在沦陷时期的北平，但除了偶然提到王揖唐的名字外，人物基本上是游离了政治背景），把人物放到文化层面上加以审视的作品。王蒙自己也说过，这部小说他写得十分痛苦。[1] 我想是因为他完全离开了自己一向驾轻就熟的题材和叙事方法。我怀疑倪家的历史多少有点作家的家族史回忆，至少静珍这个人物有王蒙的长辈的某种影子。[2] 但我不太明白你和不少研究者为什么要强调它的"审父"情结，我觉得这个命题在中国并没有产生切实的影响，即使在当代作家的一些自传体作品里写到了父亲们的丑陋，恐怕也很难上升到这一层意

---

[1] 王蒙：《写在〈王蒙文集〉各卷的前面》，《文汇读书周报》1994年1月8日。
[2] 王蒙在《王蒙小说报告文学选》的自序里曾说："我的第一个文学教师是我的姨母。1967年她来到新疆伊犁我当时的家，几天之后因为脑溢血发作而长眠在那里。"很显然，静珍的某些行状里有这位姨母的影子。

义上去理解。这部小说的原名是《报应》，后来改成《活动变人形》，这两个名字都泄露了王蒙假托文化历史而追求的当代意义。如果我们把"季节系列"看作是王蒙未来创作道路的里程碑作品，是一部对中国革命历史整体性的艺术展现，那么，《活动变人形》则是这一幕历史长剧的序幕，它几乎预言了中国人在未来道路上的宿命。毫无疑问，这部小说写到了知识分子倪吾诚到解放区去参加"革命"，并且充满激情地分析了这一行为的动机：

生活已经腐烂到了这种程度，痛苦到了这种程度，完全不同的人，就是那些食利者剥削者的残渣余孽，那些不甘心一切照旧、坐待灭亡的生活在历史的夹缝里的畸零人，也真心企盼着暴风雨，祝愿着断层地震，天塌地陷，火山崩发，江水倒流。这个世界非翻它一个滚不行了，多数人已经意识到了这一点。[1]

用这段分析来解释倪吾诚"革命"的原因是比较有普遍意义的，但问题是，倪吾诚是否"革命"对倪的失败的一生来说并没有占太重要的地位，倪吾诚根本就没有成为一个革命者；而且这部小说反复展示、书中人物苦苦挣扎而不得解脱的，也

---

[1] 王蒙：《活动变人形》，北京：人民文学出版社，1987年，第332页。

不是探寻中国革命的原因（即旧社会的腐败和革命的报应主题）。关于什么是报应，报应什么，我想应该引进"活动变人形"的概念加以参照。活动变人形是个日本玩具，"它像一本书，全是画，头、上身、下身三部分，都可以独立翻动，这样，排列组合，可以组成无数个不同的人形图案"。[①] 然而在另一处，作家通过小说里一个人物之口说，每个人都由三部分组成的：他的心灵，他的欲望和愿望，他的幻想、理想、追求、希望，这些是他的头；他的知识，他的本领，他的资本，他的成就，他的行为、行动、做人行事，这些都是他的身；他的环境，他的地位，他站在什么样的一块地面上，这些是他的腿。这三者如能和谐，能大致调和，或者能彼此相容，那人就能活。[②] 请注意，虽然作家把这两段话分在两个人的嘴里说出，但意思是相关的，"活动变人形"就是三者不和谐、不调和、甚至不相容的象征。近代中国知识分子在整整一百年里始终挣扎在这三者分离的痛苦之中：自国门被西风欧雨撞开以后，知识分子最先睁开了认识世界的双眼，他们远渡重洋，学习西方文明，高唱民主自由，希望中国尽快摆脱封建愚昧的状况，与世界文明接轨。但是愿望是一回事，能否实现、如何实现是另外一回事。中国的知识分子一向是在旧的传统价值标准中安身立命，他们

---

① 王蒙：《活动变人形》，北京：人民文学出版社，1987年，第117页。
② 同上，第289页。

致郜元宝（谈王蒙小说的乌托邦语言） 149

在修身养性和经国济世之间自有一套圆通的途径，可是当旧传统被革命的风暴摧毁，新的价值系统又没有建立起来的时候，知识分子真正地感到了惶恐。不是他们没有学到新的知识本领，而是这个社会环境没有为这新的知识本领提供一个稳定的价值标准，尤其是在人文学科方面。这就造成了中国知识分子的双重困境：一方面是知识分子救世乏术，一方面是中国土地上封建愚昧的阴魂徘徊依旧，西方文明一进入中国这只大酱缸就走了样变了味，然而垂死的中国封建传统接触西方文明中腐烂的东西，更迅速地腐烂起来。心比天高，命比纸薄。近百年来知识分子的痛苦、仿徨、骚动、挣扎，莫不与此有关。鲁迅当年满腔热情地高喊："新的应该欢天喜地的向前走去，这便是壮，旧的也应该欢天喜地的向前走去，这便是死"[①]。事实证明这种进化论的理想用在人类社会进步上实在是幼稚又幼稚。但否定了进化的思想，结果是产生出革命的思想，知识分子只能以偏激的态度来改造环境和批判旧的文化传统；进而就是走上了学习苏俄暴力革命的道路。倪吾诚和洋人史福岗有一段对话，史讲了巴甫洛夫拿狗做试验的故事：试验者拿一块肉吊在狗的面前，指示狗扑过去，就在狗接近肉的一刹那突然把肉一撤，使狗吃不着肉，这样的试验进行了若干次以后，那狗就疯了。

---

① 鲁迅：《热风·随感录四十九》，《鲁迅全集》第一卷，人民文学出版社，1981年，第339页。

倪听完了故事后,阴沉沉地说:我这就是这样的一只狗。在另一处他以关闭在所罗门瓶子里的魔鬼自居,自称当一千次的失败以后,他再也不会信托人间的任何东西了,他只会报复。我想小说的报应思想应该在这里。倪吾诚的家庭历史不是巴金笔下的封建地主家庭高家,也不是曹禺戏剧中的罪孽深重的周家,这个家庭从一开始就洋溢了接受西方思想后的新因素:倪家祖上因参与了维新政变而自缢身亡。他的后人身上也隐隐约约地保存了"一种灵气、一种热情、一种躁动、一种痛苦。那是一种诱惑、一种折磨、一种毁灭一切也毁灭自身的毒火"。倪吾诚的一个长辈发了疯,另一个成了大烟鬼。愚昧的中国人宁可让亲人太平死在烟榻上,也不愿看到他们走上新生的道路。倪吾诚应该说是一个背叛了旧传统、接受了新文明的中国新一代知识分子,是一个听过胡适、鲁迅的课,懂得西方文明常识,对孩子充满爱心而对旧的生活方式充满怨恨的知识分子。这样的知识分子本来是应该充满希望的,可是社会、家庭、事业给了他什么?一次次的希望和追求,可是一次次的在接近希望的时候被命运碰得粉碎,这对一个敏感的知识分子来说意味着什么?不是连一条狗都会发疯吗?瞧,我又激动起来了,我分明在这里感受到了强烈的当代性,"活动变人形"的意象在今天不同样有着现实的意义吗?我想,只有充分理解了"五四"一代知识分子遭遇的绝望,才能理解倪吾诚式的革命,这才有了后来的一些闹剧。小说对倪吾诚在1950年代以后的表现只是略略交待，但这里大有深意，倪对于革命中的暴力行为有着天生的理解与同情，甚至不惜以自己侮辱自己的态度来迎合暴力，"一种毁灭一切也毁灭自身的毒火"终于在倪家第三代人身上以报应的形式爆发出来了。表面上看，这部小说并没有写到乌托邦时代，小说里的人物尽管也患有快速说话的"语言热症"，毕竟与"少共"们的乌托邦语言有别；但是如果要对号入座的话，倪藻的形象多少有点像王蒙小说里的传统自传角色，如果把倪家父子放在一块加以考察的话，不难看出王蒙在寻求乌托邦时代的经验教训时，终于把探索的触角伸向了知识分子自己的历史，说得直白一些，这部小说不但揭露了中国传统文化的可怕，也反省了"五四"以来的知识分子的激进传统与后来的乌托邦之所以流行中国的精神联系，一面两刃，我以为即使在今天弥漫京华的所谓国学热以及对"五四"知识分子传统的反省中，也不曾有几人能达到小说家王蒙在1986年思考这个问题的深度。

现在我终于梳理清楚了，从"文革"时期造反派与"少共"们的语言的合一，到改革时期社会骗子们与领导干部的语言的相通，再进而是倪吾诚所象征的各个历史期间文化境遇在当代的延续，王蒙的反讽正在一步步地接近着伟大的乌托邦本体。《恋爱的季节》也许是未来这座历史巨像的一个基座，现在要全面地评价它确实还为时过早，而且就我与你的这个讨论而言，它也超出了张未民兄的任务范围，我想还是放到以后有机会再说。不过我有点看好这个作品，首先是它所使用的乌托邦语言对《育春万岁》来说是一种否定式的辩证重复，作家对这种语言的模拟充满了夸张与讽刺，从而达到对这种语言所负载的乌托邦精神的彻底告别。其次是对所谓"少共"式人物的刻画，虽然作家多少对他们还有点留恋的感情，但毕竟失去了以前作品里弥漫的那种自我炫耀的激情，作家的眼光渐渐地冷峻起来，对这种表情背后的虚伪性与功利心的解剖，我认为是这部小说最成功的地方。不知怎的我有种预感，王蒙的"季节系列"会是当代文学史上的一部重要作品，也许是我们现在真正到了告别乌托邦的时机了，我们应该有一部这样的文学作品，就像在骑士文学的终结时代有塞万提斯创造出伟大的反骑士小说《堂·吉诃德》一样，我们应该有这样一部通过对乌托邦语言及其精神的模拟而达到反讽的反乌托邦小说。我不知道这对王蒙来说，是否是一种奢望。

瞧，你的一篇文章竟引出了我这些奇怪思路，写到这儿，我突然觉得有点胡说八道，研究王蒙的专家风起云涌，早已有厚厚的专著和长长的论文在世，许多话（包括好话坏话）早被说尽，要想不嚼别人嚼过的馒头，大约也只能像你我那样甘心胡说八道了。不过有一点我本该谈而现在显然已经无法多谈的内容，那就是王蒙在《在伊犁》和《杂色》中表现出来的另外一种追求，即在庙堂与广场的夹缝间，还有一种来自民间和自然的文化语言对他的影响。我很同意你说他是伊犁河畔行吟诗人的说法。其实我本来想好好谈谈《杂色》的，如果现在有人要我提供一个当代文学的精选本，每个作家只能选一篇代表作的话，对王蒙，我会毫不犹豫地选《杂色》。可现在再要谈这组作品，又会扯出一大篇来，还是以后再找机会聊吧。最后我还得谢谢你给了我这样胡说八道的思路。

陈思和

1994 年 2 月于广靖书屋

初刊《文艺争鸣》1994 年第 2 期

原题为《关于乌托邦语言的一点随想——致郜元宝，

谈王蒙小说的特色》

致高晓声[①]（谈陈奂生系列）

高晓声先生：

还记得去年初冬吧，你到南方去过冬，途经上海在复旦小住几天，为学生们讲课。那时你告诉我说你正准备写一个中篇，题目也有了，叫《陈奂生出国》。这位老农自1982年决定"包产"以后，已经销声匿迹，现在重新拾起这个名字，还让他漂洋过海到美国去兜一圈，多少有点令人发噱。我知道这个题目已被你琢磨了好几年，至少在你1981年初次访美的时候，小报上就有过"陈奂生出洋"的调侃话，后来读了你写的《访美杂谈》，方才知道外国也有个孔筑瑾博士把你当作了陈奂生，可见是"东海西海，心理攸同"。我想那时你一定有所触动：如用陈奂生的眼睛来看当代西方文化，会看出如何景致？这当然是个有趣煞的话头。去年你在上海的时候，本来约好还要尽情谈谈你的小说，可是北方寒流忽然抢先到了上海，一时间路

[①] 高晓声（1928—1999），当代作家。陈奂生系列是高晓声的代表作，包括《"漏斗户"主》《陈奂生进城》《陈焕生包产》《陈奂生转业》《陈奂生》《种田大户》《陈奂生出国》等中短篇小说。

上行人都变得缩头缩脑，你因为准备去南方，过冬的衣服带得不足，没想到寒流会比你的行脚快，冷得白天躲在房间里还瑟瑟作抖，结果约见只好取消，我们在电话里匆匆作别，你第二天就去了广州。不过从那以后，那个在美国游荡的陈奂生的形象不断地浮现在我脑中，隐隐约约，总让我牵挂，不知那老农又会出些什么洋相。

现在终于拜读了小说的手稿，才知道我原先的设想完全错误。我是因袭了《陈奂生进城》的思路，无意中与陈奂生的堂兄陈正清想的一样，以为这是刘姥姥进大观园的现代版：像陈奂生那样一个土佬儿去了美国花花世界，定会有千奇百怪的事情出现。其实是我与陈正清一样没有去过美国，才会对美国作出一些古怪的假设。读了你的小说才明白过来，你改变了《陈奂生进城》的思路。在那一篇里，你多少是怀着同情去写陈奂生住进招待所的一夜奇遇，又沉重又感慨；而在这回"出国"中，陈奂生的性格要成熟得多，不再需要你的同情，有时他还走到了你的前头，成为小说的一种叙述视角。"你就是陈奂生"，这句话在早先并不准确（尽管你也承认你写的陈奂生身上有你自己的影子），但用在这部小说里，却是大致不错。

我这么说是想证明，这部小说中的陈奂生与你以前写的陈奂生有所不一样。这一点你自己也意识到了。自1982年到1990年，一晃八年时间过去了。陈奂生也多少会有变化。为了填补这段时间造成的陈奂生个人历史上的空白,为了使这个人物由包产顺利过渡到出国,你特地为他又写了两个系列作品,一曰《陈奂生战术》,二曰《种田大户》,但我只拜读过前一篇,完全是过渡性的作品,你后来告诉我说,《种田大户》也是过渡性的,真正的重场戏在"出国",这也可见你对这个压轴大戏的重视。但从这两个作品的内容来判断,铺垫依然停留在"种田大户"上,也就是"包产"决策以后的实践,离"出国"毕竟有一段距离。虽说出国热方兴未艾,成千上万的"洋插队"正在前赴后继,但要轮到土生土长的老农陈奂生出国,大约还在梦想阶段。为了让这梦想变成现实,你不能不使陈奂生换一种身份。这种置换身份的手法做得极为巧妙,——不是用孙行者七十二变的手法,也不是但丁式的神游三界,这种身份置换完全是文学性的,你采用了最新潮的后设手法,通过两个不同的陈奂生文本的置换,顺利地完成了这种过渡——对于这种后设性的构思,我想你一定是无师自通的,因为你决不会把喝老酒的时间用在研究雅克·德里达(Jacques Derrida)或者罗兰·巴特(Roland Barthes)的学说上。

小说的第一章你就说明,在此以前的"陈奂生"系列中的主人公,都是由一个名叫辛主平的作家,根据现实生活中一个叫陈奂生的农民经历编写的。辛主平与陈奂生有过一段密切的交情,他用"高晓声"的笔名写陈奂生的故事,写出了名,美国一家大学的华裔教授华如梅在邀请辛主平访美讲学的同时，顺便也请了他小说里主人公的原型陈奂生。这样，作家和他作品人物的原型双双赴美——陈奂生出国才得以成行。这样一来，从《"漏斗户"主》到《陈奂生出国》，你一共提供了两个高晓声和两个陈奂生，这两个"高晓声"是写"陈奂生"系列故事（从《"漏斗户"主》到《种田大户》）的作家辛主平（笔名高晓声）和写《陈奂生出国》的作家高晓声（也就是你）；这两个陈奂生是从《"漏斗户"主》到《种田大户》的主人公陈奂生和与辛主平一起出国的陈奂生，而后一个陈奂生是前一个的生活原型。

《陈奂生出国》的后设特征在第一章都表现出来。所谓"后设"小说，在西方文学潮流中也是近一二十年中才开始流行的，近年来中国海峡两岸的文坛上有过各种实验，也被称作"元小说"。西方关于它的定义有多种论述，大致的说法是以小说的形态来探究小说的形成，或者是在小说中探究这一文学构思的诸种因素（如语言、情节、人物以及作家与作品、读者之间的关系），揭穿小说的虚构本质以及它与现实关系上的种种假象。《出国》第一章辛主平（高晓声）和陈奂生的出现，使作家成了小说的人物（这与通常第一人称的"我"是有根本区别的）。辛主平的作品就是陈奂生，陈奂生的读者就是华如梅，现在读者反过来邀请作家与作品中的主人公（原型）访美，作家——作品——读者三者形成一种新的关系，他们成了一个平面上的人物，共同担负起小说的情节发展。不仅如此，由于小说里直接出现了两个陈奂生，你通过后一个陈奂生之口来议论前一个陈奂生的文本（如探讨《进城》里陈奂生坐沙发的一个细节），借作家辛主平之口来说出前一个陈奂生文本的创作心得，并且对评论界关于陈奂生研究中的疏忽提出批评（如关于《陈奂生转业》中的一段独白的推荐）。作家不但直接参与了小说情节的发展，而且参与了对小说的评论和研究。这就完全打破了传统小说的封闭结构，使一向单线型发展的陈奂生系列出现了多声部的复调结构。陈奂生也不再是一向认为的"中国当代农民的典型"，它等于公开宣布了自己是作家虚构的人物，随生活的变化而同步变化着。

你这种尝试在现在并不孤立，去年冬天，《收获》杂志发表了王安忆的新作《叔叔的故事》，王安忆像你一样，也在小说中塑造了两个"叔叔"的文本：叔叔编造的文本和作家写叔叔的文本，而后一个文本不断戳穿前一个文本的虚假性。王安忆的后设性探索比你要彻底一些。因为你的两个陈奂生文本是相一致的、和谐的——这也证明你骨子里依然恪守着传统的古典主义文学观念。正因为这样，你在小说里并没有很好利用第一章所设置的两个陈奂生文本，没有进一步去探讨它们之间的关系和揭穿文学的虚构本质，因此，第二章开始小说又恢复了单纯型的叙述结构，非但复调结构不能坚持到底，而且连辛主平的角色也渐渐退入幕后，只留下陈奂生一个人去唱独脚戏。这多少是有一点遗憾的。

但你毕竟写出了两个陈奂生之间的差异。这种差异在这部小说中一再被指点出来，它甚至决定了陈奂生出国的可能性。后一个文本中的陈奂生显得见多识广，决不会再重蹈以前进城时的狼狈。我读手稿时，也曾拿了你以前写的陈奂生系列作品作对照，发现"出国"中的陈奂生实在当刮目相看，若以《进城》里陈奂生初进高级招待所时的惶恐和《出国》里他住进现代化设备齐全的公寓时的片断相对比，不能不赞叹后一个陈奂生的见识；若以《转业》里陈奂生逛街流连忘返以致误了大事和《出国》里他面对美国如火如荼的商场和商品竟不动声色的情节相对比，也不能不佩服后一个陈奂生的成熟。陈奂生此番出国已经改变了传统农民的模样，不再是刘姥姥进大观园的鲁莽和可笑，也不像老舍笔下《二马》那样，把中国人置于西方文化背景下来讽刺和批判中国的传统文化。你是有意避开了这些戏剧性的场面，只是让陈奂生代表一种初到美国的中国人陌生和新奇的眼光。应该说这眼光也包含了你自己的成份。

当然这种比较还是表相的，更大的变化表现在陈奂生性格与思想的成熟上。小说一开始陈奂生已经年老体衰，虽然排排时间他才不过50多岁，大城市里这个年纪的男人还在卡拉

OK里吊嗓子,而农民陈奂生则已经自称"老糊涂"了。他自觉再挑"种田大户"的担子力不胜任,便知趣地从劳动第一线急流勇退,把家长的担子顺理成章地搁到儿子的肩上,完成了向下一代交班的伟业。把希望寄于下一代本来是一向重视传宗接代的中国文化的特色之一,但在陈奂生身上反倒表现出一种非凡见识,他搁下了担子才有可能甩甩袖子跑到美国去旅游。也正因为出于这非凡见识,他才会一改木讷的性格,竟能在年轻的留美学生"派对"中对答如流,并在居美期间一再说出深刻的哲理——而又是完全不自觉的,仿佛出于天启。小说中有两处都表现了陈奂生的这种"深刻"的思想能力。一处是关于法律与野鸭辩证关系的论述:美国的法律保护野生动物,不准偷猎野鸭,然而由于长期生活在没有危险的安定环境中,野鸭丧失了自我保护和逃避敌害的能力,长得肥肥胖胖,与家鸭无异。陈奂生认为,既然野鸭像家鸭一样,那就不再属于野生动物,法律也不该保护了,于是可以捉来吃——这固然是一种寓言,陈奂生能将这种道理又通俗又形象地说透,不但符合小说所规定的此时此地性,而且突破小说的框架也是对某一类人的警告,含有强烈的象征意味。我读这个寓言又一次想起你的《鱼钩》、《钱包》和《飞磨》。说实话,我喜欢你写的寓言甚于你写的小说。另一处是在访问了美国的现代化养鸡场以后,陈奂生的感受不是惊讶,不是羡慕,而是"不以为然",他甚至为美国养鸡场的鸡沦为"生蛋机器"感到不平。这不仅仅是出于农家对自由生命的热爱，如把它与前一个例子联系起来看，正可以看出东方社会与西方社会对生命的不同认识。西方的法律一向标榜人道，甚至爱及动物，譬如在香港，至今仍有鸡鸭不能倒提的规定，但另一方面，后工业社会中用机器复制出大批生命的同时，对原生的生命又不能不是一种压抑，养鸡场的鸡即是一例。在中国，历来把生命的自由视作一种无政府状态，农家养鸡鸭是将鸡鸭放在田野里任其自由自在，但除了这一点外，似乎从未尊重过鸡的生命，并没有把鸡当作凤凰来养。所以中国人对此完全没有理由骄傲，不过是农业经济的无政府主义取笑工业经济的非人道主义。陈奂生自然也想不到这一层，他的抗议显然是讽喻性的。但无论对法律的嘲讽还是对人道的嘲讽，老实巴交的陈奂生（即从"漏斗户主"到"种田大户"）都是不可能说出来的，唯独出国以后的陈奂生才能说出，这本身就说明了这个人物的身份已变，已经掺入了（或者说混和了）作家你的视角与思考。根据小说提供的两个文本，与辛主平一起访美的农民陈奂生，正是辛主平创造的艺术形象陈奂生的生活原型，但两个陈奂生之间又存在着许多差异；那么，那个在《出国》中活动着的主人公陈奂生的生活原型，正是糅合了他的创造者高晓声（这回是真名高晓声的你）的某种思考和感受。尽管你们俩之间也同样存在着巨大的差别。

指出差异也就是指出艺术的不真实性,正如你不会在美国打工,不会去为美国餐馆老板做广告,也不会去把艾教授的草坪锄掉改种蔬菜一样。这种不真实性是一个艺术形象必具的条件。与这种不真实性相联系的是人物的非典型意义,尽管你在《出国》中一如既往地写出了陈奂生与他以前的文学形象之间的某种性格延续,譬如他的真诚朴讷,动感情时翻来覆去说几句笨拙的大白话,譬如他把帮吴楚翻整园子的方法沿用到艾教授家里去,又譬如他对农事出于本能的关心等等,但从人物的整体个性来看,"出国"的陈奂生作为一种艺术形象,他具有的内涵要比他以前的文学形象更加丰富。他不但含有当代农民的某种特征,也含有一些超越农民的素质。当然,这话也难说,本来农民也没有什么先验的模式,谁又能说农民就不会出国,不会变成陈奂生那么见多识广和富有禅机呢。

我所说的人物不真实性,是指不拘泥于生活原型真实而言,所说的人物非典型意义,是指不拘泥于农民的先验本质而言,这么说全没有褒贬的意思。若以传统的眼光,特别以陈奂生"进城"的标准来期待他的"出国",恐怕多少会有一些失望。若换一种眼光,以讽喻的标准而非典型的标准看,小说里处处妙趣横生。同时这种开放型的人物塑造方式也使你的创作获得更大的自由,我们(包括你和我,还有其他的读者)都可能会在阅读这篇小说之前已经先验地接受了一个陈奂生的概念,不管这种概念符合不符合你的原意,我觉得都应该废掉,否则,陈奂生永远出不了国,也永远不会成为现在这个角色。

听说《陈奂生出国》是陈奂生系列中的最后一篇了,不久你将把所有的陈奂生系列作品组合成一个长篇,你大约是准备告别陈奂生了。但谁知道呢?因为你在最后一篇中把陈奂生由一个农民的典型改造成一种开放型的虚构文本,陈奂生将会因此获得他的新生。我倒是希望你不要轻易放弃这个已经在广大读者中产生了广泛影响的角色,使他在当代生活中发挥更大的作用。

陈思和

1991 年 6 月于上海广靖书屋

初刊于《小说界》1991 年第 4 期

原题为《又见陈奂生——致高晓声》

致沈乔生[①]（谈沈乔生的一组小说）

乔生兄：

四个月来，断断续续、断断续续地读一些作品，都是兄近年发表的中篇小说。时间最早的是1990年底发表于《中外文学》《收获》上的《玄月》与《蜗石》，迟至1991年底发表于《上海文学》的《今晚蓬嚓嚓》，共八部。推其写作时间，大约也在蛇尾加马首[②]不过一年间的事情，兄创作热情之高，笔力之神，让人瞠目而视。在创作普遍呈委顿状的年代里，人人浮躁，人人慵懒，污秽之气、媚俗之言，举世滔滔。而兄，且退居石头城中，似"不知有汉，无论魏晋"，新作接二连三问世，文笔曲折，心声更是曲折，愤懑之情、难言之隐，演幻为沉沉"玄月"、冥冥"蜗石"，或以"长歌"当哭，或望"天路"渺渺，皆为一时代之声音、一时代之精魂。

近些年来，弟心意亦灰懒，不到万无推卸，绝少作文。为了打发光阴，特意静心选学了一门德语。过去读好几位前辈的

[①] 沈乔生，当代作家。
[②] 1989年是蛇年，1990年为马年。——编者注

文章，均称在狱中自学德语云云，颇为惊羡，待自己涉足，方知此言不差，以其语法之繁，变格之多，只有与世隔绝才学得进去。虽不一定在狱，心犹然也，尘缘不绝，万难学成，故而尽量少读当世作品，更不敢多发议论。因此八部小说读读停停，延续了好几个月，又逢黄梅天气，亦雨亦晴，又闷又潮，躁热于内，转而出汗，不料外界湿度更大，汗出不去，皆滞留在毛发根处，身有异味，赤膊也无泄处可觅，如沪上人曰天气"响势"（沪方言，音housi），肚里"殟塞"（沪方言，音wase）。所谓"响势"，是指气候虽非暴虐却让人闷热难忍；所谓"殟塞"，是指人们肚里有火却难言之，别别扭扭，精气消散。在这鬼天气里读小说，人物心态，历历可状，书里书外，浑然天成。这就是此时此地读小说的心境，也是此时此地读小说的环境。

在《上海文学》上读到李洁非兄的评论，烛照数计，花样出新，深入到作者创作心理的潜意识探幽索隐，很有新意。洁非兄指出小说隐秘的母题为"对女性世界的陌生、疑惧和逃避"一说，当是从男性中心的视角出发而得，小说文本所呈"殟塞"状，本是一种普遍心理，男女皆同。若以为这一心态是由性的压抑造成，那么，男人当如此，女人也当如此。自《玄月》到《天路逶迤》，五部小说为一组，男性皆窝囊废物，不是惧内懦怯，便是阳气衰竭，以夫妻或两性关系言，均由中心地位向边缘转移而退缩，女性则或悍或淫，咄咄逼人。阴盛阳衰，男性的哀怨不言自明，但反转观之，女性又何尝在这种关系间处在"中心"地位？五部作品中，女性人物无一不是男性的牺牲品。《娲石》、《挂着的葡萄》和《长歌》三篇，都呈"弟—兄—嫂"三角关系，虽兄懦嫂威，但其婚姻无不是在男人落魄之际完成的，因此也可说，作为女人，成为"嫂子"这一角色的三位女性，都曾经是男人厄境中的被利用工具。《长歌》中的混血种女人，是男人泉申在绝境中唯一的救命稻草，泉申耍尽手腕才占有了她，但形势一旦改变，她竟成了绊脚石，欲置死地而后快。《挂着的葡萄》中嫂子在男人流落边疆时以身相许，不但承受着丈夫的酗酒、殴打与贫困，还夜夜成为丈夫性虐待的对象。《娲石》中的悍嫂，是"文革"时期"红人"，但大哥与之结婚也免却了下放"五七干校"，也免却了挨批斗，仍然是有恩于丈夫。然而，由于男性的怯懦无能和忘恩负义，这些为之做出了牺牲的女性非但失却了自己的青春、爱情和理当分享的幸福，反而成为怯懦男性嫉恨、逃避的对象，她们在这两性间的地位何尝不尴尬？《娲石》中的天丹是唯一健全的女性，以其漂亮善良下嫁鄂风（一个阳萎的瘸子），以其聪慧热情相助许志芳，到头来又在这两个男人中获得怎样的报答呢？由此发出奇想：小说中"弟—兄—嫂"的三角关系表面虽写男性对女性的逃避及恐惧，但其同情依然是在女性一边。最明显的是这三篇皆由"弟"的视角写兄嫂，虽然均写到了弟对兄长的一片悌爱，但潜意识里又无不倾向于嫂的一边，连鄂风与悍嫂扣金的关系也颇耐人寻味，他们意识深处的共同敌人是天丹，扣金到处诬告弟媳，正是鄂风想为而不能的，两人依然有沟通处。至于《玄月》一妻一妾争夺嗣子，使孩子龚时成为两个女子报复心理的牺牲，但若追问下去，这两个女人又是谁的牺牲？

为此，我以为这一组小说构成的"殟塞"氛围，不仅仅是男性遭受女性压抑而生，确切地说，应该理解为男性因怯懦而失去了两性关系的中心地位，但虽处边缘，依然担着对女性的统治权，故而心理失衡；女性因为对男性做出了巨大牺牲却一无所获，由生怨到凶悍，然而被利用的地位尚无丝毫改变。阳刚不刚，阴柔不柔，原居中心者权威已失，原居边缘的依然如旧，所以淫威偏是怯懦者的淫威，凶悍又是被奴役者的发泄，两性间的平等关系非但没有建立，反出现双方都不安其位，虽非绝望，胜似绝望，尚想挣扎，偏偏无望。原来这才叫"殟塞"（就主观而言），或是"呴势"（就客观而言）。

《玄月》始，《天路逶迤》止，人们好像经历了一个长长的噩梦般的炼狱。若说《玄月》是灾难的起点，那《天路逶迤》就是终点，诸篇中以此唯佳。虽然在构思上似有加缪《鼠疫》的影响，但此情此景，描写都属一流。以往小说，医院为场景的并不少，如契诃夫《第六病室》、巴金《第四病室》、索尔仁尼琴《癌病房》等等，多是将医院视为社会缩影，意在讽世。

《天路逶迤》则异，诚如纪怡的梦启，医院成为人间天堂路上的驿站，每个人的灵魂都处生死边缘，赤裸裸地排列着，在上帝的牧羊鞭下冉冉上升。在这种形上的背景衬映下，人世间的诸种"殟塞"状呈现出特殊的寓象，从小说中三对男女两性关系看，男性皆因绝症而衰弱，女性无一例外是男子的玩物或者奴仆。能走出这一误区的唯大学讲师郁鸣，她最终出走国门，不但摆脱了对纪怡的义务，也摆脱了庸俗丈夫的压迫，临走时抛下两句话，一是不该忘记的永远不会忘记，二是可以做的事很多很多。前一句是关系中人所言，可以理解为女性的阴柔本能，也可以理解为女性怨恨的记忆，一剑两刃；后一句是跳出了关系后所言，是女性的超脱与自强。可惜这种意识是在逃出了两性关系之外而生，就同当年娜拉出走一样，无助于解决两性间根本的尴尬状。不过纪怡、兽医以及那个不具名的英俊小伙，三人都因病而领略了生命的形上意义，各自找到了解脱的途径。若以宗教作个不恰当的比方，纪怡走的是大乘，英俊小伙走的是小乘，而兽医则类似禅的自我放纵。这篇小说的好处，就在它恰如其分地把握了世俗氛围与形上意义之间的分寸感，于是就有了类似《鼠疫》的境界（尤其是最后一笔，康立青女儿的复活，极好）。

这一组作品不但是天路历程，也是心路历程，兄又是以过来人之口吻一一写出，行文间弥散了"小楼昨夜又东风"的感慨。但是，如此不堪回首的"故国"究竟在哪里？是否真有过这样一片"故国"？依我所悟，那也不过是心理作用所致，并非实有。兄的小说中贾雨村言处处可见，虽然以时代而言，多有寓托——《玄月》写1950年代至"文革"，《长歌》写"文革"过程及结束，余下诸篇皆影射了改革开放以后的岁月。但究其细节，不胜推敲处、编织痕迹比比皆是，其中《玄月》尤甚。作为一种手法，它使人在明知有所寓意的编织中，把注意力转而投诸时代折射在心理上引起的种种氛围，读这些作品，使人犹返俄罗斯最后一位古典大师契诃夫的时代，给人以"不能再这样生活下去"的警世告诫。

"天路"以降，两篇新儒林故事，似又回到眼下颇为流行的"新写实"的路上去了，反不见特色，写知识分子的窝囊是现实的一种状态，近日还读过方方的《行云流水》，亦属此类。不过作为知识界中人，弟以为诸般小说写儒林仍在皮肉，更不及灵魂，虽能激起一些社会同情，意境却未能高远。《今晚蓬嚓嚓》写机关众生相，虽好，却少了一些血气，故而我以为，兄近作中仍以《玄月》到一组《天路迤逦》为佳，此天造地设，时代之作也。

评论作品，本来也是见仁见智的事，心有灵犀，以此生发开去。所谓"窳塞"，所谓"响势"，都不过是心境而已，你我在江南生活，当知黄梅季节的烦人。好在现已转眼是三伏盛

夏,写作时虽汗流浃背,毕竟要舒畅一些,若现时再重读大作,可能会是另一番滋味了。祝

夏祺

思和 敬拜

1992 年 7 月于大热中

初刊上海《书城》1993 年第 3 期

原题为《谈沈乔生的一组小说》

致沙子[1]（谈《葬祖》[2]）

沙子君：

你好。《葬祖》昨夜已拜读，语言写得很是流畅，我几乎是一口气读完的。有些想法一时还来不及细细地反刍，在此只能将粗浅的印象告诉你。

我一边在读这个作品时，一边不断地想起中国现代文学史上的几个写乡土的名篇，诸如许杰的《惨雾》、塞先艾的《水葬》等，这些作家面对新世纪文明的莅临，严峻地反思自己足下那块土地上的原始野蛮风俗，村族的械斗、野蛮的私刑、愚昧的心态，都像镜子一样照出了中国农村落后的现状。然而，待历史走进1980年代的门槛，这些初民遗风又重新出现在你的笔底下的时候，它是否还只是产生相类似的现实意义呢？它的审美功效是否仍然只限于激发读者对边陲地区落后现状的反思呢？于是我想起了韩少功写湘西的《爸爸爸》，尽管这个作品已被谈得够多了，但我仍觉得它的有些意义未曾被人说到点子

---

[1] 沙子，原名吴秀坤。时为《钟山》杂志编辑。
[2] 《葬祖》，中篇小说，沙子著，初刊南京《青春丛刊》1988年第4期。

上。譬如，作品所具有的整体性象征寓意。白痴丙崽的那两句口头禅，事关人类繁衍的根本大计，像谶语一般在人们行为中起着盲目的指挥功能；村民在天灾人祸中为保存青壮年生命而毒死老弱的行为，反倒成为一个族类保种自救的正常伦理观念，这生与死的两极中，勾勒出了人类初期阶段筚路蓝缕、求生斗争的悲壮图略。虽然考其事迹，小说所描写的只是以1920年代苗家所遇到的一场天灾为背景，但作者以非现实的语言艺术的描绘，使之脱出了写实的藩篱，上升为对人类某种境遇的思考。这一类作品，在国外也有过，加缪的《鼠疫》和戈尔丁的《蝇王》就是现成的例子。近年来，它在文学创作中屡见出现，韩少功的《爸爸爸》堪称代表。其他还有张承志的《黄泥小屋》、史铁生的《毒药》等，陈村的《美女岛》也应属此类，但嫌太"做"了一点，寓意也过于明了了。这种新寓言体的作品，不同《世说》，不同《聊斋》，与文化寻根也无甚大关系，它不是讲一事一理，而是着眼于把现实生活中的复杂形态置于一个非现实的语言环境里加以表现（这种非现实的语言环境，我以为大致包括以下三个特征：1.时空的模糊状；2.人物的类型化与象征化；3.情节的哲理内涵），并且导致作品的现实主义成分发生变化，洗去了自然写实主义的拖泥带水，冲破了狭隘的功利的反映论局限，使其产生更为广泛、深远的象征效果。它与现实主义典型所涵盖的内容不一样，后者偏重于对生活现象的概括，它则更加侧重于人生哲理的揭示。当代文学创作中对僻远地区原始遗风的表现，可以有两种不同的艺术走向：一种是现实的，即指出现代文明社会中尚有一隅依然存在着野蛮习性的基因，以唤起人们对这种现象的警惕；另一种是象征的，即通过表现人类历史发展过程中的某个片段，启发人们对历史、现状与未来的思索，引起人们对自身的某些本质性问题的进一步探索。

啰嗦了一阵子，也许使你感到厌烦了。还是言归正传，谈你的《葬祖》吧。我不太赞成把这个作品归入"寻根"一类，尽管现在这个名词已很少被人提起。李杭育有一次说，寻根门前被人搅得血污污的，谁想进此门也要绕开些走。但不弹此调并非证明"寻根"已经"虚脱"，真正的思想总是出现在"热"潮过后，我始终认为，文化寻根的意义目前还远远未能被人充分理解，而它的旨要，正是对中国本土文化中积极内核的高层次发掘，这非其南郭先生之流可言，现在不谈也罢；而你的《葬祖》，写蛮风，写迷信，写械斗，都重在对旧文化消极面的挖掘、揭露和嘲讽，关于这，现在也有了新名词，曰"挖根"。挖根当然比寻根容易，因为"寻"的目标不知在何处，而"挖"的目标则总是在眼前，为了不相混淆，我想还是不把它列入"寻根"派为妥。那么，它究应归何类？我认为《葬祖》更接近哲理性寓言小说，因为它虽然写了一个现实的故事，但你所提供的语言环境却是非现实的，具有寓言的特点。

特点一，作品没有为故事提供一个明确的时间概念，小说一开始写的是"很久很久以前"，这当然是过去的事；小说尾声又写了一个"不知过了多少个春秋"以后的事，这显然是未来，而小说描绘的主要械斗过程，都是发生在一个与世隔绝的环境中，除了有几个后生外出参军和曾经有一个乡文书到此一游外，可以说这是一个地道的"不知有汉，无论魏晋"的桃花源，正因为这样，才为故事里展开的血淋淋的复仇提供了某种可能性，进而也使它的年代背景变得无足轻重。特点二，作品里的人物尽管龙腾虎跃，却没有特别强烈的个性，只代表了故事结构中的一些符号。两族争斗，双方平等地对峙着一个老人、两个后生，结局似乎也是平等的，后生一残一亡，老人不知所终。这倒不是说这些人物没有个性。从局部看，他们都写得很生动，特别是老幺爹的谲诡多谋，给人留下十分深刻的印象。但从整个作品意蕴来看，这也许并不重要，因为它不是写人的命运史或性格史，也不是为人物作传，它是通过人物的活动建筑起一个故事结构，而全部的意义都蕴藏在这个结构之中。寓言体作品通常不把人物塑造得特别辉煌，以免过多地吸引读者的注意力。于是就有了第三个特点：故事情节的哲理性和多义性，这才是寓言体小说的精华所在。

由于哲理性寓言小说为故事提供了一个非现实的环境，要从故事内涵中寻求现实生活的某种纪实性概括，无疑缘木求鱼。

不管你是否自觉到,我在你这个作品中读出一种更为深刻的寓意,即对中国文化心理的某种概括。如果有人读这个作品后啧啧说道:真想不到,中国还有这么落后的地方。我想这不应成为你的自豪。相反,人们读后闭口不言,也许倒是真感受到了什么,触动了什么,这当然不是故作玄虚,有时确实需要此时无声胜有声:为了夼峒村和坑峜村的几世冤仇,双方都呕心沥血,卧薪尝胆,费尽了全部的聪明才智和勇武之力,结果得到的是什么呢?人们在发展自身中千方百计把同类压下去,以损害他人来保存自己,以嫉妒人、计算人、坑害人来显示自己手段的高明,这难道仅仅是一种迷信所致?难道不联系着人性中某种邪恶的基因?你在作品中写了老幺爹和弯根公两人的勾心斗角,有似《三国》中人物的斗智斗勇,读起来十分引人入胜。但我相信,你愈是写得津津有味,你的心也一定会愈加发痛,你不单单在写历史上曾经发生过的事情,你是在揭示、挖掘、鞭挞中国文化心理深层中的某个黑暗侧面。书中的人物都是这种野蛮文化的牺牲品,无论圣贤,无论智愚。这个作品的另一个长处是没有把寓言的人生哲理用议论直接表现出来,这是哲理性寓言小说最难避免的地方。但我觉得,真正至深至精的人生哲理,应该是无法通过议论表现出来的,大音希声,大象无形,意思全是一样的。人生的精微处,常常使你能感而不能说,难以用理性的语言进行描述。这时候就需要通过具象的描绘来浑然地表现它,就一般能够作抽象议论的，不过是二三流的哲理，自然是不讲为好。即使托尔斯泰和雨果，一旦将议论从人物特定境遇游离开来，照样味同嚼蜡。作为哲理性寓言小说来说，它的特性之一就是在故事中寓藏着某种人生的哲理，但哲理层次越高，其义必越复杂，给人感受也必然是多方面的。这种寓意的深刻性、多义性以及涵盖程度，多半是与作品所提供的故事描写的深度成正比。关于这一点，在你的这个作品中处理得比较好。

寓言的性质使你的《葬祖》与一般的寻根小说、乡土小说，甚至与法国作家梅里曼笔下的那些复仇故事都有了区别，这应该是你的成功。如果要说我的不满足的地方，那就是感到它的境界还不够开阔高远。你来自广西山区，那儿山明水秀、气象沛然，本可以在你的创作中注入更多的抒情成份，然而在这个作品里，你过多地注意了故事中的人事斗争，忽略了自然的一边，以致使人读起来紧张有余，舒缓不足，缺乏一些优美的抒情片段，而这些，恰恰应是你这部作品所提供的境界中不可缺少的审美组成。

思和于飞龙楼西窗下

初刊《青春丛刊》1988年第4期
原题为《哲理性寓言体小说的新探索——
　　致沙子君兼谈中篇小说〈葬祖〉》

致叶兆言[1]（谈叶兆言的小说）

兆言兄：

我前些天去广东中山市参加一个会，月初方才归家。一回来就拜读了你的新作《绿色咖啡馆》，感觉尚好。前些天寄来的书及信也均收到。甚感。之所以迟迟未复，并非是懒，更不是忙，只是一直筹算着系统地阅读你的作品，把读过的印象报告给你。有了这个筹算，应酬信就不写了，但阅读也不是三两天就能完成的，这样就拖了下来。直到这次拜读大作，才发心把过去读过的或没读过的你的作品一一找出，通读一遍，你发表的作品不算太多，而且刊登作品的刊物都在手边，找起来、读起来都不费力（唯缺《人民文学》，所以无法谈你的《桃花源记》）。

你的作品，倘以文字形式论并不难读，难以把握的是你的创作在貌似平淡的叙事形式下蕴含了认知生活、整合历史的独特视角，以及由此带来的新的深度。关于这一点，我过去在谈

---

[1] 叶兆言，当代作家。

《悬挂的绿苹果》时就说过，现在觉得依然如此。

你至今发表了一个长篇、五个中篇，还有一些零星的短篇。除去短篇不算，你的作品可以按写作时间排列如下：

《死水》（写于1983年）

《悬挂的绿苹果》（写于1985年3月）

《五月的黄昏》（写于1985年8月）

《状元境》（写于1986年7月）

《追月楼》（写于1987年3月）

《枣树的故事》（写于1987年12月）

不知道这样看对不对，我觉得这六个作品的排列表明了你在创作道路上的两步追求。从《死水》起，尽管这个长篇从结构上说有些松散，但你在描绘一个"不想读书的大学生"司徒痴痴狂狂的言论行为中，暗示出对世俗价值标准和各种社会舆论的异议。司徒与裘医生的对照，不在道德观的正负两面，而是体现出不同的人生态度。他们在社会价值观面前，一个如贾宝玉在虚无和真率的精神支配下保持着个性的自由，另一个则似薛宝钗，为追求现实的功利终于使自我向非我异化。小说通过他们对女护士苏苏的爱情态度表达了这一点。我用《红楼梦》中人物来比喻你的小说人物，不完全是奇异的联想，因为你在这个长篇的构思和描写方面都流露出这部古典作品的影响：你写司徒处处点出他的"痴""傻""呆"，却又明明在这些名词下写出了他的聪慧与反社会情绪。所谓"痴"和"傻",不过是他站在社会约定俗成的习惯和舆论的对立面上,他对大学教育制度的批判,对名利、事业、前途的否定,对爱与情的独特理解,都标志着一个个体的人的独立人格追求。司徒的故事是随着他与两个女子的关系展开的,苏苏是踌躇满志的裘医生的恋人,她的无定见的性格特征中,已经投入了某种薛宝钗基因,诸如找恋人欲取"上进性"之类;而那个身患绝症的女病人叶梦卓总能够与司徒心心相印。有意思的是,你在暗示司徒与叶梦卓的关系时也使用了曹雪芹的手腕,让这两人在第一次见面时就感到似曾相识,这种暗示的文化背景,直到你新写的《绿色咖啡馆》才被点破。

把一种称之为社会舆论的认知定势与人性的自由发展加以对照,强调人在选择生活道路时应依靠本能的力量去抗衡社会理性,进而关注到日常生活中的理性作用以外,还存在着某种非理性与神秘主义对人的支配,这是你创作中所走的第一步追求。《死水》里已经包含了这一特点的萌芽。《悬挂的绿苹果》里女主人公张英在结婚、离婚,以及随丈夫去青海的三次人生选择中依靠了本能的指示来击退世俗与舆论的干扰;《五月的黄昏》中"叔叔"原由不明的自杀以及其兄嫂对他的严厉批评,都反映了两种价值标准和认知方式的冲突。关于《悬挂的绿苹果》,我过去在《不动声色的探索》中谈过,姑且不赘。[①]《五月的黄昏》实在是一部极有意思的作品。自杀者贾书记（或称贾小杰），虽居高位，在品性上却是司徒、张英一流。他依着本性行事，真诚地爱着许多女性，真诚地对待下属、朋友和亲人，并且真诚地爱喝酒。但他终于死了，在官方的眼中，他属于道德品质败坏；从权力角逐者看来，他是受累于官场倾轧；一般的舆论认为他死于报纸公布了他的隐私，然而一个被他爱着的女人却千真万确地相信，他是死于失恋。作品中的"我"曾想调查叔叔（即贾书记）的自杀原因，到终了也一无所获。贾的死无疑具有某种神秘色彩，或者说是他的本能支配下的人格与世俗舆论习惯的最后一次抗衡。他死了，谁也无法知道真实原因，他带走了自己的秘密。作品中的"我"想追踪它只是一种徒劳。也可以说，这个秘密只属于当事者个人，当当事者不存在了，它也随之不存在了。所以，任何人（包括作者）对它的追踪、寻找以及描述，都不能不是一种假想或者虚构；每一种假想都有完整的逻辑，可它永远也不会使已经消失了的秘密复原。你确实是用朴素的笔墨叙述着朴素的日常生活，可就在你所描述的生活状态中，人们感受到了生活中确实存在着人们俗见以外的东西。

这是你的第一步追求。自 1986 年 8 月至 1987 年 7 月，

[①] 《不动声色的探索》系笔者与杨华斌的对话体评论，初刊《钟山》1986 年第 2 期。

你几乎没有写什么。直到《状元境》的问世,你标出了"夜泊秦淮"的总题目,并以此为系列,写了《追月楼》。至今未见第三篇。《枣树的故事》虽远离秦淮风情,但从背景材料与整合历史的视角看,仍属一类。[①]这三篇自成一组系列,标志着你的创作转入了第二步追求,将你在前一阶段对人生的认知方法置于更广阔的历史背景下加以表现,反过来说,新的认知方法也给整合历史带来了新的角度。

"夜泊秦淮"不是寻根,也不是发思古之幽情,你对历史价值观仍然是持现代人的怀疑态度,一如《五月的黄昏》中"我"对叔叔死因的探寻。你虽然在《状元境》中写了辛亥年南京的光复,在《追月楼》写了丁丑年南京的屠城,但都似戏台上的布景一般,远远的作个陪衬,那些轰轰烈烈、惨惨烈烈的大哀恸、大恩怨在你笔下都呈现了出人意外的宁静。尤其到了《枣树的故事》,我几乎惊诧你能用如此冷漠的笔墨来写日寇的暴淫和匪徒的残杀,我想你在决心涉笔历史题材时已经有了这种精神准备:在淡化对历史的情感因素的同时,也淡化了历史价值的本身。也许是你根本就不指望读者在那些慷慨悲歌的场面中寻找刺激,你需要的是读者在间离的状态下完成对历史的审美过程——这一过程也包含了对历史的重新整合。

---

① 《枣树的故事》是从秦淮河写起的:"当年秦淮河一带,都知道东关头有个筱老板,筱老板有个独养女儿叫岫云。"

长期以来，我们对历史的认识并不是来自历史本身，而是来自人们对历史的描述，这种描述体现一种公论的价值观与道德观，正如我们在认知当代生活时也被约定俗成的社会舆论所控制一样。如果说这种描述构建了历史也阉割了历史，那其实不重要，但这种描述在阉割历史的同时也阉割了当代人思想的权利，它让我们整个地依循着这种描述去认识历史并相信历史就是那么一回事时，这就值得我们警惕，因为在不知不觉中我们丧失了自己。当我们面红耳赤地争论什么是"民族精神"，什么是"文化传统"等诸如此类大而无当的题目时，竟没有人发现，我们所说的全部是前人早已说过的话，太阳底下没有新东西。历史的生命在于每一代人都在当代意义上重新解释、阐发它的价值，当支配着我们认识历史的那一套价值标准与道德标准已经日见衰老的时候，我们该怎么办？

《状元境》开篇一具象极有视觉感，你是从清末秦淮河的桨声灯影写起，让一位怜爱美人的英雄"革命党人"这样上了场：

这天红日将西，英雄站在文德桥上，时间久了，只觉得隐隐有些腰痛。暗暗将手扶在栏杆上，目不转睛地注视桥下。一只画舫正歇在阴影处。

我喜欢这段描写文字，它所写的每一具象都含有双重的价值判断：日光湖色——行将泛落；革命英雄——有些腰痛（外刚内虚）；画舫美人——在阴影处，使人联想起落花流水的譬喻。写天色，写人杰，写生活的繁荣，都暗示了朝对立面转化的可能。一些传统文化中有价值的东西都会转化成无价值，这种"好了歌"在思想上别无太新的含义，但你提供了一幅可视的画面，种种意象都交织成一派空灵无常的气象，是历史的时代气象，也是作品的艺术气象，这岂止是《状元境》中才有。读你的这些历史故事不能不让人想到：革命的光复与张勋的复辟之于张二胡、刘三姐的故事（《状元境》），丁老先生的高风亮节之于丁家老小的日常生活方式（《追月楼》），甚至连尔勇一举歼灭白脸惯匪的辉煌战绩之于岫云的个人命运（《枣树的故事》），究竟有多大的关系，有多大的影响呢？《钟山》杂志的编辑在刊登《追月楼》时介绍说："住在追月楼上的丁老先生终于死了，一瞬间你简直不知道第一件事应该追悼他还是埋葬他。也许你同时还不知道'民族气节'、'铮铮铁骨'、'道德文章'这类字眼究竟是贬是褒。"其实你的原意，并不在对原有价值观念作新的判断，你取的是一种超脱态度。你要超脱的已经不止是世俗的价值标准和道德标准，也包括了历史的价值标准和道德标准，这是《追月楼》不同于老舍的《四世同堂》，《枣树的故事》也不同于莫言的《红高粱》的地方。

你对历史描述的各种材料、各种价值标准和道德标准持现代人的怀疑态度,但并不因此虚无。你不过是利用冷漠的叙事手法使读者与历史材料间隔开来,用另外一种语言描述历史——它尽可能的冷漠、尽可能不介入感情因素和主观的价值判断(虽然后两者总不能做得干净彻底)。你想表现出中国普通人的原生态,他们在种种大动荡、大起落的历史过程中表现出来的一种惊人的适应性和生存能力。尤其是你笔下的女性,如《状元境》中的刘三姐、《枣树的故事》中的岫云,都历尽了人世的坎坷,却依然充溢着旺盛的生命活力,与丁老先生封闭性地守着传统价值观念暗暗死去,正好成为一个对照。你写这些人物一生的是是非非,写一个家族的兴兴衰衰,已经渗透着一种历史的精神,但你未作具体的价值判断,你把材料留给读者,希望读者在你呈现给他们的那幅复杂繁冗、斑驳不清的历史画面上投入自己的认知方式,渗进自己的理解和认识,进而整合成属于读者自己的历史。是的,你留了一大片空白给读者,而且以材料的清白洗去了读者思维中先验的价值模式,你给了读者重新独立(更重要的是独立)思考历史的权利。

我说你对历史"不虚无"还有另外一层意思,正如你在写世俗生活时,从社会理性准则以外找到了支配人们行为的本能力量一样,在表现历史人事中,你同样在传统理性准则以外追求着一种世俗的野性与温情,而造成这种风情的,同样有一种支配着人体生命的本能作用，否则我无法理解你能如此精准地写出岫云面对仇人白脸时的心理：

> 她记得是这个人让她成了寡妇，又是这个人毁了她的贞节。她知道自己最应该恨的无疑就是这个人。但是，就连岫云自己也不曾意识到，她最恨的，是白脸根本不把她当回事……

光是岫云与白脸的关系，你就利用各种人的观点作了多种解释，但哪一种也不及你自己的分析，这种分析已经超乎岫云的感觉之上，连她自己也不曾意识到，或不敢意识到。正是依仗了这种对人的本能力量的充分理解，你才有了武器足以与传统的价值观念抗衡，写出这一篇篇奇奇特特又自自然然的历史小说。

我想接下去应该转而谈谈你的《绿色咖啡馆》了。本来前面的冗长报告都是为分析你这篇新作而写的，我不知道那些描述是否能在你的创作经验中得到印证，但这不很重要，我只是想从你的创作实践成果中确立某种确定性的东西，以此来证实我对《绿色咖啡馆》的理解之不谬。

我不想把这个短篇称为现代《聊斋》，尽管你在构思上确有《聊斋》的痕迹——顺便提一下，我读你的小说，总觉得中国古典小说的审美形式对你影响极大，《死水》的构思得益于《红楼梦》，《状元境》等的构思得益于话本，而这一篇又得益于《聊斋》。——但我又觉得如果把这篇作品置于你整个创作道路上看，它又是前面一系列创作的自然发展，即使《聊斋》为其形式提供模子，也会结出如此一个果来。我在前面分析《死水》时曾提到，你在描写司徒与叶梦卓的时候，已经暗示了这一种可能性，在第一次见面时司徒就觉得和叶梦卓有些面熟，可是总想不起在哪里碰过面。这个疑问到小说结束也没有答案，或许根本就不会有这种可能。到了《五月的黄昏》你又暗示人活在世上应有一个完全属于他个人的秘密世界，这个世界是任何旁人无法进入，也无法了解的，但这个想法你没有明确地写，不过是通过情节的发展让人模模糊糊地体会到。然而在《绿色咖啡馆》中，你把这些想法糅合进你的艺术构思，它不是诉诸人的知性思考，不是诉诸人的悟性感受，而是以切切实实的形象，诉诸读者的审美感觉，于是你借用了《聊斋》式的故事结构，利用虚幻性和怪诞性来进一步表现你对生活的特殊感受和认识。

你以往的作品中，虽也时时有不涉理路的神秘，但叙事方式是写实的，非理性的因素都留在文字以外，而这一次，你却顾全到短篇形式的审美特征，避开对现实生活的摹写，直接由对人生的感受切入，表面上看，你写了一个人的一段奇遇——

活见鬼，你把对现实生活场景的逼真细节与虚幻的绿色咖啡馆里的神秘氛围巧妙地糅合在一起，使作品产生一种虚虚实实、真真幻幻、人人鬼鬼相交织的审美效果。但是，尽管在具体内容上你注入了现代生活的成分（如咖啡馆的意象），你的故事模式是老的，是中国传统形式的翻版。这也会给理解这篇作品的可能性带来某种危险，很显然，不少读者会因为它的荒诞成分过于陈旧而轻易放过了它所含的真正哲学意味，把它看作是一篇仅仅有趣的故事。特别是你利用作品中张英之口，特意地点出这个地段经常有撞死人之类的事件发生，纯属蛇足。

在现代科学精神的观照下，人的超验现象不再是绝对不能宽容的，关于人的生命形式转换的猜测一直可以追溯到古老的轮回之说，它出现在现代文学作品中也非新事（毛姆的《刀锋》即对这种现象作过有趣的描写）。但问题是超验现象本身不该放在经验范围中谈论，更无法作为经验中疑问的具体答案（如果更深入地说，语言文字本身即是经验的符号，超验现象无法用文字记录与叙述）。当这类现象进入文学世界，唯有它转化成某种特殊的语言符号——审美形态才可能产生真正的魅力，使接受者在审美层面上把它纳入自己的经验，正如中国旧戏中许多人鬼混杂的故事，也唯在这个层面上才施展出永恒的艺术魅力。从这个观点看，小说结尾时李谟在神秘女人房间里的"恍然大悟"并不能说明什么问题，精彩的倒是"绿色咖啡馆"在李谟精神上造成的恍惚、迷茫、神志混乱、白日生梦的种种体验，给作品蒙上一层神秘莫测的色调，它不但自始至终贯穿了作品，而且构成了作品情节的发展。换言之，它既是作品表达的一部分内容，又是作品的构思形式。在这个意义上，鬼故事才成为这篇作品的一个有意思的部分。

但无论如何，绿色咖啡馆究竟是不是一个幻象，神秘女人究竟是不是一种真实，都不是这篇作品最重要的部分。我说它不是现代《聊斋》指的也是这一点。小说更深刻的层面依然建筑在对人生的认知上。李谟拥有的神秘世界可以是一个象征，就如《五月的黄昏》中贾书记自杀而带走的秘密一样，它不过是从"生"的一面描写了这个神秘世界。它究竟存在不存在？这个问题只有对当事者有意义。小说开篇时一个细节写得很有意思：李谟眼睛看到了这座绿色咖啡馆，而他人则视而不见（或者说根本就看不见）。这个咖啡馆和这个神秘女人就是由于李谟的存在而存在的，这是任何一个外人都无法介入的世界。那个神秘女人与李谟的神秘感应也唯有李谟才能体会。这是一个纯属个人的世界。人们在日常生活中行动，总是依据各种外在标准知人知己，并没有认识真正的自我，所谓"问心无愧"不过是就社会理性规范的标准而言。一旦他脱离各种理性准则，真正进入我欲我行的时候，他一定会意识到这个自我神秘而可怕，难以解释，更难以驾驭。当这种自我意识没有转化成行为，只是悄悄地隐伏在人的理性之下，它将永远是一个令人痛苦又令人幸福的秘密。李谟的精神状态，正产生在这样一种生理的和心理的现象之上。

怪诞也是一种审美。如果它有助于人们在非理性的层面上认识人生和思考人生的话，它本身具有哲学涵义。你由写实转入写史再转入怪诞，正与现实、历史和哲学三级台阶相合。当然《绿色咖啡馆》只是一个新的尝试，但它不应该是一个孤立的尝试，优秀作品总是将历史感和哲学意味溶解到对现实的描绘中去，使三位成一体。这近于苛求，但于你还不算太高的标准，我相信是这样。拉拉扯扯，竟然成篇，也不知对你有没有意义。

陈思和于飞龙楼

初刊香港《博益》月刊第 19 期（1989 年）
原题为《在社会理性准则以外——致叶兆言》

致沈善增①（谈《正常人》）

善增兄：

"与君一席谈，胜读十年书"，这话真不假。那天与你聊了一个下午，心中一大团疑难终于解开。读了你的《正常人》以后，我一直踌躇着，想写点什么，又觉得下不了笔。其缘故是你在你的小说里玩了一个叙事圈套：你故意混淆小说作者与小说里的叙事人的身份，你使每一个读者，特别是熟悉你的读者，都相信这部小说是你的"自叙传"，小说里"正常人"的道路也就是你自己的成长道路，让人以为《正常人》是一部传统意义的教育小说或自传体小说。这样，我落笔写批评的时候不能不顾忌到，我对这部作品主人公的判断，很可能会超出一般艺术形象批评的范围。

所以，那天我们聊天时，我首先就是想弄清楚，你对小说中"正常人"持什么看法。当你说你是用批判的眼光在审视市民阶层中一部分人的生活方式，并力图以自己的生活经验为靶

---

① 沈善增（1950—2018），当代作家。代表作《正常人》，长篇小说，由上海书店 1990 年初版。

子来反省这"正常人"的困境时,我松了一口气。因为作者和作品里的叙事者"我"毕竟不是同一个人。要证实这一点很不容易,而划清这一点对解读《正常人》至关重要,它直接影响到对小说的不同理解与评价。

事实上,《正常人》应该有两个文本,一个是由你一个字一个字写出来的小说文本,另一个是由作品里的那个叙事者"我"(他没有交待自己的名字,只告诉读者,他有几个外号,如"老茄""阿末""小四眼"等)叙述的故事。但一般情况下,这类小说往往会通过特殊的"框架"来叙事,如屠格涅夫和莫泊桑惯用的短篇小说讲故事的结构,或如茅盾的《腐蚀》,借托一个人的日记等材料来叙述。《正常人》却与上述几种方式不同,你通过三篇叙事角度不同的序,不为人注意地偷换了两个"我"的视角,使两者融为一体。在第一篇序中,你是用全知的视角解题,告诉读者,《辞海》中没有对"正常"更没有对"正常人"的注释。第二篇序中,你采用了第一人称的视角,让自己亮相,你告诉读者:你很希望你就是小说里的"我",可惜的是你既没有"我"好,也没有"我"坏,但可悲的是你又是"我"。这句话说出了两层意思:一、你不是作品中的"我";二、那个"我"的故事中掺和了你的生活经历和性格内容。你是用自己的经验去塑造一个艺术典型。再结合第一、二篇序来看,你似乎想告诉读者,"正常人"没有现成定义,它不过是你个人对生活现象的一种认识,是一种创造,于是就有了第三篇序。在这篇序里,真实的你已隐去,留下的"我"是"贾雨村"言。当"我"津津有味地向读者泄露个人的隐私时,不管这隐私是否是你的隐私,也不管那个做梦的"阿爷"是否有过生活原型,这都已经变得不重要了,因为故事里的"我"已经开始讲他的"故事",我们只能把它看作一种艺术虚构。你完成了两个"我"之间的悄然过渡,甚至让人分不出这后一个"我"里面,到底有多少成分是属于你自己的,多少成分是不属于你自己的。

其实在任何一部小说里,作者都会投入自己的生活影子,但通常的情况是,作家在小说人物身上投入的仅仅是"神似"的影子,即精神的相通,而在"形似"的一面则完全加以改造了。你在《正常人》中的情况似乎相反,你强调的是"形似",在作品里那个"我"的叙述里,许多细节都让人相信非你莫属,而在"神似"一面,那个"我"却顽强地表现出自己的独特性,你不过是把那个"我"推得远远的,把他当作一个上海市民社会中的典型,用批判的眼光去审视。这样你不自觉地违反了小说的另一个创作法则:一般情况下,一部作品的倾向性是通过情节自然而然地流露出来,但情节本身无所谓倾向性,多半是借助叙事者对情节的描述把他的感情暗示给读者。在你的创作中,叙事者的"我"也就是作品中的"正常人",他叙事中流露出来的思想、观点和情感都代表了"正常人"自身的倾向性，而以此构成对"正常人"做出倾向性判断的，只能靠读者的联想与再创造。你作为作家，在这一点上至少是持消极态度的。

要不然我就无法解释，你怎会有这么大的兴趣去写"我"与邻居之间的炉子大战，怎会念念不忘小学生时代受到个别教师的不公正待遇。细节应该围绕着作品的主题而展开，即使是自传作品也理当如此。如果自传作家对个人的生活经验过于珍爱，鸡鸡狗狗的事情都要描述一番，那不但会使作品变得琐碎，也是自我意识缺乏的一种表现。就以前面所举的两个例子来说，第二部第一章的"炉子大战"，充其量不过是写出了石库门居民为争夺公用面积而表现出来的自私、狭小和斤斤计较，但即使这一点企图，在你的小说里也很难反映，因为"参战"的其中一方是叙事者本人，他的叙事语言和措辞，都使自己成为受委屈的一方，以便赢得读者的同情。同样的情况也发生在第一部第十章，那一章叙述了"我"念小学一年级下学期时，受到代课班主任程老师的冤枉加迫害，被撤下了"班主席"的职务。在我读到这样的细节时，恕我直言，我不能不产生反感，最初的想法是：沈善增怎么搞的，是把小说当作泄私愤的工具吗？再说，即使泄私愤也不该泄到这种琐屑的程度呀。你瞧，我也不能不犯这个错误：把小说中的"我"的叙述混同于作家的自叙，但很快我就省悟到，作品中这个胸襟狭小的"我"，不是代表你沈善增在讲话，而是你通过他的自叙描绘了一种大众的"正常人"的心态。一旦认识到这一点，上述两个细节的意义就改变了——它们究竟是否来自你的生活经历不再重要，关键在于"我"的叙事口气中流露出狭隘、计较、睚眦必报的倾向，活灵活现地绘出了你正要告诉读者的"正常人"的风貌。

这样我们可以说说关于"正常人"的含义了，我读了一些评论文章，对正常人的理解各有不同。就我阅读的印象而论，正常人是指上海市民阶层中的大多数人，但它不是一个意志健全的阶层。正如你在《正常人》第一部第一章介绍石库门房子时所分析的，石库门之所以有名，是因为它的居住者是整个社会中最叽喳的芸芸众生，他们鼓鼓噪噪，叫叫嚷嚷，时而如此，时而那般，结果有意无意中把属于他们的一切宣传成天下最中庸、最合理、最实际、最理想的东西。这段对小市民的概括有点诛心之论的味道，你描写的这种安分守己、自我陶醉，正反映了这个阶层是旧生活方式的既得利益者，他们没有勇气面对生活中一切变革行动，也没有迈向更广阔的天地去寻求新的生活方式的心理准备。他们所居住的石库门，从结构上说是"麻雀虽小，五脏俱全"，典型地象征了这一阶层的人们在狭窄而暗淡的环境中称王称霸、自鸣得意的可笑心态，因此，"正常人"只能是一种封闭状态下的连点香烟也怕烧痛手指的庸人。这种正常人是社会的基础，赖有他们存在才有社会的安定，但他们又是社会进步的惰力，他们永远随波逐流，永远对小利小惠表示心满意足，永远在阿Q精神的麻醉下吃得落饭，睡得着觉，而且睡着了也很少做美梦或噩梦，正常人的梦也应该是正常的。你在选择写这部长篇之前，对"正常人"有过深入研究和思考，因此"正常人"是理性的产物，你是用你的一部分生活经历作为鱼肉，在理性的刀俎下，它们已成为一道精心烩制的佳肴，这道佳肴的名称就叫"正常人"。

你的独特性还在于，你不是客观地描绘出"正常人"的生存状态，明确表达你对这类人的态度；你采用了一个正常人作叙事者，用他的口吻来叙述一个正常人的成长史。这个成长史是经过"正常人"用"正常"的思维过滤过的，所以通篇细节和议论，都充斥了一种对生活的满足感：这个"我"是市民家庭的温馨中畸型地成长起来的，他上学、下乡、上调、写作，终于成家立业，娶妻育儿，成为一名"作家"。他没有理由不满足自己的生活道路，踌躇满志的心态漾溢于言辞之间。譬如在第一部第八章"我"与"小木克"的对话，第二部中"我"在女朋友面前的几番卖弄，等等。还有一个特点是"正常人"的自叙并不十分真实地介绍自己，他虽然也星星点点地说到一些自己的弱点，但这些弱点中除了"怯懦"这一点多少触及皮肉外，其余的自我揭发都笼罩着良好的自我感觉，对自我的深刻认识都被有意无意地回避了。在长达三四十万字的两部自叙里,"我"对自己的描绘毕竟太完美了一些,不但没有任何"越轨"的事件,甚至连越轨的念头也被滤去了。在小说的序中,"我"煞有介事地叙述了一个"太阳梦"的经验,暗示自己性的成熟。可是在以后长达六年的时间里,这个主人公在男女之爱方面纯洁得像柳下惠,第二部一连写了四个女人与他的关系,除第一个庄丽曾激起他短暂的冲动外,对其余的三个异性(其中一个后来成了他的妻子),他几乎连激动都没有产生过,哪怕第一次与异性接吻时都是这样,这是很难使人相信的。十四岁不足就有性意识不算早熟,但总应该是重新认识自我的一个开端,可是引子与正文的性爱经验无法呼应起来。其他方面也是这样,这里就不用一一举出了。

胸襟狭小,自我陶醉,回避现实,都决定了作品中叙事人"我"的自叙不可能是客观的,他不过是按照一个"正常人"的思路,就他所能达到的理解程度向我们讲叙了他的生活历史。作为"正常人"创造者的你,却能超越这叙事视角,借助叙事人的口,客观地写出了一个"正常人"的思维特征、人生观念和生存心态。两个文本在这里同时发挥了作用:作为一部正常人自叙传作品,它并不成功,但作为一部塑造了"正常人"的小说,它又是成功的。——叙事人"文本"的令人不满,正是作者文本的成功所在。而且,你毕竟还没有完全把自己掩盖住,你在描写"我"的"正常人"心态同时,还颇费心思地写了两种持"不正常"生活观念的人,一个是同辈作家老龙,另一个是新生代诗人匡吉,这两个人物就像两个坐标,在他们的参照下比较出"正常人"的困境所在。

"正常人"在目前社会里是大多数。对正常人的反省并不意味着你已经有了改变他们的办法,你并不企望这一点,我也同样不企望。你应该承认,你在描写正常人的时候也寄予了对他们的一份同情,这同情是出于你对你自己的深刻理解。我们每个人身上,其实都有这种正常人的惰性,所以"正常人"毕竟还有许多生活片断是令人感动的。第二部第十四章写"我"在农场里赤膊出工和雪夜赶路的几段,第一部里写"我"将去农场时的几次遭遇,都是很好的片断。此外,第一部里的阿爷、阿娘写得好,第二部里的洪流写得好,这早有评论家评定,这封短信里写不尽那许多,就此罢了。

思和

1990年10月15日午夜,写于太仓坊

初刊《文汇报》1991年2月13日

原题为《在两个文本之间——读长篇小说〈正常人〉断想》

致陈幼石[1]（谈竹林[2]的小说）

陈幼石先生：

大札已拜读。你在信中对竹林小说的评价，勾起了我的一些想法。你问我："在现代意识中竹林的作品有没有什么代表性？抑或是你觉得她写的那些小虫、小女，不登历史之大雅之堂，故此不值得提上文学批评的高度来讨论？"这些问题本该是可以深入讨论的题目。可是在你访问中国期间，你忙，我也忙，一直没有能够坐下来认真地聊聊。现在你已经回国了，我想答应朋友的事还是应该兑现的，所以就利用这封信，简单谈谈我的意见。

近一个月来，我断断续续地读了竹林的几本小说集，虽然跟你"用心看完了二百万字"的努力相比是微不足道的，不过我想我也许能够回答你的第一个问题了。在新时期文学所表现出来的各种各样现代人的困扰、痛苦和追求意识中，竹林小说

---

[1] 陈幼石，美籍华人学者。
[2] 竹林，原名王祖铃，当代作家。代表作有长篇小说《女巫》。我这里讨论的是竹林早期的小说作品。

是应该有其地位的。她的地位不是来自她以特有的妩媚柔软的文体写出了富有江南水乡气息的农村生活，也不是因为她生动地描写了江南农村的风景或小动物——在这些方面，竹林自有她的成绩，但她对新时期文学的主要贡献，我认为是提出了女性在中国这块古老土地上的命运。这个命题，也许如同昨天一样古老，可是竹林赋以它一个现代人的感受。说来凄凉，竹林在小说里所表现的这种感受，由于被裹在极其传统的主题里而难以引人注目——中国新时期文学中女性文学的成就是那么的辉煌：爱情是不能忘记的，婚姻、道德与爱情之间没完没了的纠缠，以及知识女性在现代社会中的孤独感等等，都曾经被一些女作家出色地描绘过。一位传记作者把这些主题归纳为几句非常点题话："做人难，做女人难，做名女人更难，做单身的名女人，难乎其难。"这话几乎概括了新时期女性文学的最主要的特征。然而竹林却远远地离开了这些充满现代人喧哗与骚动的世界，她一头扎在古老的、非常"土"的环境里，写着一些丝毫也不为现代人所注意的，当然也丝毫与"名女人"沾不上边的女人的遭遇。她们的遭遇在这里——

他像一头暴怒的公牛,呼哧呼哧地喘着气,用力扯,用力拉,用力推揉着一件一件地把她穿的衣服脱去,外衣、内衣、长裤、短裤……脱下一件就团成一团,塞到自己的枕头底下,她的衣服已被剥光了,就钻进了被窝。于是,他急不可待地向她扑来,一把掀开了被子……他的手滑下去,滑到了她的胸前,开始拧她的雪白的肌肤,还用指甲掐,不知什么时候他已经骑在她的身上,就好像骑着一匹马,或者一头牛那样。他把她置于自己的跨下。他骑着她,呲着一口白牙,嘴里发出低沉的吼叫,两只手乱拧乱掐,不管前胸还是后背,胳膊还是大腿,凡是能摸到的地方他都要拧,都要掐,一边拧够了,他就把她翻过来,再拧另一侧……于是就问:"你痛不痛?痛不痛。"

这是《昨天已经古老》里描写一个双目失明的"劳模"对自己妻子的作践,而这个人同他的妻子从小是青梅竹马,并且也深深地爱着她。我觉得竹林在这里触及到一个比较深的问题,它甚至使我想起了台湾女作家李昂的《杀夫》。我们常常说过去中国妇女被四大绳索紧紧束缚着,而通常文学中所表现的封建夫权,无非是指妇女在夫家的受制地位,很少有人从性压迫的角度来展示夫权对妇女的迫害。竹林在描写中国农村妇女命运时,富有独特的女性视角,她从丈夫虐待妻子这一现象中思考了一系列农村妇女的地位:为什么丈夫要这样虐待妻子?是因为他变态地爱着妻子,无端地怀疑她有外遇。为什么丈夫敢这样虐待妻子?是因为他是"劳模",是"英雄",他背后还有着当大队党支部书记的"娘舅"。更何况村里的农民们也认为,"这样"的妻子就应该"管得严一些"。尽管竹林揭示的仍然是农村妇女在社会上、文化上的受制地位,出发点却是从纯女性的问题开始的:妇女在两性生活中的受制地位。这个问题的出现,我认为是把目前停留在婚姻、道德、爱情的纠缠中的女性文学向深处推进了一步。

这个问题由竹林提出,我想是有其必然原因的。我发现,竹林的小说从《生活的路》开始,无论长篇、中篇和短篇,都反复围绕着一个母题:性暴力对农村女青年的摧残。它最初是表现为农村落后势力奸污女知青,继之又表现为一般农村女孩子受到性摧残,直至《昨天已经古老》,表现出丈夫对妻子的性压迫——这篇小说所表现的夫妻关系是合法的,但是在一方不愿意的情况下,另一方使用暴力的性行为实质上与强奸无异;而表现妇女在这一范围内的受压迫现象,可以牵引出一系列的问题:妇女如何在两性关系上追求真正的平等和尊严?性道德与婚姻道德之间是怎样一种关系?在性关系中,中国妇女究竟处于什么地位?虽然竹林的小说没能回答这些问题,可是她已经把这个历来被传统道德盖得严严实实的现象捅了出来:在她的作品里,性暴力行为已经不是一种可有可无的细节,而上升成为一种象征,成为通篇作品的中心,她的小说中一切文字描写,似乎都是为着它来铺陈的。

竹林在触及这个现代女性敏感问题时,她丝毫也没有把它当作一个新课题提出。她的小说从来没有孤立地表现过这一现象。她把性暴力看作是中国农村封建化中的一种野蛮象征，它又是与一定的社会因素联系在一起。在她的笔底下，性暴力的承担者总是一个固定的社会符号，或者是这种符号所派生的一些从属性符号。这就使她的小说在社会批判方面的意义要大于对女性问题本身的探讨。譬如知青文学中，我至今还是认为在揭示知青上山下乡运动的反历史反文化的问题上，没有一部作品能在深度上与《生活的路》相比。它描写知青下乡的悲剧性命运，丝毫没有羞羞答答地把其归罪于某种外在的原因（叶辛的《蹉跎岁月》就犯了这种毛病，把知青的受罪归于反动血统论），也没有用伪理想主义的豪情来编造虚假的英雄气概。它以一个弱女子的生命被摧残，毫不留情地揭穿了在这场所谓的"接受再教育"运动中，农村封建、愚昧、落后的文化是如何摧残刚刚受到现代文化教育的新生一代的。这里的性暴力行为，正是这种摧残的总体性象征。她以后的小说中，虽然主人公的身份屡有变化，但基本的象征意义没有变，所有被摧残的青年男女，总是接受过一定现代文化的教育，为农村传统文化势力所不容。因此，在一个时期内，竹林的小说在社会上曾发生过相当大的意义。

但这也似乎带来了她的创作上的局限：人们对文学作品的价值判断是多方面，除了具有特定历史下的社会批判的意义以外，还需要能够展示出更为普通的人性与人的命运问题，需要能展示出较为稳定的文化现象，以及展示出作为文学作品本身最为重要的特征——艺术的审美效能，等等。并不是说竹林在这些方面完全没有注意到，但也应该承认，我们在她作品中主要感受到的是对农村封建势力摧残青年男女的罪行的控诉。这些思想并不陈旧，而且也应该得到很好的表现，然而竹林在这些传统主题的表现上，无论深度或力度，都未能对"五四"新文学以来的传统有创造性的突破。相反，她在女性问题上表现出来的新鲜而富有启发性的感受，却被套在传统主题之中隐隐地显露出来，不但引不起读者的重视，或许连作者本人恐也难以自觉地注意到这一点。

讲到这里，我似乎可以转入到你提出的第二个问题了。在你的语气中，仿佛有责怪评论界对竹林小说的技巧不够重视之意。我想就此谈谈想法。——当然，只是我个人对你所提出的问题的一种解释。——我想还是接着上面所谈及的竹林在创作上的局限谈下去。我读了竹林的一些小说以后，发现一个问题，竹林虽然最早揭示出性暴力行为对青年女性的摧残，可是在相当长的时期内她却没能在这个母题下创造出更新的境界。性暴力所象征的内涵在她开始创作的第一步，就像一场噩梦那样久久缠在她的心头，她急于揭露它、控诉它……渐渐地，在旷日持久的作战过程中，她不知不觉地成了她的对手的俘虏，她无法摆脱它,她显然是被它吸引住了,包括她的全部创造性的思维能力和艺术想象力。这就使她的作品在主题内容上缺乏变化,而且在艺术构思上,也常常重复自己,这也使她对自己所具有的一些新鲜的想法也失去了新鲜感,而往往一动笔则落入一些陈旧的模式之中。

你在信中极力赞扬竹林的文笔,这我同意。竹林有些写景、写动植物的片断确实非常优美,而且富有感情。但是对一部优秀作品来说,文笔优美的片断不具有独立的审美意义,它唯有与作品的艺术构思达成有机性的统一,才能显示出总体性的价值。竹林有些短篇构思颇佳,如《蛇枕头花》中关于蛇枕头花的描写使作品在现实内容上蒙上了一层寓言色彩,相当精彩。可是在竹林的一些份量比较大的作品中,构思上的弱点就很明显了。我可以举两个例子:一、长篇小说《苦楝树》中,如果以苦楝树为意象来着重刻画一个错划富农的儿子泉根的遭遇,可以说是有意思的,但作者为了强调封建势力的威力,不惜用很多篇幅去写金铃姑娘被大队支书逼婚的经过,这本来已流于一般,更不堪的是后半部分平地编造出个老干部来主持正义,又让老干部的儿子来充当金铃姑娘的情郎,长篇的现实主义风格被破坏了,"苦楝树"的意象用得再好,也无助于作品。二、中篇小说《昨天已经古老》中,金元深深爱着妻子,因为工伤造成双目失明,在心理上产生一系列变态的现象,这本来是可以相当深刻地揭示出人的深层心理世界，展示出生理变化给人带来的复杂的心理变化。可是作者仍为了强调那个"封建势力"，把一些很好的机会都轻易放过了，结果使人物只能在一些浅层次的寻死寻活中兜圈子，又一次重复了她自己过去的作品。

因此我想，竹林的创作似乎到了应该跳一跳的时候了。批判目标不变是可贵的，但批判的武器经常换换，批判的角度经常变变，是有利于在批判中提高自己，发挥自己优势的。竹林是一个很有才华的女作家。她的创作潜力还很大，还没有充分地发扬出来，如果她真能认真地总结一下自己的创作得失经验，也许，过几年我们就当刮目相看了。

以上看法，均不成热，或许不能使你满意，只好请原谅了。

陈思和

初刊《当代作家评论》1987年第5期
原题为《文学书简二则，之一：致陈幼石》

致卢新华①（谈《米勒》）

新华兄：

《米勒》在《江南》杂志上刊发，我又匆匆看了一遍，这已经是第二次阅读了。前几天收到短信，得悉这部小说在海外华文文学圈里颇得好评。真心为你高兴，祝贺你。我私下里认为，《米勒》在你个人创作道路上具有"里程碑"的意义。已经有读过这部小说的学生告诉我，他们读后感觉很好。他们问我的看法，我也用刚才的评语回答他们。我太熟悉你的写作风格，论时事不留面子，砭锢弊常取类型，这是我们在大学读书时共同受到的教育，而在你的创作里，这居然形成一种硬派风格，忧患意识和批判意识是贯穿你创作生涯的主旋律，"紫禁女""龚合国"，都是直截了当的明喻和反讽。但是在最新这部作品里，"米勒"究竟象征什么？弥勒佛？未来世界？人生理想境界？我都没有想明白，也许根本不用我去想明白。这就是这部小说的最大特点。我说的"里程碑"也是指这个意思："取

---

① 卢新华，当代作家，"伤痕文学"的首创者。其中篇小说《米勒》，初刊《江南》2021年第6期。

类型"依然是用典型化的创作原则,但未必就是为了"砭锢弊",反倒涂抹了理想的暖色;论"时事"也不是横眉冷对,反倒流露出理解的温情。这大概就是你在小说中塑造的那个"大神"的力量所赐:在追金狂欢中夹杂着理性的些微声音,在萧瑟寒风中携带一分春的安抚,在满地旋转的病态枯叶中也看到一簇青色小草,在新冠病毒肆虐吞噬生命、人性的贪婪嗔恨愚昧泛滥滔天的当下世界,你让人们感受到一丝似来自天界的精神慰藉。——当我对你说出这些话时,我此时此刻,心里还是满溢着感动。如你在小说中说的:许多冰还是会融化的。人心亦如此。

《米勒》是你在加州疫情期间完成的。这部作品凝聚了你对人类灾难的思考,但又不在表象层面上着墨,你思考了人类的生与死、苦与灭、达与穷的辩证关系,这是人生的大问题和大境界,你碰触到了,好像是无意中的碰触,好像与病毒之灾无关,却又有着千丝万缕的牵攀。回顾你的创作道路,似乎都是在现实灾难的刺激下开始你的思考与创作:面对"十年浩劫"的灾难,你思考的是精神"伤痕"问题;面对百年中国的灾难,你思考的是痛苦与解脱的问题(以"石女"为象征);现在你面对新冠病毒带来的灾难,思考的是生死、苦灭和人世间解脱苦难的问题。你思考的层面越来越抽象,你塑造的艺术形象也越来越丰富,我无法清晰地把握米勒具体所指的现实内涵,但是这个形象能够隐约显现出你面对当下人类生活的严肃思考和探索。

为什么我一再强调我对米勒这个人物缺乏完整的把握能力？因为我是一个世俗中人，我只能把握现实层面的意义，至于你在米勒身上赋予的精神素质，是你对人生哲学、宗教的完整思考。我缺乏这方面的学养和常识，所以我只能解读米勒的半张脸，即他展示在世俗相的那一半。你在小说里把自己以及你的家人都写进角色，营造了一种"非虚构"的氛围，但米勒应该是虚构的，是你的某种理念的产物，你把米勒的名字作为小说的题目，是要通过小说来传达你的某种人生理想。米勒谐音"弥勒"，象征着未来世界。小说里无漏老和尚说了一句话，他对米勒说："燃灯佛住世时，你就开始修炼了。"燃灯是修过去的佛，释迦牟尼是修现世的佛，弥勒是修未来的佛。老和尚这句话，说米勒是从"过去"开始修到"未来"，但"现世"不是"未来"，所以，老和尚接着说："一直有因缘打岔和干扰，以致你至今一事无成。不过，你当成就在今世。"前一句好理解，弥勒佛是未来的佛，在现世他的胜业不会完成，"终以一事无成"说得过去，然而"今世"仍是现世，因此他仍然"成就"不了，只是老和尚求徒心切，未免打了诳语。当米勒跟随老和尚苦修十三年后，在十七岁那年终以"漏"破了"无漏"修炼，老和尚最终领悟：佛力总是大不过业力。于是他圆寂了。"无漏者，名无漏也。"这是无漏大师的最后遗言，以此推理，米勒者，名"弥勒"也。在英语里，"米"和"弥"在声音上无法区别。真实的故事，就是一个叫做乔森的柬埔寨乡村教师的孩子，四岁时被老和尚收做徒弟，苦修"无漏"法门，最终失败了。老和尚绝望往生，小和尚顶了"无漏"之"名"继续修行。

那是无漏故事的第一阶段，那时乔森还不叫"米勒"，仍然是一个"无漏"法门的修行者。故事的第二阶段随着自然人性和佛教修行的激烈冲突而展开。老和尚去世以后，戒律约束仍然存在，小无漏和尚一边是朝夕相伴、倾心相爱的图图姑娘，一边是"无始宿债""永脱诸漏"的苦行修炼，意念与肉体冲突不可缓解，导致和尚走极端苦修法——燃指自毁，用对身体的惩罚来抑制欲念，这不仅仅是自我惩罚，也是迫使图图姑娘断念。这一章你写得特别好。和尚的故事是被叙述的，你没有正面描写和尚断念的心理痛苦，却是用和尚的极端疯狂行动反衬出女性图图的痛苦，一石二鸟。图图是因缘，也是和尚修炼的业障，无漏为之而漏，终于破法，功亏一篑；再有为了图图与吴怀宇的情事，小无漏无辜被牵连，导致了间接杀人，被迫出逃。他这一逃，其实是逃离"无漏"法门，也逃离佛教的殿堂，从此他游走世界、浪迹民间，在世俗生活里践行佛法。就是在这个漫长过程中，"名无漏"逐渐转化为"名弥勒"，他的外形，也逐渐接近弥勒菩萨千百亿化身中的一"相"——笑口常开、善结人缘的"布袋和尚"。

讲到这里,我不能不插入对吴怀宇这个人物形象的分析,否则就无法深入到无漏的内心世界。从佛教的角度来看,吴怀宇属于执迷不悟之辈,集贪、嗔、愚三大孽障于一身:身为革命者贪恋女色,就是欲孽;得到了图图之爱还无端排斥无漏,欲加害之,谓之嗔恨;迁怒于寺庙,以毁佛而自毁,这是愚昧。但从世俗标准看,吴怀宇并不完全是一个反派人物。他投身印度支那革命和爱恋图图,都是出自真心;他毁佛像,虽然动机不纯,却勇气可嘉。这个形象本来很简单,但在你的双重视域的刻画下变得立体而且复杂。你在小说中说了一句耐人寻味的话:"她(图图)觉得吴怀宇和无漏其实很相似,他们信了一种东西,要追求一种东西,便无所不用其极。"也就是说吴怀宇与无漏有相似之处,他们都是有信仰的人,都是偏执的人。吴怀宇在信仰与爱恋之间选择爱恋,顺从了人性;无漏在两者之间顺从了信仰而放弃爱恋,抑制了自己的情欲。图图在恋爱中的感受,既是敏感的,也是片面的,凭着女性的直觉,她在相守无漏和爱恋怀宇之间做选择,最终是依随了人的本性和欲念,选择了吴怀宇。那么,无漏与吴怀宇在情欲对峙中究竟持什么态度?毫无问题,吴怀宇嫉恨无漏导致了毁佛像之祸,然而无漏对吴怀宇是否也心怀嫉恨呢?你虽然没有去正面碰触无漏此时此刻的内心世界,但你写出了你非常独特的思考。当吴怀宇被佛像砸死之后,无漏深深自责:"他心里就很有些后悔,觉得不该说那番搬起石头砸自己的脚的话。虽然潜意识里他也曾希望佛能显一些神通，给不信神常常自称是唯物主义者的吴怀宇一个教训，可他绝没有期待过要以这样极其血腥的方式来结果他的生命。"这里你使用了"潜意识"这个词，但是一般的潜意识，无漏是无法明确意识到的，他期待佛能够显灵给吴怀宇一个教训，仍然是意识中的一闪念。那么，真正的潜意识的期待又是什么呢？那一定是比他意识中的期待更加黑暗，超出了他主观的自觉与愿望，连他自己也害怕碰触到的。进而分析，石雕佛像砸死吴怀宇本身也构成了一个悖论：这个石雕佛像究竟是否真通神灵？如果佛是有知的，那么这样的报复是否符合佛的本意？这个问题类似天问，在信仰有神论并为之苦修的无漏和尚心里，一定会掀起轩然大波。你虽然没有有意识地写出这个信仰的危机，但是从故事后来的发展中看，两个"相似"的人在这场毁佛像之祸中都脱胎换骨了：一个死亡，一个走向了新生。

于是就有了无漏故事的第三阶段。在小说里，你并没有具体描写米勒周游世界各国的经历和遭遇，一出场就亮相在美国洛杉矶卡莫司扑克牌赌场。这是你第一次把赌场发牌生活写进小说的场景，你写得好精彩！热气腾腾的疯狂场面、乱哄哄的声音、形形色色赌博者的神态，让人有身临其境之感。你就在这样的金钱欲望世界里让米勒登场了。他似僧非僧，似赌非赌，他超凡脱俗，以散金而广结善缘；他也有感性的一面，面对女性动情地表达对图图的思念；他似乎居无定所，一辆破车代替芒鞋而云游天下，以乐天的笑容化解人间苦难；他以布袋和尚的外形，化身为财神菩萨，迎合俗世人们梦想发财的愿望，自己却一无所有。他已经不是端坐在莲花宝座上指点迷津的高僧大师，而是化身在千万人众里，成为普通民众的一员，以乐观的人生态度，"给人信心，给人欢喜，给人希望，给人方便"。这与他以前把自己封闭在小寺庙里做一个燃指毁身、抑制人性的苦修小和尚判若两人。在价值混乱、万物异化的当今世界里，如你所说："大道常在污浊低洼之处，高人亦很少居于尊位。"米勒这个人物从苦难与偏执中走出来了，走到了民间的广阔世界，藏污纳垢中闪烁着人生智慧。

假如没有小说第十六章兄妹相会和米勒涅槃的故事高潮，我一直把米勒理解为一个历尽苦难而后还俗为普通劳动者的"高人"，寺庙生活只是他以往人生的一段经历，为此，我在读到你描写赌场中的米勒头顶围绕着光晕的文字，还以为是你在故弄玄虚呢。但是有了兄妹相会这一章节，我反反复复读了好几遍，想来想去，想不出还有比"涅槃"更好的结局。这个片段出人意外，又在必然之中。一个七十三岁的老人，遇到突如其来的大悲喜的刺激，完全可能突发疾病而亡，因此在现实层面这个故事仍然是成立的。但鉴于他前半生苦苦追求解脱苦难之道，灭绝欲念，终于在后半生云游天下中获得生命真谛，走向涅槃也是可能的。你是这样描写：

> 米勒也摘下脸上的口罩，然后对她点了一下头，耳语般轻描淡写地说："我知道你今天会来。"
>
> 那声音很轻很轻，稍不留神就会滑过去，我和妻子听了都大吃了一惊，妻子更是脱口而出："她是谁？你认得出来吗？"
>
> "她是谁我怎么会不知道？闻也闻得出的。不过，早上起来就有点不舒服，差点来不了。"他说，两眼重又看向图图，那样淡定，那样从容不迫，那样深邃，但也那样空洞。
>
> 图图听了，眼泪再也忍不住夺眶而出，抿紧的嘴唇也终于露出一条小小的缝隙。
>
> "哥——"她哑着嗓子喊了一声，缓缓地跪倒在地，双手抱住他的双腿，头埋到他的双膝间，身体剧烈地一起一伏地啜泣起来。
>
> 米勒却似乎没有任何反应，依旧保持着原有的姿势直直地坐着，一副如如不动的样子。但过了一会儿后，他还是抬起右手，在她的头上轻轻地摩挲起来，很像是在抚摸着一个婴儿，也像是在以佛教密宗的仪轨给她灌顶。
>
> 有路过的人不明就里，这时都停下来驻足观看，他也不以为意，继续那样慈蔼地微笑着，摩挲着……

"不管怎么说,这一定是个高人。"这是你在描写米勒初现赌场时说的话,现在写到他的往生过程,米勒已经完成了由"高人"向"高僧"的升华。于是你继续写道:"我在《高僧列传》中常读到这样的故事,高僧心中没有死,也没有死这样的概念。空有不二,生死不二,那是圆寂,是涅槃……"唯有这样理解,米勒的生命历程才能圆满。米勒之死也就是一种叫做涅槃的解脱,或者说,他是超越了生与死、苦与灭、达与穷的界限,进入了永恒的境界。

……

好了,我今天上午开始写这封信,已经整整写了一天。现在天色已晚。我本来以为可以完成对米勒这个人物形象的解读,阐述一个普通村童如何由无知进入佛门苦修,又如何由偏执迷狂中醒悟过来,走出寺庙,在民间世界的漫游中完成由"高人"向"高僧"的转化与升华。但是且慢,当我把这封信从头读了一遍之后,还是感觉到有什么不妥的地方:米勒的形象真的呈现出那么圆满的境界吗?似乎也不对啊,但是我无法做出进一步的解读。这是我必须向你请教的:你在小说一开始,作为楔子是这样引出米勒这个人物的——

有一天,我忽然梦见他,浑身滴着水,像尊雕塑,立在云端。

令人不解，为什么梦中米勒浑身滴着水？因为"水"的意象在你的著作里是有特殊含义的，"财富如水"是你的一本著名随笔集里提出的概念，在这部小说里，你又一次提到这本随笔集，而且明确地告白：《财富如水》的写作正是受到米勒的启发。换句话说，后半生的米勒，是传布"财富如水"观念的人格化。你在小说里描写赌场场景里也写到了"水"："桌上的一枚枚固态的筹码在我的心目中忽然会变成一滴滴的水，而那一摞摞的筹码则变成一汪汪的水，眼底铺着绿丝绒的牌桌则成了一个个财富的荷塘……赢家和输家们走马灯一样换来换去，给我最直接的感受却是牌桌上的筹码在流来流去……"这就是财富与水的关系。水是柔性的，流动的，变幻无穷的，逝者如斯的。这与"浑身滴着水"的米勒形象究竟构成了什么关系？这似乎与永恒的涅槃之境构成了矛盾的意象。你究竟是想说什么？

关于这部小说，还有很多话想说，却被刚才突然产生的问题所打断，一时竟写不下去了。还是打住吧。等待你的意见。如有时间，我们以后可以再讨论下去。匆匆，即颂

撰安

思和 敬拜

2021 年 11 月 28 日星期天

第三辑

谈散文

致穆涛[①]（谈散文）

穆涛兄：

承寄来第五期《美文》诸稿，有不少篇章让人耳目一新。但是，我实在不是散文领域的"专家"，把脉也是把不准的。长久以来，我一向不对散文创作发言，也不研究散文创作，其原因就是觉得散文是一种难以批评的文体。比如说吧，对于小说，我们可以要求它的人物性格鲜明，故事情节可信，逻辑结构合理，等等，可是当一部小说的人物故事情节结构这些要素都被淡化的时候，我们往往就会说：这是一部散文化的小说；也就是说，小说引入了散文的艺术特征就可以不讲究人物、故事、情节、结构等因素了。同理，创作诗歌要讲究韵律，如果是不合韵、口语化的诗歌，我们通常也称作是诗歌的散文化，比如过去学界对艾青的诗和戴望舒的诗都有这种评价。再同理，如果一部戏剧的结构不是那么严谨，剧情不是那么激烈，角色的性格不是那么冲突，我们也可以

[①] 穆涛，当代散文家，《美文》杂志副主编。

称之为散文化的戏剧。这是为什么呢？这与散文本体的审美特征究竟有什么关系？我的体会是，所谓散文化就是"化"掉了别的文体样式的主要审美特征的因素，使其淡化，淡化到了一种文体特征不甚鲜明的程度，那就是进入了所谓的散文境界。如果这样的理解是成立的，那么在我看来，散文的艺术特征与生俱来的有一种消解性的艺术作用。虽然我们现在可以把所有的非虚构、非韵文的文体都归为散文，也可以在散文里在分出杂文随笔、报导文学、书信日记、序跋札记等不同文体，但真正的艺术性的散文，人们还是有公认的标准，那就是艺术上能够产生消解性的审美作用的文体。散文将消解一切精神上的束缚和规范，越是能够天马行空似的自由驰骋，就越具有散文的艺术精神。这就是我所感到的，批评散文是一件勉为其难的事情。

散文虽然很难在艺术上有公认的标准，但仍然是有束缚、有规范的，至少在空间上就是一个限制。散文篇幅不宜太长，太长了人们读了就会觉得空洞，这与小说依靠故事情节、诗歌依靠音韵旋律不一样，反映了人们阅读活动的不一样的精神需要。一般来说，阅读是一种精神集中的思维运动，需要有一个支撑点吸引注意力，正如人们看一场电影两个小时不会睡着，如果眼睁睁看着天空，两个小时无论如何也支撑不下去。读好的散文应该像是在空中飘翔的云、在海底漫游的鱼，大千世界都在身边美不胜收,却一样也抓不住,都在漂浮中感受美。语言是美的载体,在散文里,语言不是用来表述确定性意象,比如一段意义鲜明的故事或者性格鲜明的人物,而是用来描述一种追忆形态的事物细节,它的意象就变得模糊不定。我们在本期散文里也可以读到这类文字,追忆性的文字往往是散文艺术的重要特征。以思想见长的散文也是这样,深刻透彻论述一种思想并不是散文的任务,但是仿佛在意到笔随中融合了思想的片断或感受,才是散文中的思想。在这个意义上,我以为散文该短就短,不必强求清晰,艺术上的卒章显志才是散文的败笔。

网络文化将对散文创作产生什么影响,现在还难以断定,本期的散文专号中也看得出编辑的用心。我想在网络写作中,包括所谓"博客",目前都还呈现出初期阶段的朦胧式的自由状态。所以它有部分特点(如消解性)是合乎散文所追求的自由精神。但是,在中国这个奇异的地方,网络写作也很难说会朝什么方向发展。而且,任何文字形态,一旦为了给人阅读,就很难说是绝对的自由了。但至少在现在,散文创作及时吸取网络写作成果是有意义的。

再过两个多小时我就要上飞机,无法再写下去,还想具体分析几篇散文作品,来不及也就算了,不知道这些意见是否符合《美文》杂志的需要。

向平凹兄问好。

思和 敬拜

2006 年 4 月 7 日

初刊西安《美文》2006 年 5 月号

原题为《关于散文问题的一封信》

致吴秀坤①（谈"中国潮"报告文学征文）

秀坤兄：

你好。

今年《钟山》第一期已读。两篇"中国潮"征文，还有史铁生、莫言的小说，都觉得有意思。尤其是征文的两篇报告文学：一篇是写当代大学生——天之骄子，代表着未来的希望；另一篇却是写当代娼妓——既现代又古老，联系着几千年人类的耻辱。你们把当代生活的两种极端构诸同一个专栏，由两端看中国，显现了编辑对当代生活相对深广的认识。"中国潮"大张旗鼓地涌上文坛，据说是"为壮改革之潮声，为奏出时代生活的主旋律"。你们劈面推出这样两个反差强烈的作品，令人击节三叹。

我更感兴趣的是这两个作品的表现视角与形式，它使我想到了当前纪实体作品的一些值得探讨的问题。这些想法在我脑中盘旋已久，现在就趁读这两个作品的机会，一并谈出，就教

---

① 吴秀坤，作家。时为《钟山》杂志编辑。

于朋友。

还是从这两部作品谈起。

张晓林、张德明两位合作所写的《中国大学生》,写的是复旦大学的故事,我感到亲切是自然的事。虽然他们所写的大学生咨询科技开发中心的故事,只是当代大学生中很少的一部分,但这些学生中表现出来的强者意识以及对社会积极介入的态度,又有相当普遍的意义。可以说,这个报告文学写的是一支强者的歌、未来的歌。

庞瑞根的《沉沦女》则是从另一个极端反映社会——卖淫的现象。关于这个题材,文学创作有着悠久的传统,尤其是在通俗文学流行、连古代的名妓都被一个个重新扯出来作为生财手段的今天。但我欣赏的是作者把这个题目处理得毫无脂粉气,作者注视着社会底层的卖淫现象:那些当代娼妓们,多半出身贫苦,有的是农民、船工,也有的是城里捡破烂的、洗衣服的、开小饭馆的,贫困和愚昧始终包围着这一类人。看着她们的遭遇,我的思绪几次飘移到法国作家左拉笔下的那些龌龊可怕的下层人们的生活故事,这里没有才子佳人温情脉脉的言情风格,只是将人间羞耻的标记用极端的形式反映出来。联系上一个作品,它们的各自极端的倾向性,展示出生活中的崇高、理想、奋斗与耻辱、沉沦与堕落。

读了这两个报告文学,首先我感觉到,作者在创作中都倾注了比较强烈的主体意识。你一定注意到,在这两个作品中,作者都是以采访者的身份出现在作品中,参与了采访事件的调查、评价以及思考。他们都以生活目击者的眼光,通过议论形式来参与读者对这两部作品的探讨和思考。《中国大学生》中,最后设有一章"教育启示录",谈了许多关于教育工作的弊端和值得重视的情况,看得出作者的材料很充分,不是长期搞教育的人无法有此体会。在《沉沦女》中,作者讲了七个娼妓的故事后,最后一章谈了自己对卖淫现象的研究。它们都具有一种调查报告的特点,把作者的思考、研究结果与具体采访的形象性材料糅合在一起,表现出作者的主观倾向。也许这正是纪实体作品与一般小说的区别之一。在小说创作中,作者的倾向性通常是愈隐蔽愈好,然而在纪实体作品中,政论性的因素不仅被允许成为整个作品结构的一部分,而且是显示作品深度不可缺少的部分。由于纪实体作品取材多是生活真实事件的原生态,它必然是琐碎的、自然状态的,不能像小说那样经过艺术加工提炼,使之典型化,把许多思想都融化到细节的描写中去。要使这些材料上升到理性的高度,成为一个综合的有机体,只有依靠作者的缀合。如这两个作品中的讨论部分,要是插到任何一部描写大学生或者娼妓的小说里去都会显得不合适,可是在报告文学中,如果缺了它,那作品中所写的大量材料便都少了依托,难以达到现有的深度。

当然,外在的议论还仅仅是作者主体意识的一种体现形式,在纪实体作品中,主体意识还体现在更为深层的部分,即作者在表现视角上的选择。在这类作品中,作者并不是以纯客观的态度去描写生活真相。所谓纪实体的真实性,我的理解是除了它所反映的事件、人物、地点在生活中实有以外,主要表现在真实地记录采访者面对事件的所闻所见,更准确的说,它仍然是一种主观的真实。采访者对生活的理解,往往支配了他对采访对象的选择,以及采访过程中对被采访者的暗示和诱导,他最终所能揭示的,仍然是渗透了主观精神的图像。显然这种视角的选择本身即反映了主体意识的渗透,而且在这种主体意识的暗示下,被采访者也多少迎合了这种要求。我们在作品中看到,潘皓波、邵翼、余魅等人的自述,实际上都带有某种自我塑造意识,他们强调自己在某一方面的特长,留下了当代大学生的强者形象。同样在《沉沦女》中,我们也能够在作者的采访实录中看到这种暗示的影响。文学中的娼妓描写不外是两种态度:一类作家是怀着人道主义的真诚去描写这种现象,他们总是把描写对象置于被侮辱与被损害的地位,以深切同情的立场来为她们控诉和伸张正义(如库普林的《亚玛镇》),或者是美化她们,歌讴她们,把娼妓当作天使,揭露制造卖淫现象的社会的罪恶和不义(如雨果的《悲惨世界》);另一类作家则是以玩世的态度去接近娼妓,他们对娼妓现象本身并不怎么愤怒和同情，而是着眼于她们作为一个女人所展示出来的某些心理特征（如韩邦庆的《海上花列传》）。这两种态度，通常前一种更加能够赢得我们的共鸣。早在"五四"时期，周作人就把这两种态度分为"人的文学"和"非人的文学"。我在几年前写作的一篇《亚玛镇》和《海上花列传》比较论的文章，也是袭用了这一观点。现在看来这多少有些片面，因为在前一种态度中，作家先入为主地将描写对象置于一种被人可怜的地位上，不管是否自觉，他们总是以居高临下的姿态去施以人道主义的同情，正像聂赫留朵夫坐在陪审团的席位上俯视玛丝洛娃一样。这样，在表现娼妓的悲惨遭遇时，他们无法以一种平等的眼光去理解这些娼妓们作为一个人，特别是一个女人的心理、情绪和欲求。滥用同情也是自我优越感的表现，它并不说明对被施舍人的尊重。看得出，《沉沦女》作者采取的也是这种态度，作者以一个治"心病"的社会学家的身份来到劳教所，未免降贵纡尊，在地位上已经有了居高临下的优势，在那些被采访者的眼中，一个能在劳教所里向她们发问的人，无异于上面派下来的干部。这样的采访先天上已经设置了互相信任的障碍，这七个娼妓自述中的雷同之处也是必然的——对劳教犯来说，交待问题也有模式，这是不言而喻的事。

从上面两个例子看，纪实体作品的真实性，严格说来只能是主观的真实。作家在丰富阅历中已经形成了观察世界和表现世界的视角，并由此建立起一个世界模象——即主体精神复制了的客观世界。尽管他深信不疑自己采访中获得的材料都是真实的，也自认为能够比较客观地使用、分析这些材料，但这种自信的判断标准，仍然是以他自己的世界模象为参照的。而所有的材料，唯在主体意识的渗透下发生变形以后，才可能与作者的世界模象相吻合，成为他的世界构成中的材料。因此说，纪实体作品的真实性同样是有范围的，犹如摄影，内容来自生活，但摄制的镜头却依然属于自己一样。那种把纪实性作品视作纯客观的生活真相的揭示，或者指责某一部纪实体作品失实，犯了诽谤罪，这本身就是对纪实体的一种误解。

但是通常来说，读者也罢，作者也罢，都宁愿相信纪实体作品反映的就是生活真相。这就使这类作品离文学性愈来愈远，而不断地朝新闻性靠拢。《中国大学生》和《沉沦女》也同样表现出这种趋向。长期以来，纪实体作品一直小心翼翼地在文学与新闻之间走钢丝，但从它盛行以后，社会的要求促使它明显地向新闻体倾斜，无论在内容的选择上，还是表现手法上。读者对纪实体作品的阅读兴趣与通俗文学拉开了距离，对于后者，读者要求它的趣味价值，比如言情、武侠、惊险都无真实性可言，读者只要求它编得曲折离奇，有吸引力和刺激性。而纪实体作品正相反，正如市场要求通俗文学的"假"一样，读者对纪实体作品的要求即是"真"，希望从中看到现实生活的真相，以弥补新闻报道的真实性缺乏。由于一些客观的原因，我们的新闻工作与日益增长的社会信息量要求之间存在着严重的矛盾，纪实体作品的盛行，正填补了它的空白。

于是纪实体作品以迅速反映生活真相的特征，赢得了作者的好感。当文学的纪实性要求突出以后，创作手法也发生相应的变化。记得在新时期文学刚刚兴起时，"报告文学"还是以散文体的创作方法为主要手段，徐迟的《哥德巴赫猜想》、黄宗英的《星》、理由的《扬眉剑出鞘》等作品中，都充满了文学性的描绘语言和虚构性的抒情性因素，人们在阅读这一类作品时，偏重的还是它的文学审美价值。可是愈到后来，这类作品的真实性要求愈被强调，采访体的写法开始取代散文体的写法。作者力图在作品中制造一种逼真的气氛，来迎合日益扩大的读者对生活真相的渴知心理。实际上，这类纪实体作品在当今已经起到了新闻工作本来应该起的作用，成为新闻事业的一种补充形式。眼前的这两个作品就是现成的例子，它们都带有长篇报道和特写的特点。其一，在表现手法上，都采用了采访的叙事形式，在《中国大学生》里，作者利用访问记、对话录、书信体、调查报告等多种手法，来证明内容的可信度，而且它使用了真实姓名，把一批普普通通的大学生都写入了作品。在《沉沦女》中，虽然作者采访的对象都用了代名，但其内容与采访形式，以及实录体文字，都证明了它无可动摇的真实性。

在取材上，当代大学生生活与当代娼妓生活都具有新闻性。其二，在表现方式上，新闻体作品与文学性作品也不相同。一般来说，新闻强调事物的外在真实，偏重对事物过程的完整叙述；文学则注重事物的内在真实，一般偏重写当事者（即人物）的心理、情感等精神现象。这两个作品显然重于前者。尤其是《沉沦女》，有好几处写到文学和新闻的边缘上，作者总是很快地倾向新闻一边。如其中第一个故事，写了一个名叫奚兰的女人，她的出场描写就很有文学趣味：见了面第一句话就说："嗨，能跟你说上一句话，真叫人浑身舒服。"非常有个性。可是谈话实录却无法从这一角度开掘下去，展示她作为一个被押娼妓在心理上和生理上的变态，这个角度只能浅尝辄止，而通篇对话都回到关于她的堕落史的过程叙述。——新闻性还是淹没了文学性。

我指出两者的区别，并不是为了抑此扬彼。新闻体与文学体是两种不同职能的文体，它们各有所长。有些情况下，人们只需要了解事物的过程真相，并不要去展示其中人物的内心真相，而且新闻性要素注入文学创作以后，也给文学带来了许多新的变化，时下流行的各种新文体：新闻小说、纪实小说等，正是新闻与文学结合后派生出来的。它们的出现，似乎起着社会小说的职能，使原来小说创作承担的许多社会责任逐步减轻，以腾出更多的篇幅在艺术形式和展示人物内心真实方面去作探索。但是，纪实体作品又不同于新闻，它毕竟属于文学，没有离开文学创作的根本性规律——诸如主体意识的渗入、虚构、塑造形象等,它不可能像新闻那样只满足于对事物过程的如实报道。我以为这类作品只是在形式上利用了新闻的手法制造出一种"真实性"的效果,实际上仍然是在表达作家对所描写的生活现象的主观认识。

主体意识支配下的表现视角与用新闻体制造"真实"效果的表现形式,构成了当前纪实体作品的主要特征。这两者是不可缺一的,主体意识使它与一般新闻报道有了根本的区别,仍然归属为文学,但新闻体的表现方式又使它与通常的文学创作相异,构成自身的特殊规范。一部好的纪实体文学,应该是将这两方面的特点处理得恰到好处。我在读美国作家杜鲁门·卡波特的《残杀》时就有了这样的想法,现借这两个作品说出来。至于这两个作品是否已经在这方面处理得很完美了,那还是可以再讨论的。

以上意见,不知你以为如何,很想听听你的高见。

思和写于 1988 年 2 月

初刊南京《钟山》1988 年第 4 期
原题为《纪实体作品的视角与表现——
兼谈《钟山》第一期的"中国潮"征文》

致刘福泉、王新玲[①]（谈《巴金散文创作艺术论》）

福泉、新玲：

近好！

《巴金散文创作艺术论》[②]的清样我已经读了，这是一本风格老实的研究著作，你们对巴金先生一生创作的三十多部散文集（还包括一些散篇）几乎是逐卷研读，择篇细论，表现出认真的态度和踏实的学风。对于诗歌和散文创作，我一向是避免论述，自以为功力不逮。如果是虚构的小说，可以经过读解情节来窥探其艺术奥妙，或者从其叙事方式来分析作者心理，诸种方式皆可为我所用。我对散文却不敢妄加评论，散文一般是直接的抒情和叙写，不需要窥探什么虚构背后的意义，很难说出什么道道来。我自己不会说，也不佩服别人说什么，有时候读一些研究散文的文章，能把一些很简单的道理反复地举例，总也以为是不必要的。所以在巴金研究中，我始终回避对其散

[①] 刘福泉，河北大学艺术学院教授；王新玲，保定学院文学院教授。二者均为巴金研究学者。
[②] 刘福泉、王新玲：《巴金散文创作艺术论》，石家庄：河北教育出版社，2005年。

文风格的探讨。（你们在文章中引用过我与李辉合写的《巴金散文的艺术》，发表在《散文世界》上，没有收入任何集子，不知你们怎么会找到这篇文章的。我回忆是李辉写的，那时我们的文章写成后，常以两人的名义发表。）巴金先生的散文，总是如江河清白之水，一泻千里，不及触目，难以惊心。如用以研究作家生平行状，当有重要史料价值，而作为艺术品来鉴赏，则真如巴老自己所称的"无技巧"。真情是不需要装饰的，但如仅仅赞其"朴素""真挚"，等于是无话找话，而且也不符合艺术不离匠心的道理。

因此，我仍然以为巴金散文的意义在于思想之远、感情之诚，语言则过白。因其语言过白，往往让时人误以为其思想浅而感情浮。譬如说，最近读李辉批评林贤治的文章，据说林先生在《南方周末》上公然议论说，巴金在《随想录》里反复强调的"讲真话"是"小学三年级水平"而给以讥讽。我没有读过林先生的文章，不知道"此说"的上下文是怎样联系的，但总不至于把"讲真话"看得这样容易。不说别的，就是以今年SARS流行来说，身在广州的林先生应该认识到，对于我们这个国家来说，养成"讲真话"的习惯究竟是小学生需要还是大人物需要。林先生发表此文可能正是SARS事件需要全民族来反思的时候，但据报上所载，知识界纷纷举笔作颂，赞歌不绝，而对于肇祸的瞒上欺下的官僚主义、腐败现象却噤若寒蝉。

屈子吟骚，史迁发愤，阮氏青眼，真正的良知需要有胆有识有智，直面人生谈何容易？即使巴金先生这样有地位的人，要想直面人生也非易事，他深深明白其中道理，才含糊其辞地表达心曲，以期望后来者在更加宽容正常的环境下能够理解他的苦心。谁知后来者更加浮躁浅陋，连对环境的真实的一点起码认识也没有，还自以为太平盛世可以信口开河，这才是真正的隔膜所在。

读《随想录》者知道，讲真话并非是巴金先生最初写作意图。开始几篇，他的目标很明确，是为了参加社会上各种文艺问题的"争鸣"，为了探索新的理论与观念，所以一开始就涉及如何评价《望乡》、读外国文学名著、歌德与缺德、讨论《假如我是真的》等问题，他也是坦率直言，畅所欲言。到了后来，渐渐地他感到了压力，这种压力林贤治当然不可能感受到，但巴金先生是明显感受到的，这就是后来不断抱怨的"冷风"，于是渐渐的，意识到一个知识分子不可能做到畅所欲言。之所以要强调"讲真话"，就是因为讲真话之难；之所以要吞吞吐吐，欲言又止，就是因为他真实地感受到了言说的困难。我指的其散文"思想之远，感情之诚"，都是指这种精神状态。随风转向、说话如唱山歌一样好听的人是不会有如此压力和遭遇如此言说之困难的。巴金先生为了把某些思想观念通过最易被社会接受的方式表达出来，那只有强调"讲真话"，正如林贤治所说，这本来应该用来教育小学生的内容,但是我们做到了没有呢?为什么不能做到呢?整个社会都做不到讲真话,那么,怎么能有效地教育小学生呢?这一些连锁反应就不值得我们细细思考吗?就像后来巴老为他那些有信仰的朋友找到了一个词来形容,就是"理想主义者",这也是个过时的、肤浅的概念,但又是一个能够被社会所接受的关键词。用浅显的概念来包藏他深沉的思想感情,这是巴金在当代言说中遭遇的矛盾,正是这个矛盾束缚了他思想精髓的进一步的表达,也使许多不在同一境遇下的读者失去了对其言说背景的理解,变得隔膜。巴金先生的散文语言过白,为的是能使他的思想感情传达到社会普通人中,但这也妨碍了他的思想的深刻内涵的表达,我们的知识分子历来喜欢故弄玄虚作深刻状,对浅显的语言只能作更加浅显的理解,我不知道这是巴金先生的悲哀还是知识界的悲哀。

我觉得谈巴金的散文,重点在其思想表达上,而不在其语言艺术上。对你们的逐篇评论我基本赞同,这样比较认真的作品细读,远比高高在上地做宏观评判,然后冷漠地摇摇头大呼其浮浅的所谓高深者要有价值得多。但你们有些地方分析得还是嫌简单了一些,散文是最能表达作家心声的,如果结合产生心声的社会环境来解读,可以读出更多的内涵。读《随想录》部分也太简略,这是巴金先生最伟大的一部散文著述,其意义远不能穷尽于张慧珠先生的一部《巴金随想论》。我一直打算在学校里开设《随想录》研读课程，就是为了使我们下一代人对中国历史有一个大致了解，但如何读法仍然没有把握，尚在准备中。还有，对于你们把以巴金先生为代表的一批散文家的创作划为"为人生"的控诉派，似不确。陆蠡、丽尼的散文优美绝伦，缪崇群的散文近于伤感，都无法用控诉来归纳，他们虽均是巴金的朋友，但相互之间并不能以一"派"来归纳；如果以文化生活出版社为一团体来讨论他们的人生观和艺术观，那也不能把缪崇群列入。其他部分，如关于消极修辞的作用等，颇有新意，似可再加强分析。

这几天，天实在太热，我也实在太忙，只能趁着早上的凉快，随便谈点心得，可能无助于读者对你们的著作的理解，也只能是抱歉了。匆匆。祝

暑安

陈思和

2003 年 7 月 6 日于黑水斋

初刊汕头《华文文学》2003 年第 5 期

原题为：《关于〈巴金散文创作论〉的一封信》

致周毅①（谈《沿着无愁河到凤凰》②）

周毅你好：

  上海书展的热浪刚刚过去，再过几天又要开学了。我想趁着天气比较凉快，赶快把盘旋在心头的一些想法写下来。我很早就答应过你，读了《沿着无愁河到凤凰》，要把心得告诉你，但一时也想不清楚——不是没有想法，只是没有找到一种表述的途径。前两天我在上海书展参加《傅雷家书》的新版发布会，突然想到了傅雷先生翻译的《约翰·克里斯朵夫》的第一卷第一行第一句："江声浩荡……"主人公克里斯朵夫在清晨诞生了，江声来自哺育德意志和法兰西两个民族文化的莱茵河，这也是一条象征着生命起源和生命运动的大河。由此联想到你所阐释的无愁河，它不也是这样一条浩浩荡荡的生命之河吗？我由此醒悟过来，无愁河在黄永玉的笔下，既不是虚拟的地理概念，也不是家乡的隐喻，它是一条洋溢着生命浪花、活力四溅的时间大川。无愁之"愁"，应该理解为羁绊，心有所牵系的一种

---

① 周毅（1969—2019），笔名芳菲，资深记者，曾任《文汇报》副刊笔会主编。
② 周毅：《沿着无愁河到凤凰》，北京：中信出版社，2015年。

情绪，如乡愁、思愁，都是有所停留的意思，然而黄永玉已经把生命中的所有羁绊都化解了，化作了一条汹涌澎湃、轰然向前的生命河流。无愁之河加浪荡汉子，生命的欢乐腾跃从抽象到具体，贯穿了黄永玉长长的人生历程。这是黄永玉晚年回首人生旅程的一种认知、一种境界。他有资格这么来理解自己的生命历程。因为人之一生，本来有太多的被羁绊的理由，故乡、家庭、事业、情爱、健康、幸福、金钱、名利、生死、信仰……破除这一切羁绊，回到生命的本初状态，实实在在地在尘世间努力活到耄耋之年，这才能够爽朗地自称生命的无愁状态，才能成为一个真正的浪荡汉子。

《无愁河的浪荡汉子》一问世，争议蜂起，追名逐利之徒无法理解这种生命气象，沉溺于沉重恩怨之中的族群也无法理解这种生命气象；当然，也有许多追捧黄永玉又不知道何以追捧或者也不配追捧的热闹之辈。然而我明白，你是真实地感受到了这种大气象，而且被深深吸引：一个娇弱而敏感的生命自觉需要有更大的生命气象来引导和化解，磅礴的无愁河就成为你的生命图腾。也许，在你心中也有一条沉默的无愁河，本来是涓涓流水，现在被激发起层层浪花，而这本小书就是浪花飞溅的结晶，是你对生命能量长期探索获得的回声。我看你对黄永玉先生那部大书的许多阐释，讲的分明是你自己的心境，是你在思考、寻找、探索这种满溢的生命现象根源何在。于是你找到了凤凰这个湘西小镇。它本来与一个川妹子的生命轨迹也无交集，因为探寻无愁河的秘密，你居然发现了它，重新塑造了它。在别人看来凤凰是个旅游热点，在沈从文看来它是个寄放人性的小庙，在黄永玉看来它就是一个值得骄傲的故乡，而在你的心中，它却成了魂魄所系的朝圣之地。无愁河就是把你引向凤凰的生命图腾，而黄永玉，就成了你心目中的无愁河人格神。这个意思本来是应该反过来说的：你通过黄永玉感受到无愁河，为了探寻无愁河的秘密，你又认识了凤凰，现在为了深入了解凤凰，研究黄永玉和他的无愁河又成了你的胜业。我前几年读过你写的《风雨雪雾回故乡》，那时就惊诧你对于凤凰的一山一水的深深依恋，文章里有好几处写到你与黄永玉关于凤凰的对话，是你心里有了困惑才向黄先生发问，但先生的回答都很简单明了，因为他只是把凤凰看作自己家乡而已，但你却不是。

与你写作的时间顺序不同，在《沿着无愁河到凤凰》的七篇文章里，《风雨雪雾回故乡》被放在殿后，是压轴之作。你经过文本（《无愁河的浪荡汉子》第一卷）的反复解读之后终于迈开脚步，让身心直面凤凰而起生命交融。凤凰是心灵探险之目的，前面的六篇是心灵探险之过程和铺陈。了解凤凰的精神，离不开具体人物：第一篇追溯到湘西王陈渠珍；第二篇缅怀了黄永玉的高堂黄玉书先生；第三篇是仿佛从外面插进来的题外之论，介绍黄永玉为家乡准提庵所做的十幅画，撇开不谈；

第四篇和第五篇是讨论文本中的人物狗狗（以黄永玉为原型）的社会关系及其成长史，触及到了无愁河生命探源的主题；第六篇将这种探询扩大到文本中的朱雀城（凤凰）。从整体结构看，前五篇（第三篇除外）是对凤凰的三代"玉人"的探寻，进而讨论无愁河的性格内涵，最后一篇是朝圣也是结论。对于黄永玉的《无愁河的浪荡汉子》，我是当作一部自传来阅读的，断断续续地读，并没有去深入地想，随读随忘，所以没有资格评判你的研究成果，但在这篇结论中，我分明读出了黄永玉与你的不一样。在你询问黄永玉对当下凤凰的某些商业现象的看法时，黄永玉说了一句发人深省的话：无所谓。就三个字，斩钉截铁。真好！这才是势不可挡的生命大气象的回声。浩浩荡荡的无愁河，凤凰是它的发源地，是一段河床，深浅宽窄都不以人们的主观意志而改变。九十高龄的黄永玉只想着把美的、善的和真的元素留给家乡，传诸后世，至于后来的凤凰会变得怎么样，无所谓啊，沧海桑田谁管得？你敏感地记录了黄先生的这个态度，但不知你意识到没有，这就是无愁河的真正的元初生命之象，没有羁绊，没有执着，没有停留，无所谓——这才是取之不尽、用之不竭的生命满溢的意象。

黄先生这种"无所谓"的人生态度让我感动，也让我感到亲切。由这句话我想到了贾植芳先生。贾先生生前，"无所谓"也是一句口头禅，是他凝聚了复杂的人生经验和苦难以后获得的大智若愚的境界。我对黄永玉的亲切感来自贾植芳，这两位前辈有相似的地方。他们的生命轨迹曾经有过交集，贾先生在《狱里狱外》记录过。在今年先生百年诞辰之时，黄永玉先生应李辉之请，亲笔为甘肃张掖河西学院"贾植芳讲堂"和"贾植芳研究中心"题写大幅的匾额，在河西传为佳话。你写狗狗幼年时被人称为"老成"时，有一段议论很好，你说："这个孩子的'老成'，便形容其与一种原始古老的生命力量尚未断绝联系的特点，古意弥漫，还暗示其中有一种能护守、会将外物反弹出去的强悍本能。"不知道怎么回事，当我读到你的这段话，就想到贾植芳先生回忆童年上小学的故事，老师让他背课文，课文里写道："大狗跳，小狗叫。大狗跳一跳，小狗叫三叫。汪！汪！汪！"年稚的贾植芳觉得好玩，背诵到这里就"汪汪汪"地叫个不停……在这个控制不住的"汪汪汪"的叫声中，虽是童言无忌，我似乎感受到了你所说的那种尚未断绝与原始生命力联系的孩子的"强悍本能"。贾先生生于1916年，黄先生生于1924年，贾先生大黄先生8岁，贾先生的人生轨迹似乎更加接近"五四"新文学传统。这两条生命大川的磅礴之流是不一样的，贾先生的生命之流是有所羁绊的，苦难、朋友、监狱、理想……这是一条深层极为沉重的河流，时时滞止，时时搁浅；其实沈从文先生的生命之河也是有所羁绊的，鲁迅先生的生命之河里羁绊更多，以致活了五十多岁就撒手人间。而黄永玉先生确确实实地开通了一条元气淋漓、无拘无碍的无愁大河，成就了一个与前贤们截然不同的浪荡汉子的形象。

这也涉及到普通的日常生活态度。你在第四篇文章中引用弘一法师书写的一副对联：身在万物中，心在万物上。你用上联形容狗狗与凤凰（大自然）的各种关系，分析得非常精彩。身在万物中，就是把生命现象置于自然万物之中加以培养和熏陶，使生命成为包容万物，同时又是万物中的一种，生命的强悍由此而生。但是我更想与你讨论的是下联的意义，弄清了它的原意，可能有助于我们对无愁河的理解。心在万物上，你不以为然，你觉得心（精神）本身就包含在"身"之中，不应该超然于万物而成为"上"，因为有"上"就必有"下"，是否万物均在精神之下了呢？你显然是从"精神/物质""上/下"二元对立的角度来理解这副对联，所以用了一个"降"字来说明从精神到物质的关系。然而，弘一是在皈依佛门时写的这副对联，身在万物中，并非是一句完全褒义的话，只是说明了他把身体留在了人世间（万物中），精神已经超越万物进入另一个境界。那是什么样的境界呢？我想，弘一为什么不用"心在万物外"而要用"心在万物上"呢？如果是"万物外"，那就是与万物无关的另一个境界了，而"上"则必须联系着"下"，这个境界虽然超越了万物世界，却又是与万物世界切切相关，形成了整体性。所以，心在万物上，就是对万物的羁绊，对万物的钟情，虽然踏入空门，依然与红尘保持着亲密的关联，休戚相关。这是生命与生命的融汇与包容，构成真正意义上的物我不分。如果用民间审美理论讨论这个问题，那就是藏污纳垢，藏与纳，都是需要巨大的力量去吸纳、溶解污垢，才能使生命转化为生生不息的能量。污垢就是万物；藏纳就是在其上，藏污纳垢是一个完整的生命运动过程。无愁河也许是这样一股力量，裹挟着污泥浊水、枯枝败叶甚至是旧时代的腐朽尸体，泥沙俱下，奔腾咆哮，生生不息。——讨论到这里，我似乎觉得前面界定的无愁河的含义，仅仅阐释为没有羁绊、没有执着、没有停留的原始生命力量还是不够的，无愁之"无"，当为克服、超越、化解万物羁绊的一个过程，正如你说的，"无"是一个有生命的动词。

我说过我没有很好地研读《无愁河的浪荡汉子》，因此这里说的，不是对黄永玉的这部大书的评价，而是对《沿着无愁河到凤凰》里的无愁河的讨论，仅供你参考。顺致

秋祺

陈思和

2016 年 8 月 27 日于鱼焦了斋

初刊《北京青年报》2016 年 9 月 6 日
原题为《无是一个有生命的动词》

致毛时安[1]（谈《结伴而行》[2]）

时安兄：

前天晚上你把三十来篇散文稿《结伴而行》传到我的邮箱。我当晚来不及拜读，第二天白天有事，到了晚上才打开电脑逐一读来，原来也只是想浏览一遍，但读着读着，竟不想睡觉了，一口气读了下去。虽然老眼昏花，却也津津有味，虽然血压很高，却仍然浮想联翩，连带着对三四十年来的种种回忆，你，还有你所写的海上人物。除了沪上画家我不太熟悉，你所写的大多数人物，也都是我熟悉的师长朋友，于是，作者的你，你所写的对象人物，还有读者的我，构成一个浓得化不开的感情圈，我沉醉在其中。

你说你要把这些文章编成一个散文集，要我为之作序。我没有二话就答应下来，随即把手边的事情都往后推一推，准备先完成你交给我的任务。——也不是你的任务特别重要，而是我的感情特别需要，人渐渐老去，时时会感到孤独感突然袭来，

---

[1] 毛时安，当代文学评论家。
[2] 毛时安：《结伴而行——海上人物剪影》，上海：上海书店出版社，2020年。

莫名所以。你和我的个性不同,你热情外向,我总是落落寡合,但有些地方,我们的情绪似能相通。譬如你写纪念赵长天的文章,写到你有次请长天、福先他们吃饭,嫌环境不好,觉得没有吃好,希望再补请一次,但是长天却走了,再也没有机会了。读到这里的时候,我也自然想到,2002年上海作家协会安排我与长天、福先,还有于建明,一起去埃及访问,留下了很多美好的回忆。回来后一直说,大家聚一聚,聚一聚,但总是这段时间谁身体欠佳,或者那段时间谁又特别忙,总是说,有机会,过段时间再聚,一晃很多年过去,谁也想不到,身体最好的长天竟突然撒手了。这当然不是一顿饭的纠结,而是我们这辈人已经到了对生命无常感受特别强烈的年龄段。还有,你写中学同学昌龙,写到同学中三个人最要好,后来一个被水淹死了,后来又一个患了绝症……这种情景,我在写我的中学回忆《1966—1970:暗淡岁月》里也有同样的情景,少年时期的好朋友,几十年过去,这个没有了,那个也没有了,不说也罢,说起来总有一种空落落的感情。自前年以来,我周围的许多尊敬的朋友和长辈纷纷谢世,数片落叶而知秋近,孤独的时候,心里总是凉飕飕的。今读你的散文,又勾起我久久缠绕于心间挥之不去的寂寞之感。

当然这只是我个人的感受。你与我的心性不同,你要比我乐观向上,你的文字里充斥着热情。你那些记叙海上人物的文章,写作时间贯穿了三四十年,从游戏笔墨到生死以共,经历了漫长的光阴积淀，但一贯地饱含着热情洋溢的精神状态。你在描写你与徐中玉先生、罗洛先生还有赵长天等一起共事的时候，都提到那段曾经被不愉快的世事所困扰的经历，你既坦率地为时代留下见证，也用你特有的奋进态度，写出了知识分子在困境里的坚韧与挣扎。你还有一个长处是知足常乐，以平民出身感到自豪，珍惜现世人生的努力，你的文章里始终透彻一种来自民间的朴素哲学：你很少众睡独醒，愤世嫉俗，也很少怀才不遇，怨天尤人（而这两点，恰恰是当下很多知识分子的痼疾）。你喜欢在现实环境中实实在在地做事，对于现实中取得一点成绩，都会由衷地高兴自得。你在上海社科院文学所编过刊物，后来又到上海作协、上海文化局、艺术创作中心担任一些领导工作，抓过创作，写过评论，渐渐在工作岗位上成就了一个文艺评论家的功德。人的一生就是这样，有因有果，每一步路都是用自己的脚走出来的，这样的人生就过得踏实。我读你写中学同学的那篇文章尤其喜欢，文字里就渗透了这种可贵的平民的人生观。

我还喜欢读你近年写的一组文章，写程乃珊、写赵长天、写贺友直、写罗怀臻，无论写人谈文，都充满真挚情感。一般来说，记人叙事的散文出感情还是容易的，难得的是要面对文字作品发议论，表达出有情有义的态度。你评罗怀臻剧作的文章，达到了这样的境界。作为一个评论家，有时候难免会碍于人情世故，写些遵命而勉强的文字，这时候评论家的文字是没有生命力度和热度的；相反，当评论家一旦面对与自己生命信息相通、撞击出生命火花的文学作品，他自己的生命热情被激发出来，他的生命信息就会转化为一个个文字、一句句语言，强烈地喷薄而出。这样的文艺评论才是上乘的评论。《为信仰而创作》是你为《罗怀臻剧作集》写的序文。你与罗怀臻，曾经一个是上海市艺术创作中心主任，一个是著名剧作家，但更重要的，如你所说，这是"两个挚爱艺术的男人之间"推心置腹的对话。你对《西楚霸王》《金龙与蜉蝣》《班昭》等一系列作品的评论，虎虎生气，笔底似有神。你从上海文化大背景来高度评价罗怀臻：说他"是一个异类、异质的文化符号，是一个带着苏北文化背景的外来人，是一个突然的闯入者。也因为这个不可捉摸无法预测的异质的文化符号，在后来岁月中像跳动的火焰般地活跃介入，上海的剧坛和文化景观有了别样的生机和活力"。这个评价非常到位。是的，上海的文化不是从先验的模式里发展而来，它本来就是一个大杂烩，是江南文化在现代转型过程中变风而成。海外西方文化、南洋华侨文化、江浙社会文化、苏北底层江湖文化等四大主流，再加上五湖四海的流民文化杂交，终于形成汪洋恣肆的现代海派文化。而罗怀臻的戏曲创作，代表了当下海派文化艺术中最为强悍最有震撼力的硬文化元素。（文化艺术要分软硬之别，如评弹艺术，是软文化之最。）罗怀臻的戏曲剧本虽然雅俗共赏，但硬文化元素是他在当下靡靡流行文化中脱颖而出、一览众山小的根本原因，然而民间大地的文化元素又是罗怀臻艺术创作的重要支撑。你老兄法眼清净，一言道破罗怀臻艺术风格的命根所在。你指出《金龙与蜉蝣》里，"城市观众看不到自己熟悉的物欲横流的场景，看不到生命萎顿、灵魂苍白的人物。蜉蝣、子丫、玉凤、玉莽，他（她）们渺小卑微，然则他们的生命代代相传。天老地荒，扑面而来的是强悍的草莽气息，是人物顽强抗争命运的野草般旺盛的生命力"。你指出在《梅龙镇》里，罗怀臻"对传统题材'游龙戏凤'的最大改变，就是强化民间底层生活自在自足的祥和欢乐，用以置换帝王玩弄村姑的腐朽性，从根本上颠覆母题原来的趣味指向"。所有这些评论语言，都满溢了民间文化的强大生命力量，说到了罗怀臻艺术风格的根本所在，也应和了你自己激情澎湃的评论主体性。

时安兄啊，读着你这篇《为信仰而创作》，我想得很多很多，这个题目固然是从罗怀臻那里来的，但又何尝不是说破了我们的"信仰"呢？四十年前我们意气奋发走上文坛，围绕在《上海文学》杂志社的周围，从事文学批评；三十年前我们在《上海文论》上开辟"重写文学史"专栏，后来遇到一些风波，我和晓明，还有你，三人跑到南京一起编完最后一期特辑，从南京回来的火车上我们大谈文学与当下局势，旁若无人，不说我们是"书生意气挥斥方遒",倒也真有一点"粪土当年万户侯"的气概。我提到"粪土"也是有原因的,记得你当时说了一句让我们大笑不止的话,你说:"我正准备端着大粪,朝这帮人浇呢!"——也许你已经忘了吧?但是,要说到"信仰",我们对文学、对学术、对拨乱反正的虔诚追求,何尝不是"信仰"的操守和坚持呢?20世纪90年代以后,你在作家协会、文化局等单位兢兢业业地工作,我仍然在大学里自由自在地教书,我们都是在各自岗位上默默履行自己的责任和实践,虽然交往不频繁,但肃肃赫赫,交通成和,彼此都有呼应。同声相应、同气相求几十年,支撑我们走下去的,也无非是那个让知识分子面对风云而从容淡定的"信仰"。

时安兄,我很久没有写这样的文字了,老友面前难免伤感一番。现在你的海上人物特写集出版在即,我略写几句,聊以助兴。希望新书早日问世。在此,祈

保重身体,文思旺健。

思和于血压奔腾中昏昏书写
2019年2月27日于鱼焦了斋

初刊上海《文汇读书周报》2019年4月15日

原题为《同声相应,同气相求——致毛时安的一封信》

致胡廷楣[1]（谈《绿的雪》[2]）

廷楣老友：

你好。

避疫期间，书生百无一用，唯有读书释闷。老友新作《绿的雪》，只花了两天时间拜读完成，但为了细细品嚼，倒是拖了好些天。书稿内涵之丰容量之大，都超出对一本散文集的预想。虽然书中每一篇作品的篇幅不大，但你的文字、摄影、棋谈、还有人工智能、人生哲学……都被置放在一个艺术平台上浑然呈现，我一下子还说不清楚自己的感受，它给我的刺激是多方面的、新鲜的，不夸张地说，我似乎面对了综合各种门类的艺术之美。

在你的书中，艺术不是分门别类清晰地呈现出来，而是杂糅、通感、全息，各种艺术元素混合在一起模糊呈现。连这本书的编排艺术，也被融入整体弥散的艺术氛围中，看你设计的小标题：美感、精神空间、交往空间、时间、经验、质感、人

---

[1] 胡廷楣，当代作家。
[2] 胡廷楣：《绿的雪》，上海：上海人民出版社，2020年。

像、感觉生命……你说写摄影，讲的却是时间；写围棋，讲的却是生命；写马拉松，讲的是城市质感；写建筑，讲的是虚实艺术；只有在"人像"标题下的四篇文章，写的是实实在在的人物，然而更精彩、更吸引人的，是你采访时摄下的几帧极其传神的照片。如果说，美是一种感觉空间，你的写作就是把整个空间蕴含的所有信息都释放出来，天女散花啊。

对小说家来说，长篇小说才是指挥千军万马，散文就像游击队，是谈笑间的风雅事。读过你的《生逢1966》《名局》这样的大手笔制作，我确实是抱着一种"风雅"的期待来读你的散文创作。打开电脑开始阅读，脑子里竟出现了我们年轻时都读过的一本流行小书《艺海拾贝》，虽然已经时过境迁，读过的内容被忘了，但我当年阅读它的兴奋感记忆犹新。《绿的雪》境界远在《艺海拾贝》之上，但同样是一篇篇短小文字背后凝聚了强大的美感冲击力。就如我少年时期阅读《艺海拾贝》被启蒙了那样，现在一头银发的我能再读到《绿的雪》这样的文字和图片，竟然也被惊艳到了，感觉到身体里很多活力又被重新激发出来。

我读到你新改的后记里最后一句话，说："谢谢陈思和教授，他的序言是对一位老年写作者难得的鼓励"。我真的"闷"了半天。我们都成了老年写作者了？记得你在1974年从黑龙江农场回到上海，我第一次见到你，在淮海街道，你正在与一个街道干部谈话，好像是他们要安排你到什么单位去工作，你并不喜欢，要拒绝这份工作，你理直气壮地说，你是要从事文学创作的，要到生活第一线。时间久了，不知道记忆有没有错，那时候我还没有认识你，但已经强烈感受到你有一股子严肃投身于写作的追求，这种追求意志，到底是伴随了你的一生，你当过教师和记者，你的文字里有明显的教师和记者的职业特色，但是在文字的风骨里，你自始至终是一个激情的文学工作者，一个没有在时代风气的蜕变中跟着蜕变的、始终在严肃思想的、热情写作的美的传播人。在这个意义上，我们都已经是"老年写作者"。

  老年感觉声色并不麻木，只是更为抽象，也就是升华到了精神境界。我极喜欢你的摄影作品。这本书里，你原创地做到了图文并茂的艺术境界。图像是你的摄影作品，文字是你的散文作品，我发现在你的写作意境里，图是第一位的，文字倒是围绕了摄影而展开。黄山日出和日落，自然景象无法用文字来表达，倒是摄影抓住了黄山云海精魂，只可意会不可言传的境界，透过图像留在了你的文字中和我的眼睛里。还有人物照，刘绪源两年前离世，一直是我难以排遣的心头之痛，在读你写的纪念文字时，电脑画面上猛然出现你拍摄的人像照，栩栩如生，刘绪源含笑地看着我，像往常一样打着招呼，我的眼泪忍不住夺眶而出，真太传神了。还有我更喜欢的作品，你拍摄的几帧雨景照：窗外豪雨打在玻璃上，街景小巷模糊一片，色块朦胧，绝佳的水彩风景画。但这种艺术效果竟然是你用智能照相机镜头摄下的。我突然想到：你不是一再探讨人工智能与人类主体创造精神之间的关系吗？眼前不就是一个很好的例子吗？

你的书中还有一个重要主题，就是探讨围棋艺术与人工智能的关系。这个命题，你在与刘知青教授的对话著作《对面千里》中已经有了深入的讨论，我对此外行，不敢别置一喙。让我深深感动的是，你把围棋艺术描绘成生命的最美境界。在《生命的托付》里，你转述了一个日本围棋大师濑越宪作和他的弟子桥本宇太郎的故事：

1945年7月，本因坊挑战六番胜负战揭幕，由于东京连日遭受美军轰炸，棋院已经毁于战火。于是濑越宪作竭力主张桥本宇太郎和岩本薰的比赛在自己的家乡广岛市举行。

广岛已是盟军空袭的目标，警方坚决反对在广岛对局。但濑越和两位对局者终于在广岛进行了震撼人心的比赛。

在桥本宇太郎的回忆中，见证了1945年8月6日，围棋史上不平凡的一局。

"突然，空中出现一架像侦察机似的美军飞机，紧接着一个白色降落伞飘落下来。当人们发现飞机影子消失的同时，一片闪光射向整个大地,对局室里,仿佛一群摄影记者同时闪亮了镁灯似地白得骇人。

广岛上空升起一股不断翻滚着的乌云,闷雷般的隆隆声由小变大,我们还没弄清是怎么回事,一阵狂风般的气流呼地冲进了对局室。

等我爬起身来看时,才发现我已站在院内的草坪上。急忙冲进对局室,只见濑越师傅茫然呆坐在席子上,岩本则趴伏在棋盘上。室内物品被吹得踪影皆无,门窗玻璃全都破碎了。

当时只想象是一枚超巨大炸弹,在10公里以外爆炸了,而广岛市被原子弹化为灰烬的事却丝毫不知。

匆匆收拾了一下对局室后,下午再次一头扎进棋盘之中。

那时局面已进入收官,没用多长时间,这第3期本因坊挑战赛的第2局,即载入棋史的"核爆下的本因坊战"就以我执白胜5目而告结束。

我是第一次读到这个故事。我呆呆地坐了很久,看着书房的窗外。我在想:广岛原子弹的准确爆炸时间是1945年8月6日上午9点14分17秒,而在广岛市大毁灭的状况下,三位棋手居然还"匆匆收拾了一下对局室后,下午再次一头扎进棋盘之中"。也就是说,从原子弹爆炸一直到"下午",这震惊世界的几个小时里,这三位日本棋手,可能还有周边的其他人,也许他们并不清楚10公里以外的广岛市区究竟发生了什么，但身边突发如此巨大的异常现象，他们竟置若罔闻，就在死神的眼皮底下收拾场地，继续下完了这盘棋，决出了胜负。这需要有什么样的心理定力才能够做到？围棋真有这样超越生死的力量吗？

我联想到著名的阿基米德之死。古希腊数学家阿基米德在家里研究圆形几何图，全神贯注，当敌人士兵破城冲进他的家，他只顾大呼不要碰坏了地上画的圆，结果惨遭杀害。我一直把这种对专业的痴迷精神视为知识分子岗位意识的最高境界。日本棋手的故事又一次召唤了这种境界。其实，不是围棋或者几何学具有这样的魅力，而是棋手和科学家们对专业的极度痴迷，他们在工作时刻完全把自己的生命融化到对象当中去，已经很难在他们与对象之间准确区分主体与客体的二元性了。一个围棋手与他的棋盘，一个表演艺术家与他的舞台，一个科学家与他的实验室，一个作家与他的创作……现代知识分子的价值取向无法与他的工作岗位截然分开，这样的主客体如胶似漆浑然自在的生命现象，才是真正的具有创造性的生命艺术。

这些天，天天枯坐斗室，心里想：我们常常感叹说，人生像一盘没有下完的棋。为什么下不完呢？也未必是这盘棋太难，只是干扰太多，家事国事天下事，事事烦心，事事都比下棋重要。然而在濑越宪作大师与他的弟子的心里，此时此刻，只有下棋最重要，值得用生命投入去做成它。我觉得他们都是心底很干净的人，干净到了除下棋别无杂念。我在三十多年前读巴金的《随想录》，巴老晚年一直在思考这个问题，他赞扬沈从文心无旁骛研究中国服饰史，他却受不住各种各样红尘的干扰，老了才意识到有多后悔。于是，他在风烛残年的时候，也一心一意地做一件事，完成了《随想录》这部"说真话"的大书。这些天我一直恍惚觉得，巴老的眼睛慈悲地看着今天的我们，他仿佛早就预料到我们现在经历的一切。

说远了。还是打住吧。感谢你的新书，给了我很多新颖的刺激——我特意用"刺激"这个有力的词来形容我此刻的心情，到了我们这个年纪，"被打动"这一件事，已经很难轻易做到了，但是，我还是被打动了，因为读你的书。

祈望老友全家保重安康。待疫情过后我们再聚聚。

思和 敬拜

2020 年 2 月 24 日（自我隔离一个月之日）

初刊《文汇报》App2020 年 10 月 20 日
原题为《人生像一盘没有下完的棋——读胡廷楣著〈绿的雪〉》

第四辑

谈戏剧影视

致邹平[①]（谈戏剧）

邹平兄：

你出题要我谈谈对近期话剧状况的看法，实在使我茫然。自去年以来，最后一次看的话剧是《明天就要出山》，屈指算来也有年把未曾涉足剧场，现在上海舞台上还有什么可看的戏，真无从谈起。

你好意引导我从"文学史"角度谈，更是困难。文学史上的话剧与作为运动史的话剧是两回事，后者强调的是实践性，一部真正的话剧史应该是话剧演出史、运动史，它的研究对象不是完成式的作品，而是一个在编导演的不断再创造中流动、变化、创新的过程。这一过程的记录形式也不是靠文字，而是靠观众，通常来说是接受者的反应——它包括票房、观众批评、街头巷尾的议论以及明星效益等等。但是，通常这些"反应"是无法完整保存下来的，如行云流水，逝者如斯。尤其是在没有录音、摄像的时代，话剧运动史很难保留下真实的面貌。而

[①] 邹平，当代作家，评论家。时为《上海戏剧》主编。

"文学史"上的话剧研究则不同，它是从文学角度探讨话剧艺术的价值标准，研究对象是剧本而非演出，关心的是其文学价值高不高而非其演出效果好不好。两者不是一回事。能在文学史上留下来的话剧作品，极少，它只能为当代话剧创作提供艺术的价值标准。只有当这些传统价值被融化到当代创作的实践中去，才有可能对繁荣话剧产生具体的影响。或可以说，文学史上讨论的话剧，是"精品"，而真正的话剧运动则是由一系列活跃在舞台上，或许是随缘而兴、随势而去、自生自灭的"作品"构成的。我们现在是谈话剧现状，也正是谈作品而非谈精品的时候。因此，要从文学史的角度谈话剧现状，也难。

还是找些切实的话题来说吧。依我看，前些年话剧舞台上比较热闹的大约还算"京派"与"海派"。我的感觉是：京派造影响，海派出手段。过去在一篇文章里，我曾戏称"北方承皇统以定国运盛衰，南方近海外而得风气之先"，虽非指话剧，其实也有类似的经验。1978年上海演出《于无声处》，反响一般。从北京来了个王朝闻，看后大加赞赏，此戏才随之轰动，后来进京演出，连曹禺也出来捧场，更加轰动。仔细一打听，原来北京正在酝酿为"天安门事件"平反，真相大白。那时我们还在念大学，同学们对它感兴趣的是作者稚气十足地模仿"三一律"的作戏法。记得那时还没有写小说出名的李晓看了戏后对我说过，这个戏的路子蛮正。这大约是当时我们对它的最高评价了,因为那时戏剧舞台被样板戏的创作原则糟蹋得乌烟瘴气,突然出现一部用很古典很传统的作法写的戏,让人耳目一新,由此便扯出了《雷雨》的技巧,又进一步扯出"三一律"、希腊悲剧等等,打开了话剧创作的新局面。

再说一个例子。你一定记得1979年复旦大学相辉堂演出的独幕剧《女神在行动》(周惟波创作),让剧中一个角色的心灵分裂为"善"与"恶"两个女神,使之人格化,并利用独白、造型、灯光、音乐来揭示人物的内心冲突,那个演"恶"女神的演员在舞台上不停地扭腰抽烟,一束光就照在她的身上。这个戏演出时大家都觉得新鲜,但也就是如此而已。后来时隔一两年,北京上演了《绝对信号》,运用了同样手段,却造成大轰动,俨然开了一个新纪元。这个戏后来在上海也演过,似乎没有引起太大骚动,上海人天生有一副见怪不怪的样子,那时已经流行《再见吧,巴黎》《屋外有热流》等实验性更强的作品了。

我提起这两个当代文坛掌故,并没有对京派话剧不恭的意思。我每每看戏,总觉得北京的话剧传统路子较创新的路子更有实力。如人艺演出的几部老舍风味的戏,包括像《左邻右舍》《狗儿爷涅槃》《哥儿们折腾记》等等,风格鲜明地打上了正宗"京派"的标记。在这传统的魅力下,北京舞台上只要稍有形式上的变化,便会被视作大创新、大突破,于是引起大激动。

这就造成京派话剧在形式创新方面表现得特别累。如高行健的几个戏，作者当然是聪明人，戏也是好戏，但总觉得为形式创新付出太大，或许还是太沉重的代价。反之，上海的话剧舞台远离皇城根，在"承皇统定国运"上相形见绌，但上海的话剧在形式上更轻松更自在一些，它们总是使形式的创新与内容的表达自自在在地融合在一起。如沙叶新有几个戏，内容说不上深刻，但形式的创新常使人不觉其在故弄玄虚，仿佛按戏的情节发展总该如此表达。我想能做到这一点本不易，也是海派的特色之一吧。

近年来，上海舞台上的形式创新渐渐也有些累了。现成的例子就是《明天就要出山》。这个戏有许多可意会之处，表达极好。尤其是一贯演正面角色的奚美娟，这次演一个心理阴暗的反角，演得入木三分。但是，这个戏在形式上的探索也是超过了内容的需要，把观众由大草坪转移到剧场，再进而引上舞台，于整个剧情的发展并无绝对的需要。尤其是第三幕，大家围在舞台上观看几个演员在狭小的空间表演，反让人生出不舒服的感觉——我并非批评这个戏的形式创新本身，只是说，其形式创新与内容发展没有构成必要的有机联系。它让我想起波兰作家密茨凯维奇的《先人祭》，这个戏也曾让观众显身于舞台（它的整个剧场就布置成一个大舞台，在黑幕笼罩下，军警、狼犬包围着观众，给人仿佛置身于一个大监狱的幻觉），正是由于形式的处理与整个戏的氛围、剧情的发展构成一个完美的整体，它才获得成功。

舞台与小说不太一样，后者是靠文字表达的，文字语言本身的魅力是小说美学的一个重要组成部分；话剧则是舞台艺术，是作品、演员与观众三者交流的过程，唯在一个极自然的气氛中三者才能沟通起来，否则，任意地突出某一部分，都会造成顾此失彼，破坏这交流过程的内在和谐。过去让观众在剧场里聆听教诲固然生厌，但若把观众召来唤去的也未必是良策，何况现在有卡拉OK之类的新玩意，话剧在这方面争雄实在非其所长。

近十年来，上海话剧舞台上已经初步探索出一套适合上海观众口味的创作规律与舞台经验，应该认真总结它的成功与不足，由此基础上推选出一批艺术上过硬的保留剧目。通常来说，一个剧种若没有经常反复上演的传统剧目，没有造成一批或几批固定的观众圈子，是很难有长久生命力的。北京人艺去年来上海演出，有许多剧目都是在舞台上经久不衰的，故而受到欢迎。其实上海也应有条件搞出几台优秀的传统剧目，不说远的，仅近年来上演的翻译作品中，《罗密欧与朱丽叶》《肮脏的手》《等待戈多》《马》《萨拉姆的女巫》等，都是极好的作品，如果仅仅让他们在中国舞台上"轰动一时"，就可惜了。我们原创的剧目中也有不少是优秀的。若能以此在上海话剧舞台上

总结出一套美学风格，树立起一个艺术标准，对今后的话剧创作，是有好处的。谨祝
编祺

陈思和

1990 年 6 月 20 日

初刊《上海戏剧》1990 年第 5 期

原题为《舞台下的外行话》

致黄蜀芹①（谈电视剧《围城》）

黄导：

看完了电视连续剧《围城》以后，一直在想着这个问题：你是如何将《围城》这样的文学名著通俗化，并在实践中使这种努力成为一个成功的例子？我原先以为，《围城》是一部在品质上难以认俗的艺术精品，它不具备改编成电视剧的条件，因为：一，"围城"是一种象征，其意义在于人生状态而不在故事，与这主题相应的是结构上的散漫；二，《围城》是一部学者小说，其独特风格不在提供的故事情节而在叙事语言，书中妙语连珠只是为了表明叙事者的风采，而人物形象反而变得黯淡。这两大特色成就了《围城》在现代小说史上不可取代的地位，但放在电视剧形式上却无用武之地，这一点就连钱先生也是意识到的。也许正因为如此，我才珍惜你的成功。

你对原著的精神基本上是把握住了。《围城》不是一部现实主义小说，它是作者在强权政治下游戏笔墨的产物。当时作

---

① 黄蜀芹（1939—2022），著名导演，代表作有电影《人·鬼·情》《画魂》、电视剧《围城》《啼笑因缘》等。

者身陷沦陷区上海，创作情绪相当复杂，杨绛女士曾说：《谈艺录》的作者是个好学深思的钟书，《槐聚诗存》的作者是个忧世伤生的钟书，《围城》的作者是个"痴气旺盛"的钟书。小说中处处写日常生活，却真情皆隐，留下的是痴话、傻话、创造、联想、夸张，倒像是《红楼梦》所说的，假作真时真亦假，留给读者的仅是一段机智、几缕讽刺。由于摆脱了战争的历史背景重压——这副担子似乎让《槐聚诗存》独肩挑了去，《围城》显得超脱潇洒，倒成了一面高高悬空的明镜，反照出人性本来的弱点。民族战争使人们像吹气球一样把自己的价值吹大了，超越了战争的《围城》则使昏昏然的人们又重新看到自己的本来尊容——无毛两脚动物而已。所以要在《围城》中找抗战的"主旋律"，哪怕是找"抗战中的一部分知识分子的侧影"，都会不免失望。但对于当时侵略铁蹄下苟生的人们，它不失为一种啼笑皆非的嘲讽。我无法猜测钱钟书的"围城"意象在沦陷区背景下是否含有别的更深一层的悲哀：城外的人想冲进去，城里的人想逃出来，那么，从围城冲出去的人又将如何？是不是有一个更大的围城等待着他的觉悟？方鸿渐最后想离开上海，到后方去碰运气，但对这样一个患着"驴马病"的知识分子，大后方是否有他存在的合理性也大可怀疑。钱钟书为方鸿渐的前途而悲哀，也为这一类知识分子的前途而悲哀。因为这悲哀，"围城"寓意在小说里成为一种对人生状况的抽象感慨。

这层象征要在电视剧里表达出来是很困难的。作为通俗艺术，它只能通过具体故事来传达作品内容，使抽象意义具象化，又不失去原著的精神。你的改编是成功的。首先是你在不添加枝叶的前提下突出了《围城》的现实性，在必要的背景交待上，将原著中并不注意的寥寥几句话转化成特写画面，给人留下了深刻的印象。我这是指像无锡街头跑警市民拥挤逃难的镜头，虽不过一二分钟，却是画龙点睛的安排，全剧境界为之一阔。第十集方鸿渐辞职的镜头也处理得颇得体，原来以报馆为场景的画面上，出现门房的势利眼和沈太太的活跃，都烘托了报馆的乌烟瘴气，最终又出现方鸿渐决心辞职的正面镜头，点出了知识分子终究不是在醉生梦死中度日。这些描写在小说中似不突出，而转换到视觉画面上，给人的印象要深于原著，现实环境的烘托帮助了观众加深对剧情的理解。

其次，你在忠于原著情节的基础上重新梳理了原著的基本结构。原小说里"围城"的寓象主要是通过两条线索来具体表现的。一条是方鸿渐的爱情故事，由"幻灭—追求—幻灭"的结构写方周旋于苏、唐、孙诸女性之间；另一条是方鸿渐的人生故事，写方鸿渐由回国到无所事事地离开上海，由赴内地谋生到受倾轧离开三闾大学，由结婚成家到家庭破裂的"围城"三部曲，生活、事业、家庭步步入围城。这两条情节线被你清晰地凸现在画面上,并且加强了第一条线的叙事性。方鸿渐和唐晓芙恋爱破裂,在小说中不过是"围城"寓象的一部分,但你在电视剧中突出了方、唐恋爱的理想性,再接着是一系列误中误的风波叠生,也都颇有戏剧性。这从电视剧效果上说是动人的,使人感觉到像方鸿渐那样的人身上毕竟还有一些很执着很严肃的理想成分。虽然这情节还是原小说描写的情节,但艺术处理方法不一样,艺术效果也不一样。当然,现在这样的处理方法在整体象征意义上看不是无懈可击的,过于强调方、唐恋爱的理想性会减弱"围城"象征的普遍性,多少也落入了言情片的模式。但是这样处理正表明了电视剧的艺术特点,在不改编原小说情节的基础上,使文学名著通俗化了。

想说的话还不止这些,限于《电影时报》的篇幅,就先写这些吧。

陈思和

1990 年 10 月 4 日

初刊上海《文汇电影时报》1990 年 12 月 8 日
原题为《〈围城〉:从小说到荧屏——致电视剧导演黄蜀芹》

致张振华[1]（谈《第三丰碑》[2]）

振华兄：

早就答应你，读完大作后要写点什么，虽然去年下半年起我就发了宏愿要新学一门外语，以调整自己的治学心态，为了做到这一点，近日几乎不读中国字排列的东西，甚至希望暂时遗忘这些方块块。但是你的书我却不能不读，尽管只能利用零零碎碎的时间——每天等公共汽车的时候，饭后睡前休息的时候，或者像现在时钟早已响过十二下，夜深人静的时候。我终于读完了它。你猜我想到了什么？竟记起了十年前复旦同窗时你创作历史小说的情景。那时，我们每个人心中都充满了希望。

《第三丰碑》是关于电影符号学的理论综述，抱歉得很，我所有的符号学知识仅止于粗粗读过一本罗兰·巴尔特的小册子，实在很难对书中阐释的理论说出个所以然来。但它对我是一种启蒙——关于电影理论和电影美学的启蒙。关于这一点，

---

[1] 张振华，电影评论家。时为复旦大学艺术教育中心教授。
[2] 张振华：《第三丰碑——电影符号学综述》，长沙：湖南文艺出版社，1991年。

或许其它读者也会与我同感。你在不多的篇幅中简明地介绍了西方电影理论的发展：由蒙太奇到纪实电影美学，再到符号学，由此构筑起"第三丰碑"的当代电影理论体系的历程。在西方，或许新潮批评家在建立自身体系时会以排斥的态度去看待前人成果，而你恰恰发挥了中国文化的中庸传统，力图把前两个电影理论丰碑看作是第三丰碑的先声，以综合的态度阐释了电影符号学与前两者之间的关系。

对我更有启蒙意义的是你比较系统而且清晰地介绍了电影理论批评的一套新术语，亦即构成电影的诸符号：光影、色彩、音响，以及人物表演等等，可以说是提供了一种电影批评的新视角。我过去一向是操作惯了文学批评的术语与方式，在评论电影时往往会落入窠臼：人物塑造啦，主题开掘啦，情节分析啦，细节象征啦……不是说不能运用这些角度，但于电影终究是隔靴搔痒：电影与文学的差异，以至它作为现代科技发达的产物之特性，得不到应有的重视。当然这也难怪，中国的电影事业起步与发展是与新文学运动连结在一起的，它从来就是文学运动的一部分，历来就有文学因素过重的倾向，对这类作品，用传统的文学批评方式去读解尚且勉强说得过去。但时至1980年代，情况渐渐有了改变，从根据小说《桐柏英雄》改编的《小花》起，以至近几年问世的《红高粱》、《大红灯笼高高挂》和《菊豆》，虽也脱胎于文学，却体现了电影艺术的独特魅力，审美形式上也脱离了文学的模式。这里是镜头的话语，它通过镜头、音响、色彩、光影以及人物表演技巧构筑起一个与文学语言符号完全不同的电影审美世界。不瞒你说，对这个新的符号世界，我是愈来愈不敢下笔，因为我明显地认识到，再用文学批评的那一套谈电影，简直无法摸着边际。你从符号学的角度告诉读者应该怎样站在电影的立场上去分析、批评以及读解电影，这种启蒙，对现在想从事电影批评的人来说尤为重要，至少我是这样的电影理论"盲"。

我很喜欢这本小册子，因为它对我有用。虽然《第三丰碑》是你的第一本以单行本形式问世的作品，但又岂止是你个人创作道路上的"丰碑"。从你在大学里尝试创作长篇历史小说《李隆基》到现在，已经整整十年，这些年来，我是以不变应万变，搞的是单一而平静的书斋研究，而你，则以多元的姿态去应付这动荡不已的现实生活，你走的是写作、编辑、教学三部曲这条路，而且每一步都做出了相应的成绩；你写作是以历史小说为起点的，虽然《李隆基》未能正式出版，但从去年发表的《西川遗恨》看，你对历史人物千秋功罪的理解，突破了传统偏见，让人耳目一新；你在编辑《电影新作》时，不但扶植起一批优秀的作品，并且自己也创作了好几个影视剧本。如今你重回复旦执教，短短几年中又在电影美学方面不断有所开拓，《第三丰碑》仅仅是它的一部分成果而已。我不能说，这些方面你都

致张振华（谈《第三丰碑》） 271

做得很成熟，但你是认真地尝试和努力过，就凭这一点，够了。

一晃十年……，拜读大作时，我脑中不断闪出大学生时代的片断记忆，你我真是生逢其时的一代大学生，77级、78级，正赶上思想解放运动方兴未艾的好时机，百废待兴的时代真正唤醒了潜伏在人的生命根处的创造力，令人神往的年代……过去的十年和未来的十年中，我们都在用行动和实绩证明着这一点。——这是读大作时忽然想到的题外话，且用以聊作自慰或自勉吧。

思和于 1992 年 1 月

初刊《文汇报》1992 年 2 月 9 日
原题为《读〈第三丰碑〉》

致彭小莲①（谈剧本《巴金的故事》）

小莲：

你好。

托人送来的剧本已经拜读，现将剧本连同我的意见一起奉还。剧本写得很有激情，内容也很有可读性，本来巴金与萧珊的故事是很难用电影形式表达的，但我支持你去探索，我觉得像巴金这样一个伟大作家，我们有责任利用现代传媒手段，把他的事迹和他的作品不断演绎下去，文化上的经典就是这样产生的。像《围城》，都是因为有了电视剧的传播才达到家喻户晓，被人们所认同。巴金的《怀念萧珊》是千古绝唱，我们有责任将这些美好的东西传播开去。但在具体内容上，我觉得你还可以精益求精，真正把它当作精品来雕刻。这个故事本身不具有流行的通俗因素，干脆做成纯文艺的作品，反倒可以显现它的高度。

下面有几点供你参考：

---

① 彭小莲（1953—2019），当代作家和导演，代表作有《红日风暴》《把人字写端正》《美丽上海》等。信中我们讨论的剧本《巴金的故事》，后来没有拍成。

一是杨苡是否要作为叙事者？我觉得线索有点复杂。也许你从电影的角度来考虑，这样比较有利于进入故事；我从史实来看，杨苡在其中的作用并不重要，还不如直接突出巴金和萧珊两个人的故事。

二是能否从主人公年轻时期开始写起，这样比较容易表现一个人的成长史。萧珊原先是一个热情奔放、有点任性的女孩子，她在还不成熟的阶段就走进一个巨人的生命世界，其承受的压力一定是很大的。我写《巴金传》时，最不明白的是，为什么他们新婚不久，巴金让萧珊一个人单独去成都老家？要面对一个大家庭，这对现在的女孩来说是不可思议的。萧珊是把自己整个生命都融化到巴金的生命中，她在西南联大没有毕业，后来一生也没有从事什么专业工作，全身心地支撑了巴金的精神世界。1949年以后。巴金一方面享有了崇高的社会地位，同时又必须要承担许多精神压力，难免有岌岌可危之感。这一切内心的复杂感受，只有萧珊一人能与他分享。萧珊后来的翻译工作，一个人要守住一个大的家庭，等等，都是可以利用来揭示其内心成长的细节。而她的死客观上也拯救了巴金，以此结束了巴金在干校的受难。所以，我觉得萧珊是一个很有内涵的女人。在她经历里隐藏了很多的值得思考的女性问题。

三是有些资料、细节的真实性问题，还可以进一步推敲。如李林在重庆的一场戏，是否有必要？

我没有什么准备,也不了解萧珊。但我觉得,这部电影将会成为人们了解巴金的重要渠道。建议你与小林他们再沟通,尽可能多掌握第一手材料。希望你成功!

祝好!

陈思和
2006 年 8 月 18 日

致赵本夫①（谈改编动画片《白驹》）

本夫兄：

把小说《那——原始的音符》改编成动画片《白驹》，是一个创举。我读了你亲自改编的动画剧本。影片的构思、场面、叙事、气势、内涵力量都不是一般的动画片（尤其是国内目前的动画状况）可比。它所产生的现实批判、人性反思、艺术震撼力和对传统的动画艺术的颠覆性意义也是前所未有的。但也正因为如此，我觉得要拍摄这样一部作品的难度极大，一般意义上的动画片制作，几乎很难达到这个剧本所需要的艺术能量和艺术手段。这分明是一个大挑战。我不知道国内的动画市场是否拥有可以胜任的大资源和高技术。但是如果这个片子成功了，将是动画片发展史上的一场革命。毫无疑义。

我这样认为，是就目前国内动画市场的一般状况而言的。现在国内动画市场不缺乏资金和设施，但缺乏一流的大导演、大编辑以及具有原创能力的美术家，更为棘手的是这个剧本提

---

① 赵本夫，当代作家。

供的故事内涵，与以往动画片艺术的美学趣味是相反的，这是最重要的纠结。它提供了对人类文明及其惰性的深刻反思，对原始正义（包含丛林规则）的崇拜，对人性的深刻批判，对血腥场面的展示等等，都不是一般动画片艺术能够胜任的。它接近于好莱坞的经典片《狮子王》，《狮子王》仍然是一个正义战胜邪恶的传统主题，可它比《狮子王》更具有野蛮性和颠覆性。所以，你和你的合作者要对它的难度和独特之处有了充分的估计，才能着手它的拍摄准备。角色造型等都不是问题，人工资源也不是问题，难度是在美学观念上的突破：如何用动画美学的手段来揭露人性邪恶，如何把狗回到狼的过程一步步揭示出合理性，如何在血腥场面背后展示悲壮的美，等等，这些大问题如能经过充分论证，大家想法一致了，思想解放了，才会迸发出非凡的艺术想象力。

先可以定位：这部作品肯定不是给儿童看的，主要观众是成年人，一部为成年人创作的动画片。但是也不能完全放弃儿童视角的特点。这部影片的叙事视角，应该是通过狗眼看人世间，而不是人在讲狗的故事，人无法理解狗，最多是代表狗来充当叙事人的感受；但如果编导能够从叙事技术展示狗对人世间的理解以及觉悟过程的拟真性和合理性，让人不知不觉在观片时暂时放弃人的立场而转移到狗的立场，这个影片所有的艺术感染力都畅通了，不会让人在观看影片时发生别扭的感觉。

我认为这是获得成功的关键。

为此,我建议剧本把狗的世界和人的世界区分开来,人的世界用正常动画片表达的方式,而狗的世界用默片的表达方式,即狗不要说人话,狗的所有思维、感觉、表达都用不同的狗叫声来表达,用一种音乐的方式和动作的设计来表达。剧本里狗的对话并不多,而且比较简单,完全可以不要用人的语言。唯有一场狗的大会里,这些对话必要时就采用默片的方式,用字幕插话来表示。动画艺术从本质来说是不需要对话的,儿童不懂得深奥的思想语言,可是他们看动画片都可以理解。我们这样做的话,就可以把狗的世界与人的世界区分开,而狗的动作设计和声音模拟就有更高的要求,观众的注意力会慢慢集中到狗的动作和声音上去理解这些动作的意义,不自不觉中就转移到狗的立场来理解这个作品。

狼在动画艺术里一般是担任反面角色(灰太狼除外)。而在我们这个剧本里,狼的角色是转化的,它既是人类的敌人也是猎狗的敌人,狼的残忍本性没有改变,可是故事发展到最后,狗退回到狼的状态,狼又变成了正面的形象。从人类进步文明的角度看,这是反文明的线路,《狼图腾》一再被人诟病也在于此。所以要把这个过程写合理也是很不易的。我觉得还是要承认狗与狼的区别,表现出狗返回狼的不得已,悲壮的意义也就凸显出来了。谴责的是人的无情无义,而不是歌颂狼的榜样

（至少从动画艺术的角度看）。这样，刻画白驹的转化过程就不能不谨慎。你在小说的一开头就是写狗对人的报复，白驹成了传说中的妖怪，在小说里这样写是可以的。但在动画艺术中，这一情节是很难让人同情的。我建议把这段情节改成狼群趁人狗分裂而肆意行凶，屠杀生灵，而白驹在目睹狼对人类的报复时，唤起了它生命深处被压抑的狼性，可是这时候它还未意识要回到狼的状态，它想去村里关心小主人，反被村民误以为妖怪而追杀，逼着白驹返回狼的处境（就有逼上梁山的感觉），被追杀的还有其他狗，让17条患难与共的狗一起被逼上梁山。

最后一点重要意见是，人类的绝情还是要留下余地。剧本里塑造了小石头、七爷爷等角色是对的。让七爷爷更加神化一点，起到在当下世界还能与伏羲爷通灵的作用。人也应该区分两类不同的角色，一类是土匪图屠夫（坏蛋），还有一类是受压迫者，但是贫穷使他们失去了同情心和仁爱之心，人类背叛了狗，是因为他们不懂得尊重异类的生命，更主要还是因为贫穷与压迫，这个道理还是要表达清楚。有些事情在人类看来很正常，而在狗类看来则不正常，所以表达起来格外困难。我觉得应该有一场戏是小石头为救白驹而死去（可以是假死），白驹受到刺激对人类彻底绝望，愤而走上了狼的道路；而小石头在死去后灵魂与伏羲（也可以是七爷爷）对话，明白了狗与人的关系、羲狗的来源等等，然后生还后一定要去把狗呼唤回来。

现在这个结尾非常之好，但是前面情节要有所加强。

我想到的建议，主要就是上面这些，有些细节问题，将来主创人员在进一步修改时会解决的。我曾经涉足过动画市场，其中的艰难和阻力我是有充分认识的。但我很支持你的大胆尝试，如果成功，那是一个重大的创举。明年电影《狼图腾》也将问世，据说是一部美轮美奂的作品。如果兄的动画能够一举成功，相益得彰，将会成为电影届的盛事。我很期待。

祝你成功！

思和写于 2014 年元月 3 日

收入编年体文集《耳顺六记》
原题为《关于改编动画〈白驹〉的意见》

第五辑

避疫期间的书简选

致徐连源①（谈《桐城故事》）

连源兄：

昨晚我给你电话时，你在高铁列车上，手机里传来轰隆隆的列车飞驰的嘈杂之声，压倒了我们通话的声音。我放下手机，静静想了一下，还是决定给你写这封信，把我阅读《桐城故事》②后的想法告诉你：你，还有你的夫人乌日勒春香，合作写出了一部很好的小说。为你们高兴，祝贺你们。尤其让我感动的是，这部小说是你们夫妇在艰难恶劣的生活环境和沉重的精神困境之下，你夫人不断地讲述故事为你减压，而你也迫使自己不停地写作，把这些故事写下来，终于啊，成就了一部中国式的"天方夜谭"。

这真是一部有点传奇的小说。它描写的是民间艺术家的流浪生活。小说里的桐庄，大约暗指北京郊外的宋庄，故事时间发生在2007年北京奥运会前夕的一年左右，但是故事中人物的经历都可以追溯到半个世纪以前。那些艺术家们现在也都到

---

① 徐连源，我的朋友，长篇小说《桐城故事》作者之一。
② 《桐城故事》，中篇小说，刊昆明《大家》杂志2022年第3期。作者署名阿古拉。

了知天命的年龄，他们离乡背井，怀着一点朦胧理想聚集在桐庄，蹉跎半生的岁月，说是梦想在此一举成名，其实他们谁都明白，他们是生活和事业的失败者。对他们来说，桐庄成为他们的避难所，一个世外桃源，在这里，他们可以躲避尘世间为人父、为人子、为人夫、为人妻，以及世道人心的种种责任，可以随心所欲地去追求他们心心念念的自由精神。

我想起了以前读过的两部描写当代艺术家精神生活的小说：张炜的《能不忆蜀葵》和冯骥才的《艺术家》，描写的是作为知识分子的艺术家，已经功成名就，他们与商品大潮的关系，往往是或以清流自居，或就是同流合污，人格下降。尽管在作家的笔下呈现了复杂微妙的人性描写，但在我读来，仍然是我所熟悉的艺术话语。然而《桐城故事》不同，我读之感到新鲜好奇的，是那些既陌生又鲜活的民间故事，这不是远古传说中的民间，而是活生生的发生在当下，社会体制以外的老百姓的民间故事。关于流浪艺术家们所构成的"北漂"的生活状态，我早已听说，却从未亲身体验，但这是一个真实的、具有当下生活意义的民间。如果没有厚实的生活基础，你们是无法如此鲜活地展示出这么一个生龙活虎、藏污纳垢的民间世界。

你们原来为小说取的题目是"一个女人四个家"，这个题目我以为不够切题，容易引起误会。为什么？"一个女人"，自然是指小说的女主人公兰兰，那么"四个家"呢？当然是指四个"艺术家",小说的主题是写兰兰如何照顾、支持和成就了四个民间艺术家的创作过程,然而这个"家"什么意思?究竟是指艺术家?还是暗指女人与艺术家的关系?很容易引起暧昧的联想。我很欣赏小说中兰兰这个形象:既带有江湖女侠的豪迈与风尘气息,又有地母般的包容与仁爱之心,她与四个艺术家、与流浪青年,以及与其他各色人物的关系,都光明磊落,爱其所爱,悯其所悯,恕其所恨,普渡众生。她一生只爱过一个负心男人张子奇,终身未悔,南瓜餐厅里聚餐的几个细节,写得楚楚动人。她对于那些人生事业的失败者、弱者们,都关爱有加,但又不是一般慈善行为,而是看准了他们的艺术才华,不断鼓励他们振作起来,命运与共,休戚相连。她对那些伤害过她的人,包括可能是她的生父大艺术家那旗、先前的情敌郭莹莹,她不但宽恕了他们,而且还争取他们、利用他们,把他们的能量转化为她自己事业发展的机会。我注意到兰兰与那旗、与郭莹莹等人的复杂关系中,没有丝毫的龌龊和自卑,她对他们(这些成功者)的善意的宽恕,反而使被恕者在人格上得到了正能量的提升。因此,整个桐庄故事都是围绕兰兰为中心而展开,"四个家"无法涵盖那么丰富的内容。

那么就叫"桐城故事"吧。桐庄的民间世界藏污纳垢,鱼龙混杂,但又生气勃勃,孕育了艺术家们的自由不羁的创作精神。桐庄的各色人物,虽然带有艺术家的基因,但他们的人生道路都十分坎坷，每个人，甚至他们背后的家族，都被深深地镌刻上历史的烙印。他们每个人都是虔诚的艺术家，又都是底层社会的普通劳动者；每个人都身怀绝技，一鸣惊人，又都是命运坎坷，祸福无常；每个人都善良、活泼、天真，但是又都被不幸的命运逼迫在社会道德法律边界线上挣扎。小说最初通过一个单纯的流浪青年蔡阳的眼睛去观察和感受桐庄，看到冲天猴、坐地炮、小油壶、老道长"四大家"都是歪瓜裂枣似的不修边幅、放肆人性，但随着故事的叙述，他们的感情世界、江湖义气、人生理想、自由精神，以及昂然怒放的生命力都逐渐被显现出来，而与桐庄世界的另外一拨人——高高在上的所谓艺术家、成功人士的那旗、张子奇之流划清界限。前面我提到过，像张炜、冯骥才们所刻画的当代艺术家形象，主要是属于那旗、张子奇的世界的知识分子，而你们却为文坛提供了新的民间艺术家世界的群像。这一点，我认为是很成功的。

这部小说是你们夫妻之爱的结晶，是一个健康、活泼、甚至有点儿野性的宁馨儿。一个幼小的生命刚刚诞生，还需要你们的细心呵护调理，让它一步步成长，越来越健康完美。作为一部小说，它还是有些稚嫩，也不是没有进一步修改的空间。我觉得，《桐城故事》最需要加强的是流浪青年蔡阳的故事。他是一个比较重要的人物，兼着叙事者的功能，桐庄故事是通过他的眼睛来展示的，但他自身也是桐庄故事里的一条故事线索，不能不要求它更为丰满一些。蔡阳这个人物，一方面牵连着欢欢那一条线索的故事，蔡阳与欢欢既是两小无猜的小冤家，也是不知情的异母兄妹，所以他们最终是要分手的。蔡阳寻找欢欢的故事里隐含了乱伦与赎罪的主题；再者，蔡阳原来是一个对艺术一窍不通的人，他是桐庄唯一的一个与艺术无关的人，但后来在四大家的指点下，书法、绘画等绝活慢慢地激活了他身体血液里的艺术细胞，这使他可能朝着艺术的道路发展，这里也隐含了一个与教育和成长有关的隐形主题。所以，蔡阳本人是一个有故事的人，还需要给他充分的营养来帮助他的成长。

连源兄，我们已经好几年没有见面了。你的这部小说初稿也在我的电脑里耽搁了差不多一年的时间。这几天因为疫情上海封城，我居然花了一天的时间看完这部有趣的小说。趁着新鲜的感觉还没有退去，就写下几句，供你们再进一步修改时参考。

请向你的王昭君问好。此致

俪安

弟 思和 敬拜

2022 年 4 月 8 日

初刊昆明《大家》2022 年第 3 期

原题为《读〈桐城故事〉一些感想》

致黎奇[①]（谈《《绵绵诗魂》》）

黎奇兄，

　　近好。

　　本来以为兄六月份能够回国，等待见面畅谈。但就这回上海的疫情防控情况看，料兄暂时无法回来。种种奇奇怪怪的措施，让我们这般年纪的人有机会重温了一番历史记忆，且不去说它也罢，不过也有好处，疫情中我终于可以"足不出户"，有了一点时间来安排处理所欠下的文债。半个月来，我几乎分秒必争，沉浸在读书和写作之中。上午刚刚读完大作《绵绵诗魂》，我趁着记忆犹新，赶快写下一点心得，传兄一阅，供修改时参考。当然是我不成熟的一家之言，未必准确。

　　《绵绵诗魂》在叙事形式上引人入胜，叙事结构别出心裁，我记得与兄以前创作的叙事风格也相吻合。特别是叙述语言畅晓秾丽，趣味丛生，何况诗文交集，抒情绵绵，这都是好的地方。大作是一部挺有趣味，也有新意的长篇小说，公开出版应无太

[①] 黎奇，旅德作家。《绵绵诗魂》是他新著的一部长篇小说。我读的是电子文稿。

大问题。但是从更高的要求来看，我谈几点可以斟酌的空间：

其一，这五个故事，三个是纪实，两个是虚构，穿越时空进行交错叙事，突出了一个"情"的主题，一个"诗"的主题。但两者究竟是怎样的关系？哪一个更为突出？小说似乎一直是在讲爱情故事，诗歌不过是主人公身份的关系而作为叙述副线，何况后两个叙述者的主要身份也不是诗人，与前三位货真价实的大诗人不可同日而语；如从感情出发，每个人的爱情叙事都有平等的权力，只有情感的真伪和厚薄之分，没有高低尊卑之分。所以叙事主线应该是明确的。但是小说写到最后，小说叙事似乎换了频道，重点成为讨论诗歌，特别是第四位叙事人身后留下的《莲花宝典》都是关于发展现代诗歌的意见，第五位叙述者更是把兴趣都放在现代诗歌的传播上，好像与整部小说的结构主题有点偏了，其实"鱼虾故事"的大团圆就有点弱了，与前面四位悲剧性的结构不相协调。如有可能作进一步修改，使小说贯穿到底的叙事主线集中在爱情方面，艺术的感染力会更强烈。

其二，大作究竟凸显诗人情爱故事的什么意义？以我个人的理解，五四新文学发展是一部个性解放的历史，当凸显诗人的纯粹和天真，以及他们在中国文化走向现代性的进程中最无顾忌、最无名利、最先锋地追求他们的完美理想和人性境界。而别的文人，哪怕是思想最尖锐的文人作家（像胡适、鲁迅、郁达夫等），都无法自觉做到这一点。中国发展了百年现代化，至今保守的文化糟粕与世俗偏见，依然占有很大的势力。如果把诗人的爱情追求与世俗偏见、社会势力等冲突、斗争、悲剧结合起来，而不是仅仅叙述他们的爱情故事，尤其是把诗人本身在这种社会转型过程中的自省因素也放进去，那会更有意思。诗人本身也有男权社会留下的封建残余问题，譬如三个现代诗人始终沉迷的娇妻美妾齐人之福的幻想，是很需要反思的。

其三，有些叙事道具需要加强，或者说，要求表现得更为合理。譬如那口神钟的来历，究竟语焉不详，魔幻也好，穿越也好，构思无妨神奇荒诞，但叙述必须有逻辑，合情合理。《长恨歌》叙说唐明皇晚年思念杨贵妃，还是要落实在"临邛道士鸿都客"的外来法术，故事才能顺理成章。大作叙事中一些关键性的道具，如神钟、蟒蛇蛋、神秘山洞等，都好像没有最后交代底细。这些小地方是可以再加工的。

其四，两篇代跋本身很有趣，但放在文本里作为序跋不是很合适，容易误导读者。

以上这些都是我刚读完的第一想法，马上写下来，在第一时间告诉你。也许过了些时间，我的想法也会改变。顺致问候

弟 思和

2022 年 4 月 17 日

致王舒漫[1]（谈《丁芒评传》）

舒漫女士：

你的书稿《丁芒评传》在我案头放了一年有余，也不是抽不出一点儿时间来阅读，只是手头工作积压太多，日常杂事也太多，若是按照先后秩序、轻重缓急来一件件处理，总还要拖更长的时间。前些日子桂芙大姐已经来电催促，但我还是无法确定什么时候安排阅读。可是没有想到，上海这次"封城"封了这么长的时间，先是停摆五天筛查奥密克戎病毒，后来竟延宕两月之久，限定市民一天24小时"足不出户"。从4月1日愚人节开始，居住浦西的我，几乎每天十多个小时稳坐书斋，心如止水，埋起头来，处理一件件手头工作，终于按计划读完大作。今天——5月31日，"封城"整整两个月。相传明天6月1日可以解封——但愿不是儿戏！不管是真是假，我必须在这个时间节点上写完这封信，谈谈我读完大作的体会和建议。

---

[1] 王舒漫，笔名蕙兰于心、舒漫，诗人丁芒的传记作者。

我与丁芒先生不熟。很奇怪，20世纪80、90年代我曾经频繁前往南京，参加各类文学会议，也由此结识了许多江苏的前辈作家和同龄朋友，却一直无缘识荆诗人丁芒。虽然他的名字经常见诸刊物，作品也时有拜读，竟也不知道他就在南京工作、居住和写作。今拜读大作，知悉丁芒人生坎坷，历尽苦难。再读他的诗作，方能理解他所咏叹的"曾从枪林弹雨过，尸布剪取作衣裳；曾经霹雳三番贯顶来，浓泪作药苦肝肠；馀火熊熊焚劫后，狭阴沟里自摇桨"的人生三部曲是怎么走过来的。为之动容。于是我找来《丁芒全集》读，可惜"封城"之际，一切都如在暗夜中行走，找本书也不容易，我好容易托人从网络上陆续读到丁芒全集新诗卷和诗词曲卷的部分篇章。旧体诗古风第一篇《凌云歌》就很吸引我，构思奇诡，想象瑰丽，而当时作者才15岁，时间是1940年。

我很喜欢丁芒先生的旧体诗、词、曲，更喜欢他的古风和自由体词曲（自度曲）。五四新文学从提倡白话诗起步，如果上溯到黄遵宪的"诗界革命"，自有百年历史，大家名家辈出，浪漫、现实、现代、后现代……与时俱进，变幻莫测，始终占据了诗坛的主流；而旧体诗（包括传统诗词曲赋），几经浮沉，独辟蹊径，也渐渐有了响应，现在已蔚为大观。新体诗与旧体诗是中国当代诗坛的两大流派，各有成就。丁芒先生跨越双流做弄潮儿，虽然功德在旧体诗词，但他敢于创新，结合旧体诗的锻字炼句和新诗的切中时弊，写下大量诗作讽刺现实社会中的歪风邪气。我以为这是他最好的诗，也是能够流传于后世的一份思想艺术的宝贵财富。我没有读到丁先生的诗论，从你写的《丁芒评传》里反复论及诗人力图探索传统诗词在当下的创新道路，以及如何将新体旧体融为一体的诗歌形式等篇章，我大致能领会你所说的，应该也是指丁先生在这方面的创作实践。

丁芒的自度曲让我想起了赵朴初脍炙人口的《某公三哭》。记得是1965年的除夕，《人民日报》刊登《哭西尼》《哭东尼》《哭自己》，传诵一时，春节期间，长街短巷，逢人都在说"三尼"。这是旧曲牌词的创新，是旧瓶装新酒，讲的是世界大势，直逼着现实故事。这样一晃甲子年即将过去，时过境迁，印象也已经风轻云淡。但我这次读到丁芒的自度曲《人情风》《裙带风》《内耗颂》等，那种喜怒笑骂，那种锋芒毕露，那种直面人生，一下子我就联想到当初赵朴初的诗风。丁芒先生的诗歌创新有本有原，珍贵难得。丁芒的词也有些写得极好，味醇神逸。如他的一首《蝶恋花》，以红豆为题写夫妻情深："十载悠悠长与守，风雨晨昏，眼里新霞透。雾染斜枝疏影瘦，梅园又是花时候。红烛摇光恍若旧，弄笛调筝，爱作双重奏。梦里犹窥人背后，暗开锦盒数红豆。"是对苏东坡《江城子·十年生死两茫茫》的反其意而作，尤其末尾两句，也是梦中造境，却充满了晚景幸福的不俗情趣。丁芒的新诗也有耐人寻味之作。如你在《评传》开篇即引在前面的《雷》《电》两篇，那种磅礴气势与天问的口吻，都有郭沫若在《屈原》里所写的"雷电颂"的节奏和力量。

好了，我读丁芒诗还不够多，也没有读齐他的全集，有些印象只是零零碎碎的，不成系统。但丁芒先生是一位有着诗学理论、又有着广泛实践的老诗人，他的诗有意识地体现了他的诗学理想，值得细细咀嚼，深深钻研。由此，我倒是产生一个不成熟的想法：建议你对《丁芒评传》整体结构做一次大的改动，由传记改为评论。因为从现在的书稿状况来看，你热情赞歌有余，理性分析不足，而且，全稿于传的部分材料太少——估计是已经另有人所写《丁芒大传》在前，你不愿意重蹈前人走过的路，于是把主要力气都放在对其诗歌的赏析和评价之上。我觉得这样的选择是对的，但似乎还可以进一步做得更好。我建议你把第一章《人生赋》压缩为一篇导论，接下来把丁芒先生创作的新诗、旧体诗词、曲包括自度曲、以及散文，分为四大类，各选若干代表作，然后进行文本细读，赏析评论，其中融入丁芒先生的诗学理想和诗歌理论。我看这些内容在你的书中都已经陈述有序，材料丰富，不妨换一种表述体例，可能会更加集中地发挥你的叙述特长，把丁芒诗歌的最美好的部分，和你的最擅长的文学书写，两者结合起来，实践你宣传、研究

丁芒诗歌的努力。这样的一本书，是珠联璧合，一定会很精彩。所以冒昧提出来，仅供参考。祝你成功！顺祝
暑祺

2022 年 5 月 31 日

第六辑

拾遗书简

致王观泉（关于《英雄》①的批判）

观泉先生：

我很感激潘旭澜先生对我的支持，文章在外界有所反响，正说明了这是社会所关注的一个热点，也说明对当下文化现象的批判应该是我们杂志的努力方向之一。有的朋友说这次对《英雄》的批评太迟了，我想这只是相对传媒的流行话题而言，其实对这部影片所存在的要害问题的讨论，我们只是开了一个头。《英雄》还不只是"拍御马"，那是我们人文知识分子的一厢情愿，《英雄》的导演眼光远大，瞄准了真正的观众是奥斯卡以及奥斯卡背后的权力意志。我在另一篇文章里也说过这样的意思，《英雄》渲染"天下"意识，却不知道"天下"这个单词的意义所在。明末顾炎武对此有过解释，将"天下"与一姓之国家相对立，将匹夫与肉食者相对立，在顾炎武的理解里，一姓的统治者虽然窃取国家的名义，但与老百姓没有真正的关系，而"天下"恰恰是超越了一姓国家之局限，关涉民族

---

① 《英雄》，张艺谋导演作品。

文化根本基础，这是人性赖以成立的基本要素，只有文化基础发生存亡危机，才是人人有责任为之献身的。但《英雄》把这基本概念拧反了，他把"天下"理解成比国家概念更大的"世界"，而强秦正是那个时候"世界"的统治者。《英雄》是劝说荆轲们千万不要去刺"秦"，而应该反过来，为了秦始皇的"天下"放弃生命和正义。可惜洋霸主太没有文化，弄不懂中国艺人还有那么复杂的一番弯弯绕的苦心，竟把好端端送过去的一份"天下"的礼物给怠慢了。

您是文学史家，对学者、学生参与新文学运动自有一番独到的理解，这也是对《上海文学》今后努力方向的鼓励。作家张生曾给我来过一信，他建议我在"好看的中篇，精致的短篇，敏锐的评论，民间的立场"四点以外，再加一个"学院的精神"。目前《上海文学》是当下唯一的以人文学者群体为支柱的文艺性刊物，这个资源我自然会珍惜。不过我虽然来自学院，对学院的问题也许还看得清楚些，因此也有点犹豫，我想学者最好都是陈独秀、胡适、鲁迅之辈，如果辜鸿铭（他现在很走红）也来参与新文学运动，那怎么办？他也是学贯中西的学者啊。一笑。

上海天气怪怪地热，祈保重身体。

思和 顿首

初刊《上海文学》2003 年第 10 期

致李安[1]（谈《上海文学》与底层写作）

李安读者：

　　这不是异想天开啊。《天涯》杂志就有一个栏目叫"民间语文"，是我特别喜欢读的一个栏目。《上海文学》开辟"人间世"栏目本来就是希望刊登来自民间的故事和信息，现在刊登的杨显惠先生的定西孤儿院的故事正是从这个意义演化出来的。我刚刚接到杨先生的来信，他的连载将在七月以后告一段落（他的来信将在下一期刊登）。因此，你的设想正是对我的工作的一个好建议。我想栏目还是可以叫做"人间世"，只要来自人间社会的故事，我们都要重视，也都有兴趣。希望你的来信能够引起读者的关注，能踊跃给我们来稿。

　　再次谢谢你的建议。

陈思和　敬拜
2006 年 3 月 11 日

---

[1] 李安，苏州读者。

附李安来信：

尊敬的陈思和老师：

你好！读了贵刊吴亮先生的"底层手稿"，忽发奇想：如果贵刊能开辟一个来自底层作者的小说散文栏目"底层手稿"，该有多好。

这样的栏目，也许会吸引一大批陌生的眼球。因为，对于精英们，这是一个全新的视角和感受，对于普通百姓，这是合他的胃口的"家常菜"。这道菜与"底层讨论"相映成趣，一定更加有味道。大多数读者阅读文学作品凭的是直觉，很少会去刻意分析写作技巧。所以"底层手稿"即使技巧上略逊一筹，也不至影响阅读欲望，相反，也许会刺激读者兴趣呢？这就像"还珠格格"的"语录"，不仅赢得了"皇阿玛"、"五阿哥"，还赢得了广大电视观众。

建议在"底层手稿"文章结尾处，注上作者的职业等简单信息，以增加可信度和读者好奇心。拿出10%的篇幅，大约一张纸的空间，给"底层手稿"，应该不会影响贵刊的高贵、大气的形象，反而会增添一些生机和情趣，吸引了一部分"下里巴人"也加入读者的行列。你以为如何呢？也许是异想天开吧!

您可别见笑。

热心读者 李安 敬上

2006年2月26日

来信和复信均初刊《上海文学》2006年第4期

致陈惠芬[①]（谈《上海文学》与女性主义）

陈惠芬：

你好。

《上海文学》刚发了一点与妇女问题有关的文章就获得你的鼓励，真让我高兴，当然剩下的意思是，希望上海研究女性文学的专家也出场呼应。《上海文学》目前正在讨论关于1960年代作家的长篇小说的问题，好像不同意见非常多，众说纷纭，连续两期都有一些评论家在发言，连大隐隐于市的程德培也按耐不住，拍马舞刀了。我突然想，他们讨论的和关注的几乎都是男性作家的作品，1960年代出生的女性作家呢？有没有值得一说的空间？本期特发表金理对迟子建长篇小说的评论，但我期待女性批评家的你也来发表看法。祝
身体健康

思和 顿首

2006年5月17日

[①] 陈惠芬，上海社会科学院文学所研究员。

附陈惠芬来信:

陈思和:

《上海文学》现在越办越好了,像第三期刘慧英这样的文章[①],一般综合性的文学刊物不会考虑,现在竟出现在贵刊上,体现了刊物的包容度,很有"五四"时代男性办刊人的气度——回望起来,那时的男性精英与女性刊物、女性问题都有千丝成万缕的密切联系,而刘慧英的研究文章本身也是非常有价值的,中肯而有见地,与时下一些似激烈而浮泛的女性主义大不同。

祝《上海文学》越办越好!

陈惠芬

来信和复信均初刊《上海文学》2006年第6期

---

① 指的是刘慧英的论文《被遮蔽的妇女浮出历史叙述——简述初期的〈妇女杂志〉》,载《上海文学》2006年第3期。

致《文学报》编辑（关于巴金的旧居及名字）

《文学报》编辑：

今天读到刚出版的贵报（第1096期）的《博闻》栏的文章《巴金旧居缺乏管理错字连篇》，里面有两个错误。第一，文中所说"成都的百花潭公园巴金旧居——慧园"，是不对的，慧园不是巴金旧居，只是按照巴金小说《家》里的描写而设计的旅游场所，巴金的旧居在成都正通街，因为几易主人，陆续被拆，巴金先生在文章里说过："1960年我第四次回成都，再去正通街，连藜阁也找不到了。这一次我住的时间长一些，早上经常散步到那条街，在一个部队文工团的宿舍门前徘徊，据说这就是在我老家的废墟上建造起来的。"那个部队文工团是战旗文工团。1987年10月巴金先生第五次回故乡，又访旧居地，只能辨认出一棵桂树，依稀是当年旧景观。所以文章报道的所谓"巴金旧居缺乏管理"是不存在的。第二个错误是文章里纠正那儿陈列图片中的错字，说"如大哥'李尧极'成了'李尧枚'"。这更不知所云。巴金的大哥就是名叫李尧枚，所谓"李尧极"的"极"字显然是"枚"的错排。问题是这个错究竟是慧园里图片说明的错，还是登载那位巴金专家文章的《扬子晚报》排错？因为任何一个巴金专家都不会生出巴金大哥名叫"李尧极"的怪念头来。此文虽然是转载《扬子晚报》，但因为贵报影响较大，在读者中有权威性，所以还是希望及时更正，以免以讹传讹。

本来我写这封信也是多事，但既然写了，还想借贵报一角，再谈几句与巴金的资料有关的事。今年新疆沙雅县有一位中学教师给我写信，说新疆语文期末考试卷出了一道填空题："巴金，原名＿＿＿＿＿＿"，他的学生填写"李尧棠"，被批了错误扣分。原因是该题的标准答案是"李芾甘"。人民教育出版社出版的《高一语文教学参考》也说："巴金，原名李芾甘。"其实，巴金原名是李尧棠，字芾甘。他的大哥名叫李尧枚，二哥名叫李尧林，巴金的名和字意义相配，取自《诗经·召南·甘棠》中"蔽芾甘棠"。巴金在法国读书的学生册上也是用李尧棠的音译。现在一般人名字不分，说巴金原名叫"李芾甘"也勉强算对，但至少不能让填写"李尧棠"的学生"扣分"。我当时人在国外，没有及时收到这位教师的来信，等回国才看到信时已经晚了，所以没有及时给那位教师回信。但一直耿耿于怀，今天趁此机会就一起说一下，也许对以后的中学生考试有些帮助。谢谢。

陈思和

1999 年 9 月 30 日

初刊上海《文学报》1999 年 10 月 7 日

原题为《"巴金旧居"辨正及其他》

致萧金鉴[①]（纠正巴金研究史料）

萧金鉴先生：

去年来信和几种《书人》均已拜读，刊物办得清雅喜人，我放在书桌上时有翻阅。因为杂务太多，未能为刊物写出什么文字的东西，但是先生约稿之好意，时时对我有所鼓舞。然而今天我无意翻到刊物去年贰月号中王璞的《巴金一生的三坚持》一文，心里有些话忍不住要说，虽然王璞也是我认识的学者，虽然此文发表时间已有年余，但短短一文有如此多的错误，我觉得还是应该指出的，只是不知《书人》现在还在坚持出版否。

王璞对巴金老人的尊敬和阐述都是无可非议的，我要指出的是一些常识性的资料错误，也许王璞身在香港手边没有具体材料，只是凭印象而写，如是这样，我觉得更加应该及时纠正过来，以免以讹传讹。

王璞的文章第三段落："巴金一生所守，似乎可以用三坚

[①] 萧金鉴，资深编辑，藏书家，退休后曾主持民间读书杂志《书人》的编辑工作。

持来概括。"接下来她所论及的每一个坚持里都有错误。

先看第一个坚持：坚持无政府主义信仰。文章原文第一句就说：大家都知道巴金这个笔名是因无政府主义者巴枯宁和克鲁泡特金而来……。这个典故当然是许多传记作家所知道的，但是，巴金本人从未承认过，即使在20世纪30年代他就说有人在他的笔名上造谣，在1950年代的创作回忆录里，他特别说明了他的笔名中的"巴"字来自法国读书时一个自杀的同学巴恩波，而不是巴枯宁。当然，这也可以聊备一说的。但接下来的问题就更大了："其实巴金一辈子都坚持自己年轻时的理想，他在晚年接受访问和写文章时都曾说过：我还是个无政府主义者。"王璞说的"晚年接受访问"是哪一次？谁去采访的？他"写文章"又是哪一篇，发表在哪里？据我对巴金的了解，他决没有可能这样来宣称自己的信仰的。我在巴老晚年曾多次与他谈到这些问题，我们关于无政府主义的看法非常接近，我也非常理解他的态度立场，但巴金即使在私下里也不曾这样说过，遑论公开接受采访和写文章。再后面：这正是巴枯宁代表作《互助论》的中心思想。巴金接受过互助论思想没有错，但《互助论》不是巴枯宁的代表作，而是克鲁泡特金的代表作。中国有朱洗的中译本，可以去查，与专门从事暗杀暴动的巴枯宁是没有关系的。

第二个坚持：巴金的第二个坚持是文学……可以说他一辈

子除了文学没干过其他事。这个概括也是不准确的。巴金一生都说他从事文学是误入歧途，不得已而为之。他早年从事社会运动和关于无政府主义的理论研究，这早已被许多传记作品所描述过，直到大革命失败、无政府主义运动遭到全面镇压以后，他才不得不通过写作来发泄内心的苦闷和感情。直到1990年代初，我专门访问他时，他还是强调自己是业余的作家，自己想做的事业不是文学。当然这并不妨碍巴金成为一位重要的作家，也不影响他在文学史上的重要贡献，但王璞的表述是不准确的。

第三个坚持：是巴金对妻子萧珊的爱。这个论述是不错的，但令人奇怪的是，论述中把巴金晚年最重要的一篇作品《怀念萧珊》错成了《忆萧珊》，王璞如此推崇巴金的这篇散文，怎么会连标题也写错了？巴金写过两篇怀念萧珊的文章，一篇是《怀念萧珊》，收入《随想录》；另一篇是《再忆萧珊》，收入《病中集》。王璞所说的不可能是后一篇，应该是指前一篇《怀念萧珊》无疑。

一般来说，文章中出现资料错误是难免的，何况王璞也不是专门研究巴金的专家，她从一个作家的立场来论述她对巴金三坚持的理解，我觉得是很好的事情。我之所以要指出这些错误来，是有感于现在对资料的准确性实在是太不重视了。前不久还有一本国家级出版社正式出版的图书里竟公然说，巴金已经"去世"了。对还健在的老作家就已经漠视到这样的地步，更何况对其他作家和其他的文学作品？所以我不光是对着王璞的文章发这一通议论，来多管闲事的。在此恭祈
编安

陈思和 敬拜
2005 年 6 月 18 日

初刊长沙《书人》第 10 期

原题为《关于〈巴金一生的三坚持〉的几点意见》

致高凯[1]（赞"甘肃八骏"）

高凯院长：

欣闻西北甘肃文学论坛小说八骏再度启程，飞越黄河，直抵京城。诗人兴会，文坛感奋。

遥想京华，清秋明澄，"圣火"弥息，"马蹄"扬尘。朔风刚健，大漠精神。戈壁双舟，雪漠驰骋。文坛新军，青云步升。犹如军校，文武学存。龙马朝天，万物向春。身有肉翅，足必践土。黄河九曲，紫烟无形；飞天多姿，佛面静沉。斯是民间，大音希声。

此番盛举，必有佳音。高朋满座，点铁成金，凯旋之日，高歌功勋。[2]

遥祝甘肃文学论坛小说八骏北京之旅马到成功！

陈思和

2008年9月5日

---

[1] 高凯，当代诗人，当时是甘肃省文联下设甘肃文学院院长，"甘肃小说八骏"文学活动的发起人。本信所赞的是第二届"甘肃小说八骏"的文学活动，是去北京的联谊活动。
[2] 这段赞词里嵌入了甘肃八位作家（八骏）的名字：叶舟、弋舟、雪漠、王新军、马步升、张存学、和军校和任向春，还有发起人高凯的名字。

致张安庆[①]（谈《中国新文学整体观》）

安庆兄：

《中国新文学整体观》虽然出版才数月，把它放在我的面前，我只感到像是面对一位几年以前的熟朋友一样，能够模模糊糊地引起一些关于往事的回忆，却失去了拥抱自己的新生儿时应有的喜悦、欢快和骄傲。也许是它出世太快，来得太容易，以致我还没有细细玩味那从孕育到分娩的痛苦；也许是它还没有能够全面、系统地展示我的思路，以致多少有点嫌弃它的冒失、粗率和幼稚。"牛犊丛书"本该是鲜蹦活跳的小牛犊撒野的场所，如今让早过了而立之年的我去扮演老莱子的角色，总感到不太自然。不过我还是挺喜欢它的问世，借助于它，我有了与更多的朋友交流感想的机会。

我写这本书的目的，与其说是力图沟通中国现代文学与当代文学的鸿沟，还不如说是试图用一种新的研究方法来重新

[①] 张安庆，资深编辑。时为上海文艺出版社文艺理论编辑。

认识新文学史上的某些既定的偏见：诸如对现代主义、现实主义和浪漫主义三种思潮在中国的引进、地位和命运问题，民族文化从文学审美意义上的重新评价问题，以及文学史的分期问题。但真正促进我写这本书的，是在1985年北京召开的"现代文学青年学者研究创新座谈会"上，许多同志谈了现代文学史与当代文学史、近代文学史的沟通问题，我也发了言，谈的是现当代文学之间沟通的可能性。这个发言稿发表在《复旦学报》上，就是本书的第一篇《中国新文学研究中的整体观》（收入书中时我又作了较大的补充和删节），你看得出这篇文章中关于六个文学层次的描述，是受了李泽厚先生的《中国近代思想史论》"后记"影响的，这其实已经透露了一个秘密：我对这个问题的触动和最初的构思，是在1982年左右。那时候读了李泽厚的那篇"后记"时间不长，他的关于几代人的思路启发了我，促动了我去对中国新文学从本世纪初到新时期作一个整体的考察。原先我打算把这个题目作为我的毕业论文，结果因准备不足，一时完不成这样的构思，就搁置了。以后几年，我又参加了"20世纪外来思潮、流派和理论在中国现代文学史上的影响"的资料汇编工作，对当代文学创作也作了一些研究，才使这个题目愈来愈丰富、清晰和完整。直到1985年，为了参加学术会议才动手写了这一篇文章，虽然，它还带着我几年前思考的痕迹，而且有些观点，我到了第二年写《圆型轨迹》①那一篇时，才得以补充和修正了。这次收入书时，我没有改动它们之间互相矛盾的说法：即新文学的第二个阶段，究竟始于1942年的解放区整风运动还是始于1937年的抗战。现在我的观点近于后者，正准备就这个问题再作深入一步的探讨。

然而当我打算把这个研究再继续下去时，却诧然发现：把两种不同时期的文学置于一个整体下加以考察，它的意义明显要大于对两个时期文学的分别研究，它可以导致我们对以往许多结论发生怀疑！现代文学史上的许多现象在近三十年的文学发展中检验出各自的生命力；同样，当代文学史上的许多现象由于找到了源流而使它们的生存有了说服力，这不是一个时间的拼接问题，而是需要我们正视历史与现实，去改变一系列的现成观念。我在这一研究过程中，受到过皮亚杰（Jean Piaget）《结构主义》的启发。但我承认，那本小册子里许多专门性的论述我至今也没有真正理解，我只是受到他关于整体性、转换性规律以及自身调整等一些说法的启示。所以我从没有搬用过结构主义的一套术语。我只是用了自己的名词：史的批评，或者说整体观。关于引进新方法的问题，我极羡慕有些学者能够深入各种深奥的专门化的批评领域，翻译介绍各种批

---

① 《中国新文学整体观》初版本里有一篇《中国新文学发展的圆型轨迹》。我后来觉得这篇文章的观点有点勉强，未收入修订版，以后也没有收入我的其他文集。特此说明。

评理论流派，使人们能够完整地去把握、理解西方各种批评流派。不过我自己却无力去做完这次工作，我有自己更加感兴趣的东西，那就是对中国本身的历史文化现象的考察。记得王晓明兄在一篇评赵园的文章里说，我们这一代学者对当代生活的激情超过了对纯粹学术性的追求。我是同意这个观点的，至少在我能够被吸引的，只是与当代生活、当代文学发生着密切关联的历史文化现象。正因为如此，我不太喜欢结构主义者把结构视作一种具有形而上意义的存在，而与社会、激情全无关系。可能在若干年以后我们能以完全超然的态度来讨论中国文学的结构审美学，而在现在，这样的学术游戏实在还为时过早。因此我所追求的目标很简单，就是站在今天的理论高度来重新认识、评价以往的文学现象，并在历史的观照下，推动当代文学和文化的进步与发展。

也正因为如此，当你问到我写这本书的最大动力是什么时，我只能回答：热爱当代生活。这似乎离开本题太远，但我以为一个知识分子，如果对当代生活没有激情，没有热望，没有痛苦，没有难言的隐衷，那么，他的知识、他的学问、他的才华，都会成为一些零星而没有生命力的碎片。我想，搞文学研究虽不同于文学创作，但在冷静的学术研究背后，仍然需要精神上的热情的支持。我的那一组系列论文，几乎都是在这种激情的支配下完成的。当我在《中国新文学发展中的忏悔意识》中写到:"忏悔意识首先是以对人的自身价值的确信为前提的,当这个前提被否定,不存在人对自身价值的肯定时,'忏悔'就丧失了它的全部文化价值,成为一种自我作践"时,我的心感到一阵阵发痛。我在最近写《中国新文学发展中的浪漫主义》(也是属于这组系列论文之一)时,谈到我们今天正缺乏浪漫主义的想象力,我忍不住地写道:"我辈凡人,平常的梦境总不脱白日场景的重现……我们无法像庄子那样梦见自己化作蝴蝶,无法像曹雪芹那样梦见太虚幻境、梦见大荒山无稽崖,甚至也无法像鲁迅那样梦见死火、梦见复仇、梦见好的故事。我们太实际,我们的想象力都被世俗的计较紧紧缠住,我们的心灵无法驰骋。"当时,泪水已经模糊了我的视线,我激动得不得不放下笔来松一口气。这种激情是通篇论文的精魂,有了它,所有的材料、理论、研究才能变得有生气,有光彩。如果失去了这根本的精神,那一篇篇论述过去历史、文学的文献又有什么意义呢?

还有一个问题,就是写书时建立理论框架与搜集研究史料的关系。你是赞赏《中国新文学整体观》中的一些理论框架的,这也是许多读者共同感兴趣的地方。但似乎有些朋友忽视了另外一方面,即在建立一些理论框架,提出一些理论见解之前,是需要有艰苦的实在的基础训练的。就现代文学研究来说,就是对于原始材料的广泛搜集和综合研究。任何思想都不会凭空产生，即使你能够在一些外来的理论方法的触发下产生出新鲜的见解，也不过是你已经熟悉了你所要研究的材料的缘故。在文学研究领域，浮丽的才华与偶来的小聪明是无法有真正的学术建树的。我很明白自己，如果没有在大学期间读了几百种现当代文学作品，没有系统翻阅了《新背年》《晨报副镌》《学灯》《顺天时报》《小说月报》等七十多种报刊杂志，没有在我的导师贾植芳先生的严格指导下搜集、翻译许多国外的研究资料，我绝不可能写出这样的书，也不可能发表这一系列自己的看法。我在这本书中提出西方现代主义思潮对中国文学的第一次冲击不在1930年代而在"五四"初期，提出"五四"初期接受现代主义的知识分子同时大多数也是反对现存社会、同情革命的知识分子，提出现实主义在中国的命运并非一帆风顺、永远处于主潮地位，提出新文学发展中对传统文化的认识演变轨迹，等等，都不能空口说白话，都必须有根有据。唯有对大量的材料进行综合的分析研究，给予新的评价和认识，才有可能使材料获得新的生命；反之，也唯有在大量的材料研究的基础上获得新鲜感受，以修正改变自己头脑里所盘踞的学术偏见，补充原先构思时的种种不足，才有可能使自己的见解变得更锐利，更扎实，也更加有说服力。记得我在读书的时候，非常佩服范文澜先生用以自勉的两句话：板凳要坐十年冷，文章不写一句空。现在此风不倡已久，但我想，年轻的朋友知道中国现代学术界里曾经流行过过这么一句话,也还是大有好处的。

我能回答你的,大约就是这些。随便说几句,愿能对你的阅读有所帮助。

陈思和

1988年1月于上海飞龙大楼

初刊上海《书林》1988年第7期

原题为《方法·激情·材料——与友人谈〈中国新文学整体观〉》

致梁玉玲[①]（关于"海上文谈"）

小梁：

来信收到，你对我最近写作计划的一些忠告，我欣然收下，谢谢你的关心。关于研究"文革"结束以来上海地区的文学创作，我也知道这是一件有意义又难免不讨好的事情，我之所以有兴趣去从事这项研究工作，完全是出于偶然。你知道，我虽然出版了《中国新文学整体观》一书，但先前计划的十篇系列文章并没有最后完成，今年上半年又写了一篇《中国新文学发展中的浪漫主义》，写得很吃力，其余的又搁下了。原因之一是我觉得这类文章写多了，会不知不觉地形成一种思维模式，这是很讨厌的，我想暂时摆脱一下。正好这时候有一个刊物约我写一篇关于近十年来上海文学创作巡礼之类的文章，这家刊物编辑与我的友情很深，所以尽管如你所说的难写，我还是允诺下来。为了完成它，我最近正系统地阅读一些上海作家的作品，准备陆续做一些个别

[①] 梁玉玲，时为《文学报》记者。

作家的研究笔记，然后再从理论上去分析上海的文学创作状况。

自"五四"新文学以来，上海始终有两类作家：一类是土著，即洋场文化中熏陶出来的作家，他们的创作大都与市民的审美需要有关，带有通俗倾向；另一类是外来的，他们云集在大都市里感受着八方风雨，身携大量的社会信息与文化信息，自1920年代的"创造社"到1930年代的左翼文学，都属于此类。他们代表了新文学发展的主要趋向，上海一度成为新文学的中心，与后一类作家的存在有密切关系。但在1950年代以后，户口制度严格确立，人才流动受到限制，上海文坛上很难出现外来作家，优势即渐渐失去。现在的上海，文坛的封闭与经济的开放是极不协调的。近年来，上海年轻一代作家皆出于土著，靠的是一度上山下乡，方感受到"外来文化"横向交流的气息，也因此获益，但这终非长远之计。但从另一角度看，上海是个现代都市，它的经济文化、意识形态对文学创作也会产生一定的影响，诸如商品经济对通俗文学所起的作用，对外开放、信息繁多的社会环境给文学所造成的特点，都是值得研究的。我打算先从一些作家分析着手，以后再探讨一些综合性的理论问题。前些日子曾写了两篇：一篇《〈随想录〉：巴金晚年思想的一个总结》，一篇《赵长天的两个侧面：人事与自然》，都已经分别发表；最近又写成了第三篇，以徐兴业的《金瓯缺》为题来讨论历史小说的现代感问题；以后还将陆续整理出一些，这样慢慢地形成一个新的研究系列。

至于你说到的如何对上海地区的文学创作做一个全面的总结，我想这不是我的任务，我也没有这样的企图。作为一个批评家，我只能囿于我个人的审美经验，对一些作家作品作出我个人的判断，并谈一些我感兴趣的理论问题。这当然会有局限，有片面，也是无法避免的。我仍希望我的研究能够开一个头，说抛砖引玉也可以，引起更多批评家对这一课题的兴趣，各人可以从各自的角度来研究上海文学，哪怕意见对立也是好事。

唯有在多元的批评中才能够勾勒出一个近于真实的上海地区文学创作全貌。

你信中还提到研究方法的问题。我想应该让批评家与作家站在同等的起点上进行对话，他们同时面对世界，只是用不同的方式来表达自己的感受。如果感受相通，彼此引为知音；如果感受不一，也是正常的。批评家只谈自己的看法，无权向作者去指点什么，当然更不必捧场。批评只是对艺术规律的一种探讨。我对作家的研究，从不忌讳他们创作中存在的局限，即使这样做会触及到一些敏感的问题，我也不能回避。我只希望我的研究对上海文学创作有所贡献。你有兴趣,以后我可以每成一文都先寄你,以便及时听取你的意见。

陈思和

1987 年 11 月 17 日

初刊《上海文论》1988 年第 2 期

原题为《关于"海上文谈"的一封信》

致王光东[1]（关于现代文学研究）

光东：

来信收到，没想到这篇文章[2]花了你这么多时间，让我于心不安。本想利用春节几天仔细读一下文章，不料我家里发生一些意外事情，没有时间细读了。于是我想写封信，谈谈我对我的专业研究的一些想法，供你修改时参考。

我自己也常常想，我的专业是20世纪中国文学史研究，但我为什么会如此执迷不悟地投身到它的深层漩涡里去？为什么会轻易地把自己赖以安身立命的精神传统与这门专业紧密联系在一起？究竟是我在寻求那些被时间或者其他原因所淹没的文学史真相，还是为了自己的文化斗争需要在文学史里寻求某种精神资源？在我的眼里，中国现代文学史从来就不是一个过去的文本，它是一条长河，一直延续到今天，并从我们的身上漫淹过去。大约任何一个时代的文学工作者都不会有我们今天

---

[1] 王光东，当代文学评论家，现任上海社会科学院文学所副所长，教授。
[2] 这篇文章是指王光东当时撰写的《陈思和学术思想的意义》，载《文艺争鸣》1997年第3期。

这样强烈的文学史意识，我清楚地感受到：我是个研究文学史的学者，但我也是在书写文学史。当然不是说，我会无中生有地编造文学史，我所指的"创造"，也就是我和我的同行们努力的目标：把现代文学史从人为的三十年时间限制中解放出来，让它延伸到今天以至未来，使现代文学成为一门非完成式的开放性学科。中国人向来具有创新意识，1949年是一次，"文革"结束后又是一次，1990年代还有一次，"新时期"以后就有"后新时期"，"文革"以后就有"后文革"，等等，总是企图中断文学发展历史，开创出一个"新纪元"。但事实证明这些提法都经不起检验，新文学的传统依然在艰难曲折地发展着。《西游记》里写孙行者在如来的手掌心里翻筋斗，孙行者的空间概念已经是几个十万八千里过去了，可是在如来的空间里还没有翻过他的掌心。我们身在"各领风骚三五年"的文学时代里，不断被一些新鲜事刺激着，动不动以为"新纪元"来了，其实在稍懂一些历史知识的人看来，这不过是"又来了"而已。知识分子自20世纪初社会转型以来的自身现代化过程并没有完成，这道历史的文化的序幕虽然拉开了一百年，但有没有拉到位。还是个问题。所以，可以说，我们都是这部文学史中人，我们从面对的现实生活里发现问题、思考问题，以求解决问题，都能够从这部正在从我们身上流淌着的文学史里寻求精神力量。

当然，这只是我们开掘的第一步，中国20世纪文学及其文化背景，不过是近百年的历史，而且生逢乱世，价值体系屡易不定，作个不恰切的比喻，它不过是块贫瘠的土地，提供不出更多的精神养料。但是，20世纪文学（尤其是现代文学）并不是孤立地形成的，它与中国古典文学的不一样之处，就在于它的开放性与世界性因素，中国作家的文化立场和文学创作，都离不开世界文化的大格局。正因为20世纪中国知识分子没有梳理和整合出自己的新"道统"，没有圆通庙堂、民间和知识分子精英文化的三个不同价值体系，所以20世纪的新传统是一个不完善的开放性思想文化空间，我们面对20世纪中国新文学传统也就是面对了整个世界的文化传统，其提供的精神资源不可能仅仅是中国的。我举一个例子，我在大学里研究中国作家巴金的思想和生平传记时，不能不追寻着研究对象的思想脉络，学习和研究欧洲的无政府主义思想理论，从俄国的民粹派到欧洲国际共产主义的运动史文献，都涉猎过一些。无政府主义者对知识分子个人与历史、民众的关系，对关于个人信仰、理想、道德的自律与绝对个人自由的精神追求的关系，对关于利己与利他的伦理冲突，都曾经作过探讨，这些思想理论后来就成为巴金一代中国无政府主义者的精神源泉。近日我读到《文艺争鸣》上王晓明兄组织的一组青年学者关于精神资源的讨论，很有启发，那些青年人所关注的问题，都使我想起当年那些让我读之激动不已的历史文献。我不知道克鲁泡特金①等人与别尔嘉耶夫②有什么关系，但有些高贵的思想其实是相通的，它们曾经哺育过巴金一代中国作家，今后也会鼓励年轻一代的知识分子，当我们面对新的困扰和疑虑时，我们同样能够从这部历史的承传中获取许多有益的精神财富。这也许是我沉浸于现代文学史不能自拔的主要原因，因为我所面对的不是一部单纯的文学史，它还包含了现代知识分子追求与探索的全部思想历程。

这样的研究目的和研究对象，都使我在文学史观念及其研究方法上形成了自己的一套想法。我们这一批在"文革"后走上学术岗位的研究者，先是从"文革"的江湖里认识人生这本大书，后是在"文革"后恢复和承传"五四"精神的学术氛围里接受专业训练，我们的精神上被烙了"五四"新文学传统的烙印，经世致用的学术观念和现代战斗精神或多或少都制约着我们的学术活动。别人怎样想我不知道，至于我自己，一面是明明知道学术的非功利性和求知的独立价值的重要，另一面却在提倡非功利性的背后，真正的旨意仍在破除以权力为中心的

---

① 彼得·阿列克谢耶维奇·克鲁泡特金（Pyotr Alexeyevich Kropotkin, 1842—1921），出生于莫斯科。俄国革命家和地理学家，无政府主义的重要代表人物之一，"无政府共产主义"的创始人。
② 尼·亚·别尔嘉耶夫（Nicolas Berdyaev, 1874—1948），俄罗斯著名思想家，被誉为"二十世纪的黑格尔"，著有《自由的哲学》《历史的意义》《创造的意义》《人的使命》《人的奴役与自由》《俄罗斯思想》等。

功利主义的功利目的。这几乎是一个宿命,我有时也怀疑我这样做是否违背了科学的研究态度,但我更明白我所面对的这部文学史究竟意味了什么。或许在下几个世纪培养出来的严谨的文学史研究者对我们这一代的研究成果不屑一顾,但我们的工作精神和工作态度,会作为后人认识历史的一份资料,被融入文学史的传统。历史正在我们身上流淌,我们无法超越。也许只有中国现代文学这门学科才会富有这样的鲜活的生命力,我徜徉在其中十多年,深知唯一有价值的工作就是帮助这门学科激发出这股生命力。严格地说,这门学科没有太丰厚的遗产,前人每走一步,都是伴随着权力意识形态的进一步浸透,就像是一株从田野里移植过来的幼枝,被层层绳索与铁丝缚扎成一个盆景,现在最需要的工作就是将那些绳索与铁丝剪除掉,让幼枝自由生长为一棵参天大树。在这个领域里,在我看来几乎没有什么既定的条条框框是不可以被质疑的。我在这十多年来一直做着这门学科的证伪工作。既是证,就需要认真艰苦的材料收集和分析,不能随心所欲地标新立异;但既然证的是"伪",就需要史识和史胆,要有无畏无饰的求真精神。从研究巴金开始,我每涉及一个研究课题,都是希望能破除一些东西,你不妨读那篇致汪应果先生的信,大约能明白我对这部文学史的证伪工作做到了哪一步。你在文章里提到"重写文学史",其实"重写"的真正用意也就是想提倡"怀疑精神",这是方法论,并非在于对具体文学史现象或人事的评价（遗憾的是，至今仍有些人以为"重写文学史"是一场"翻烙饼"运动）。我比较喜欢胡适之的一句座右铭："做学问要在不疑处有疑"。怀疑精神适用于一切学术对象，既是对谬误的揭露，也是对真理的检验；但证伪不是简单地否定一切，而是希望在指出真理的有限性以后，将原来的文学史理论、观念和内涵的缝隙撑开，从中发现被遮蔽的隐性现象，提出新的解释理论。我后来关于战争文化心理与民间理论的提出，都可以说是"重写文学史"的个人研究结果。如果没有对一些文学史的观念前提的证伪，是不可能产生这些想法的。我感到兴趣的是，在研究这些课题的过程中，一旦摆脱了以前文学史的一些基本命题的束缚以后，突然产生出自由想象的空间，许多前所未有的想法都不邀自来，纷沓而至，这才能体会思想的快感。至于这些学术观点本身的价值，因为只是一种个人性的参与，能不能获得一般认同倒在其次，我只是希望通过对某个命题的突破性研究引申出一系列的学术争鸣，也包括被证伪。现代文学史不是一门成熟的学科，它自身不完善并不一定是缺点，倒是它可能再生新的生命力的优势。近几年来现代文学这门学科遇到了各种思潮的挑战，我有许多同行朋友都表示了应战的态度和坚守岗位的信心，我理所当然会赞同朋友们的这一立场，但我想做的工作，还是继续剪除这株盆景的各种废枝和人为束缚，并且不断帮助它吸收和包容异质文化的营养，我想只有让它成长为真正的大树，才能真正有效地阻挡风霜的侵袭和摧残。

与证伪的工作相应的，是我一直在努力使这门学科摆脱某种共名的观照，提倡个人性研究话语对它的解读。我这里说的"共名"，不仅指过去的权力意识形态的潜在影响，也包括今天的各种被时代认可的流行话语。记得在主持"重写文学史"的时候，有不少人认定我们提倡"重写"，就是想否定前人的文学史而自己取而代之；也有些好心人建议说：你们不要提"重写"，可以提"另写""复写"等等；后来关于"人文精神寻思"的讨论中，又有了类似的指责，说我们提倡"人文精神"就是抢"话语权"，就是破坏了宽容、多元的大好形势，等等。这两种批评意见都有相似的思维特点：批评者并不关心你的主张和结论对与不对，只是关心你的发言态度，他们只允许一种"共名"，新的观点只能在认可共名的前提下作补充发言，但不能与"共名"平等对话，当然更不能争鸣。这就有点像 1950 年代"反右运动"时的主调：你不是不可以提意见，但要看你提意见的立场和动机，决不允许你利用提意见来与党分庭抗礼。以此推理，对文学史"另写""复写"，甚至"补写"大约都没什么问题，唯独一提"重写"就成了立场问题。我是不同意这种禁忌的，在学术领域（其他领域暂不作讨论）不管以什么名义制造的"共名"，一旦成为对个人学术思想的妨碍与压制，都是有害的。文学与文学史是两个不一样的概念，文学史是研究者对一个历史时期的文学现象进行梳理和整合，它包括对文学现象的诠释、褒贬和取舍，这完全离不开研究者个人性的艺术感受和主观把握。文学史只有成为个人的研究工作，表达个人对时代、历史和文学的真知灼见，展示研究者个人的人格魅力，才有可能使这门学科体现出真正的自由精神，文学史才会有一个蓬勃的前景。

"要写个人的文学史"，我在1988年就这么提倡过，但"重写文学史"倡导已经八九年了，在这方面的成效甚微，你也可能感觉到了。我去年在日本庆应大学作了一个讲演，谈共名与无名的关系，你来信说已注意到这篇讲演，但我在那篇文章里要说的，不仅是创作的问题，有感而发的正是针对了这个无声的时代。当时在"重写文学史"专栏里发表过一些对1950年代的文学作品提出质疑和否定性意见的文章，虽然在有些人的眼里纯属离经叛道，但在我看来，"重写文学史"在以启蒙为主流的研究界里仍然是一种共名，我的新文学整体观就是取的这一立场。在提倡重写时，我对这种逐渐固定起来的研究思路也开始有些怀疑，我觉得真正的学术研究不是仅仅提出一个价值判断就可以了事，更需要的是以新的理论视角来解释这种历史现象：既要破除以往定于一尊的主流意识形态的解释，又要使这种新的解释成为真正的个人话语；它当然需要充足理由，但又只能是个人研究思路的逻辑推理，并不是一般逻辑推理，也不是要定于一尊，以新的结论来取代旧的结论，因而这种个人性解释又必须是开放性的，才可能鼓励和推动真正的学术自由和百家争鸣。出于这样的学术立场，我对于我的一些朋友们提出的将现代文学经典化的倡议，是有点怀疑的。我感到疑虑的是将由谁来决定现代文学作家和作品是否"经典"？文学的经典化必然经过一个长期的实践过程，各个时期的共名内容和审美趣味都不一样，同一个时代中各人对这些文学创作现象也是歧义丛生，这部文学史随着时间的延伸还在慢慢发展着，未来每出现一种新的因素都可能会改变文学史原来意义上的坐标系。我们今天能做些好的选本或者有独立见解的诠释，已有功德，何必轻易地为后人去决定经典？与经典化相反，我倒是觉得应该鼓励研究者打破各种共名的框架，提倡充分个人化的学术研究，只有在个人的多元中，在互相不谐合的学术争鸣中，这门学科才能全面保留这个时代的学术信息，为它在下一世纪的进一步发展打下基础。

但是想真正地做到个人性研究谈何容易？我近年来东西写得不少，有些杂乱，所谓的杂而且乱，正说明了我的思想立场相当游移。有些问题，依托了时代的共名，就比较容易说明白，也比较容易被理解和接受，但如你的思路游离了共名，想用自己的语言来表述自己也不曾完全搞清楚的个人性思想和感觉，这就有些吃力。我自己是明显感到有些力不从心，所以有时宁可用随笔的方式来随便谈一些实在的人和事，想有所依托，隐约地表达一些想法，也就是藏拙之意。我现在越来越相信"知难行易"的老话，其实在我们的生活里，真正有"知"之"行"恐怕也不易，但这比起无"知"而随着时代流行的风尚乱吼，到底是有了自己的立场，即使实践失败，仍是一个有力量的人。近年来读顾准和张中晓的遗书，大概就得出这么一点感觉。先驱们用生命点燃的探索之火，不过是朝着"知"的方向微微挪了一小步，就被熄灭在大黑暗中。这足以使后来者清醒，在求"知"的前景中任重而道远，是难以言说的。

　　此致

撰安

陈思和

1997年2月16日于黑水斋

初刊长春《文艺争鸣》1997年第3期
原题为《关于现代文学研究的一封信》

编后记

人世间的缘分，有时候真是不可解释。近两三年来，不知什么原因，找我将旧文新编出版的出版社多了起来。我在《人文书简》一书的序里，讲述过张安庆兄策划"边角料"丛书的故事及其后续，说明了把《人文书简》交给草鹭文化公司的经过。接着，就看到了公司设计的封面和版式，很满意，又过了大半年，还没有等到出版的消息。我当然也不着急。这期间又发表了几篇以书信形式讨论读书的文章，发表在网络上。上海文艺出版社张艳堂兄看见了，便来向我约稿，策划的也是书简选。我告知他已经编过一本《人文书简》，正在出版过程中，如果他还要我另编一本，我可以从没有编入《人文书简》的新旧文稿里再选编一本，内容是不会重复的，不过两本书简选总要有些呼应，所以就接受了艳堂兄的建议，再编一本《文学书简》。艳堂兄很快做了选题报告，不久，他来告诉我，选题通过了。

但是碰巧的事情还是发生了。没过几天，草鹭文化公司的编辑告诉我，《人文书简》已经落实了出版社，恰恰也是上海文艺出版社。于是，两本书简集的选题撞在一起了。我特别高兴，这样两本书简集可以配套出版了。当然更要感谢的是上海文艺出版社。这家出版社与我有三十多年的交往，可以说是伴随我在学术上的一路成长和进步：从二十世纪八十年代的《中国新文学整体观》，到九十年代的《逼近世纪末小说选》系列，又到新世纪以来参与《中国新文学大系》第五辑、《文学》大型丛刊的编辑等等，细细回想起来，可以写一篇很长的文章。这两本"书简"虽然篇幅不大，但其所承载的协作精神和情谊，份量也是沉甸甸的。

《文学书简》所收的书信，内容更偏重文学评论，故按文体分为谈人物传记、谈小说、谈散文、谈戏剧影视等几辑。用书信形式写评论，是我在开始从事文学评论时就有意实践过的，记得那时与朋友开玩笑说，准备写一百篇书信体评论文章，出一本书信集。后来也有好记性的朋友追问我："你的百篇书信写完了没有？"也有朋友出了新书送我时，往往再"别有用心"地加上一句："要给我回信哦。"意思我也就明白了。其实我后来写的书信体文章并不多。现在趁着编书盘点一下:《人文书简》所收的书信55篇,本书所收43篇,加起来,也只有98篇,不足百篇。不过确实还有一些没有收集起来的书信体文章，有的是时过境迁意思不大，有的现在重版也不太方便，也有的没有什么原因，就是找不到了。但这么一恍惚，就三十年过去了，当年信口随便说说的"百篇"计划，尚且还在努力之中。

       2022年7月12日于海上鱼焦了斋

图书在版编目（CIP）数据

文学书简/陈思和著. -- 上海：上海文艺出版社,2023
ISBN 978-7-5321-8464-4
Ⅰ.①文… Ⅱ.①陈… Ⅲ.①书信集－中国－当代
Ⅳ.①I267.5
中国版本图书馆CIP数据核字(2023)第048176号

发 行 人：毕　胜
责任编辑：胡远行　张艳堂
装帧设计：草鹭设计工作室

书　　名：文学书简
作　　者：陈思和
出　　版：上海世纪出版集团　　上海文艺出版社
地　　址：上海市闵行区号景路159弄A座2楼 201101
发　　行：上海文艺出版社发行中心
　　　　　上海市闵行区号景路159弄A座2楼206室　201101　www.ewen.co
印　　刷：上海盛通时代印刷有限公司
开　　本：787×1092　1/32
印　　张：10.875
插　　页：4
字　　数：195,000
印　　次：2023年3月第1版 2023年3月第1次印刷
Ｉ Ｓ Ｂ Ｎ：978-7-5321-8464-4/I.6681
定　　价：78.00元
告 读 者：**如发现本书有质量问题请与印刷厂质量科联系　T:021-37910000**